U0024655

明將軍傳奇之絕頂

下卷

時未寒——著

目錄

名人推薦

時未寒的《明將軍》系列，共同構建了一個以京城為中心的天下，它北至塞外，南至海南，西至吐蕃，成為朝廷和江湖的角力場。時未寒文氣縱橫，其小說的武功較量別具一格，自成一派，有「陽剛技擊」的美譽，在「新武俠」的諸多作品中獨樹一幟。

——《武俠小說史話》作者　林遙

破浪竊魂偷天換日碎絕頂，時光荏苒江湖再見二十年，山河永寂的那一刻，是一代讀者的記憶，時未寒加油！

——知名網紅　劍光俠影

時未寒把經典武俠小說向未來推進了一大步。

少年的成長、浪子的情懷、俠客的熱血和將軍的野望是構成《明將軍傳奇》小說的基礎。

——知名網紅 Christopher Zhang

偷天煉鑄，換日凝鋒。碎空淬火，破浪驚夢。登絕頂而觀山河，卻道那一場無涯的生。

——知名網紅 華山一風

為什麼一個女生也這麼喜歡時未寒？我的回答是：我喜歡他作品裡猶如春日繁花那樣漫山遍野四季搖曳的美麗句子。

——知名網紅 沈愛君

文如其人，時未寒這個圍棋高手，以下棋的精巧構思編織故事，時而大氣磅礡時而溫婉細膩，還設有很多局，所以要小心他書中美麗的圈套，溫柔的陷阱……

——知名網紅 禾禾

剝繭抽絲

何其狂問道：「你能確定是青霜令使……郭暮寒下的毒手麼？」
小弦一怔，回想昨夜所見，
只憑那神秘男子的聲音與身形並不能判斷出是亂雲公子郭暮寒，
而那張青銅面具亦僅僅聽參與行道大會的四大家族中人說起，
自己並未親見，亦無法肯定是青霜令使。

那腳步在離小弦十餘步外的地方停下，然後就有一個細柔的女聲道：「二三時分，白水相約。」這聲音頗為古怪，似乎用力很輕，卻又在山谷中隱隱迴響，彷彿是從極遠的地方傳來的，若非小弦先聽到她的腳步聲，必然無法判斷出聲音的來路。他卻不知這女子故意用內力散音，所以令人不辨方位，乃是江湖上一流高手。

小弦靈機一動：「二三」相加為「五」，「白水」合而為「泉」，這兩句話想必說的是五更時刻在泉邊相見之意。這女子半夜時分與人在荒山野嶺相約，不知有什麼見不得人的事情？不過總算能確定來者是人非鬼。隱隱覺得這聲音似乎在什麼地方聽過，一時卻想不起來。

那女子說了兩句話後再無言語，也不聞腳步移動聲，只聽得到她極有規律的輕輕呼吸聲，看來就在原地等候。小弦從小聽許漠洋說了不少江湖規矩，知道自己貿然現身多半會引來麻煩，不敢亂動，只是閉目凝神傾聽。

過了一會兒，忽又遙遙傳來一個男人的說話聲：「來遲一步，有勞久候。」這個聲音亦如那女子一般不辨方位，而且壓著舌頭般含混不清，好像是不願意讓人認出自己原來的聲音。

只聽那女子微微「噫」了一聲，她那若有若無的呼吸聲忽然斷絕，衣袂飄風之聲疾速往小弦所在的方位移來。小弦心知不妙，尚未想好對策，一個黑影已驀然出現在他面前。

那女子乍見到小弦卻是微微一怔：「怎麼是你？」原來「華音逻逻」雖令小弦呼吸極輕，但這女子武功高強，早已察知小弦的方位，只是誤以為小弦是約她來見之人，所以才在停步靜候。此刻聽到那男子的聲音從遠處傳來，方覺不對。

這女子身材窈窕，面蒙輕紗，只露出一雙黑白分明的杏眼。望著小弦的眼光中本有一絲殺氣，又漸漸平和起來。

小弦見她身法迅疾，知道逃也無益，訕訕起身，一時也不知應該如何應對。聽她語氣中似乎認得自己，倒也不覺害怕。

那女子低聲道：「半夜三更的，你來這裡做什麼？」

小弦正想如此發問，卻被這女子搶先一步。隻言片語難以說清楚自己來到這裡的原因，只好勉強一笑：「我，我出來散散步。」瞧著那一對靈光四射的眸子越發覺得熟悉，忍不住問道：「你是誰？」

女子目光閃動，並不回答小弦的問題，淡淡道：「你快回家去吧，不要多管閒事。」忽又左右四顧，喃喃低語：「難道暗器王在此？」

小弦聽她提及林青，更確定這女子必然見過自己，想想自己在京師中認識的女子，除了駱清幽便只有平惑，斷然不是眼前此人。驀然靈光一閃：「你是琴瑟王？」

女子微微歎了一口氣：「你這孩子真是沒有江湖經驗。以後再遇到這等情況，縱是認出了對方也要裝作不知……」徐徐取下蒙面輕紗，果然正是琴瑟王水秀。

小弦一言出口立刻後悔，半夜相約本就為避人耳目，自己叫破對方來歷，恐怕就會被滅口。不過聽水秀語氣顯然並無此意，他雖僅在清秋院與水秀見過一面，但對她頗有好感，裝腔作勢地嘻嘻一笑：「你可不要騙我，我見過水姑姑，她可不是你這模樣。」

水秀一愣，立刻醒悟到小弦故意這樣說，表示自己並未認出她的身分，一時啼笑皆非。

小弦心裡萬分好奇，駱清幽驚才絕豔，簫藝猶佳，而琴瑟王琴技超卓，兩人並稱「京師雙姝」，皆不把任何男人放在眼裡。而水秀這麼晚了與剛才說話的那男子相約，莫非是有什麼私情？幾乎想脫口詢問，苦苦強忍。

水秀看著小弦臉上的神情，如何猜不出他心中所想。笑罵道：「小弦不許胡思亂想。誰帶你來這裡的，是暗器王麼？」

小弦心想水秀雖然看起來並無惡意，但她是泰親王手下，若是知道自己一個人來此，說不定就會起什麼殺人滅口的念頭……故意道：「林叔叔過一會就來接我。」

水秀江湖經驗何等豐富，聽小弦說話口氣不盡不實，早已猜破他的心思。卻並不點破，眨眨眼睛：「夜深露重，你林叔叔不知何時才來，姑姑送你回去吧。」

小弦奇道：「你不是還有事情麼？」

水秀笑道：「我也是出來散散步，哪有什麼事情。」她今夜與人約見之事極為隱秘，萬萬想不到會被小弦無意中攪局，而那人的身分也絕不會洩露，只好下次再約。

小弦疑惑道：「剛才我聽到有個男人的說話聲。」

水秀歎了口氣：「你不要問了……」話音未落，那個男聲再度響起：「這孩子聰明機靈，水姑娘也不必瞞他了。我只給你傳個消息，他聽到也無妨。」

水秀略略吃了一驚，顯然想不到對方並不避諱小弦的出現。沉聲問道：「你要傳什麼消息？」

那人長歎一聲：「這個消息其實上個月就已傳到，我只怕會惹你心亂，所以才一直沒有告訴你。」

水秀眼中閃過一絲迷茫：「為何現在又要說？」

那人再歎一聲：「因為景閣主等人不日將入京，你遲早要知道此事。」

小弦聽到「景閣主」三個字，心頭大震。景姓極為少見，加上閣主的稱呼，十有八九指的就是四大家族的盟主、點睛閣主景成像。再想到四大家族景、花、水、物四姓，難道，身為京師八方名動之一的琴瑟王水秀竟然是溫柔鄉之人？而這個說話的男子想必也是四大家族中的人物，卻不知是什麼來歷，看起來地位似乎比水秀還要高。

「景閣主入京？」水秀微微一怔，既驚訝於從不聞世事的四大家族入京的消息，又奇怪對方為何不避諱小弦知道此事：「你所說的消息又是何事？」

那人停頓了良久，方才緩緩道：「行道大會上，莫兄戰死當場。」

小弦聽到那人說到「行道大會」與「莫兄」，已知說的正是溫柔鄉劍關關主莫斂鋒。莫斂鋒之死可以說是他一手造成的，這本是他心中最痛悔的一件事情，此刻忽聽人提及，剎時怔在當場。

水秀身形一晃，似乎要摔倒，小弦下意識地伸手去扶，水秀一把撥開他的手，深吸一口氣，一字一句道：「這不可能，你在騙我！」

那人沉聲道：「這孩子當時正在鳴佩峰中，你不妨問問他？」

水秀眼中彷佛驀然騰起一團火來，定定望著小弦。小弦心中愧疚，說不出話來，只是點點頭。

水秀臉色剎時蒼白如雪，雙唇顫抖，喉中忽發出一聲壓抑的低叫，一顆淚珠在美麗的眼中漸漸結聚，卻偏偏不落下來，那份無聲的悽楚比號啕大哭更令小弦難過。這一剎，他已知道了琴瑟王水秀的真正身分——她，就是莫斂鋒故事中的美麗撫琴少女、水柔清的母親。

水秀少年時心高氣傲，只因與莫斂鋒一時賭氣，方才接受了四大家族中秘密輔佐明將軍的任務，拋下四歲的女兒獨自來到京師。從此再未見過夫君與女兒，心底卻無時無刻不在想念。經過這近十年的相思煎熬，早無昔日賭氣之意，只是身懷家族使命，無法抽身離京。只盼有一天能重回鳴佩峰相見，盡訴離情。

事實上莫斂鋒之死已是三個月前的事情，但四大家族與御泠堂那一場驚世之戰極其隱秘，除了雙方嫡系弟子，江湖上無人得知。而水秀在泰親王手下臥底，不到萬不得已絕不與家族中人聯繫，只通過這位男子傳遞資訊，僅知曉四大家族在離望岩前大敗御泠堂，卻不知莫斂鋒亦亡於此役。

此刻水秀乍知真相，突聞噩耗，表面上雖還強自壓抑，內心裡卻早已是魂斷神傷。

那人的聲音仍不急不徐地傳來：「你女兒還有一樣東西與一句話要帶給你……」

水秀木立半晌，低低吐出兩個字：「清兒。」臉上仍是無一絲血色，轉身緩緩朝林邊走去。小弦呆呆望著她的身影，回想莫斂鋒的音容笑貌，亦是心痛難當。

林邊突然閃現出一個黑黝黝的人影，抬手把一物遞給走來的水秀，口中道：「清兒讓我告訴你……」說到這裡，吸了一口氣，極慢極慢地吐出三個字：「她恨你！」

水秀又是一震，莫斂鋒的死訊已令她肝腸寸斷，想不到唯一的女兒竟也會因此而痛恨自己。剎時只覺腦中一眩，恍惚中往日共享天倫之樂的種種片段浮上眼前，若非自己定要賭那一口氣，結局又怎會如此？顫抖的手接過對方遞來的物品，再也忍不住崩決而出的淚水令視線模糊，渾不知手中是何東西……

「不！」小弦搖頭大叫：「清兒絕不會恨她的母親，她告訴過我她是多麼想念……」話音忽斷，因為就在這時，小弦已看到了林邊黑影子的動作，儘管距離較遠，但陰陽推骨術已判斷出對方絕非是給水秀遞來物品的隨意，而是拚盡全力的出手！

只聽「卡卡」的兩聲輕響，那黑影交給水秀的竟是一個設計巧妙、外型如木盒的機關，一觸及水秀的右手，盒蓋驀然彈開，兩支細小的短針疾射而出，直取水秀雙目。與此同時，那道黑影立掌如刀，重重擊向水秀的前胸。

水秀魂不守舍下，僅出於本能偏頭讓開兩支暗器，擊向胸口的那一掌卻無法閃開，伴著幾聲肋骨斷裂的脆響，兩道人影乍合即分，水秀踉蹌退開，那道黑影則倒退入林中。

水秀忽逢驚變，左手撫胸，右手探入腰際，借對方掌力如舞蹈般旋身數圈，腰間一條軟帶已筆直抖出，猶若長槍往林深中刺去。

那黑影顯然早知水秀武功的虛實，一招得手立刻閃入林中。溫柔鄉的纏思索法本可攻遠，但在這樹木糾結的林間卻無法盡展其長。

「砰砰砰」幾聲輕響，纏思索刺透幾根大樹，終於力竭，被那道黑影輕輕鬆鬆地一把挽住。用力往回一拉，水秀站立不穩，往前撲跌，黑影卻趁這一拉之力沖天而起，掌中光華暴閃，如雷霆電掣而下，直斬向水秀的頭頸。

映著那猶勝月華的電光，小弦看到那黑影面上戴著一張可怖的青銅面具！

水秀大震，此人不但從容破去她瀕死反撲的全力一擊，其借勢反擊之力更是沛不可擋，莫說現在身負重傷，縱是正面交手恐怕也非此人之敵。

兩人交手如電光火石，僅一個照面間，水秀便已落入絕境。對方縱然是占了偷襲之利，又借言語令水秀分神，但這份武功的修為也足可驚世駭俗。

「你到底是誰？」水秀口中鮮血狂噴而出，眼見這開山碎石的強力一劍迎頭而下，卻已是無力抵擋。其實那突襲一掌已震斷她的心脈，但此人卻仍要一劍斬首，不給她一絲回氣喘息的時間，端是狠辣至極。她已判斷出對方絕非自己相約之人，卻已沒有機會揭開他的真面目！

小弦不假思索，奮不顧身地朝前衝去，就在那劍光將要斬入水秀玉頸的剎那間，他已撲在水秀身上。一時強光惑目，小弦緊閉雙眼，抱緊水秀，這一刻，他根本沒有考慮自己的安危，只有一個念頭：縱然不要性命，也一定要救下清兒的母親！

但看那一往無回的劍勢，只怕要將小弦與水秀盡皆斬斷！

那人猛喝一聲，劍光不可思議地在空中一頓，斜劈而下。小弦只覺得耳邊如刮起了一道狂風，滿頭髮根都被撕得疼痛欲斷，再聽到一聲大響，渾身巨震，幾乎當場暈眩。

然後，就是一片沉沉的寂靜。

「小弦，醒醒。」水秀微弱的聲音響了起來。

小弦睜開眼睛，幾乎不相信自己還活著。然而那道黑影已不見蹤影，身邊的土地裂開了一條二寸寬、三尺餘長的大縫，裂口處犬齒交錯，如一張怪獸的大口。

「青霜令使被我們嚇跑了？」小弦難以置信地喃喃道，雖然實在想不出自己有什麼本領能把這個可怕的敵人「嚇跑」。

「青霜令使！」水秀一怔，回想剛才敵人那一招，苦笑一聲：「果然是御泠堂的帷幕刀網，縱然以劍發刀招，亦是如此犀利。」

隨著水秀的說話，她口中不斷噴出鮮血，面色卻宛若平常，怔怔望著天空，似乎還沉浸於莫斂鋒的死訊中。

小弦扶起水秀，用手去擦她口角的鮮血，卻怎麼也擦不盡。咬牙道：「水姑姑你等一會，我去找林叔叔救你。」

「我問你，斂鋒真的死了嗎？」水秀的目光凝在小弦的臉上，蒼白的面容上滿是一份期待。當她確定那黑影並非所約之人，而是四大家族的百年宿敵御泠堂，心底不由生出一份期望：或許敵人只是意在讓自己分心，莫斂鋒尚在人世。

小弦知道若是水秀確定了莫斂鋒的死訊，只怕不願獨活，自己是否應該騙她？方一愣神間，水秀眼中的光彩已黯淡下來，小弦的猶豫無疑已告訴了她真相。

小弦大急：「水姑姑，我知道青霜令使是誰，等你養好了傷，我們去找他報仇……」

「不用了，我就要去見斂鋒了。」水秀輕輕道，面上卻露出了一絲笑容。她自知心脈已斷，縱有大羅金仙亦回天無術，想到即將會在冥府與夫君相見，竟有說不出的輕鬆與解脫。

小弦顫聲道：「水姑姑，你不會死的。我……我不要你死！」惶然起身，卻又不知應該如何是好。這時真恨自己身無武功，連替水秀止血都無法做到。

水秀眼神突然一亮，顫抖的手伸向小弦的胸口：「這個東西怎麼會在你手裡？」

小弦低頭一看，自己胸口上掛著的正是水柔清的那面金鎖。當時小弦為了讓日哭鬼不至於離開涪陵城，信口開河說水柔清的金鎖是自己之物，日哭鬼信以為真，便請妙手王關明月從水柔清身上偷下來交給小弦，後來小弦在「須閑」號上偷聽了水柔清與花想容的對話，賭氣不把金鎖還給她，離開鳴佩峰後便掛在自己頸上，每每看到此物，便會想起那個時時與自己作對，卻又怎麼也放不下的小姑娘。

而這一面金鎖，卻正是水秀十年前離開鳴佩峰時親手掛在女兒脖子上的，想不到今日竟會在小弦的身上看到。剎時想到若是自己這一去，女兒從此無父無母、孤單一人，她本已處於彌留之際，此刻心中湧起強烈的求生之念，掙扎起身，把那面金鎖牢牢拽在手裡，彷彿抱住了闊別多年的女兒。

小弦這面金鎖得來的不甚光彩，也不知如何解釋，看水秀似乎傷勢好轉，大喜道：「水姑姑，你一定要撐住。到時候我陪你一齊去見清兒。」

水秀掙扎道：「清兒，她，她還好嗎？她，真的恨我嗎？」

小弦大聲道：「不不，清兒無時無刻都在想念你，怎麼會恨你？這都是那個青霜令使故意騙你分心，千萬不要相信他……」

水秀眼中露出一絲欣慰，尚未開口，忽又聽到一個陰沉沉的細弱聲音直插耳中：「我還只道琴瑟王一直冰清玉潔，任何男人都看不上眼，想不到竟然連女兒都生下了。」

水秀蒼白的臉上忽然湧起一種混合著厭惡與驚懼的絕望。

小弦轉頭看去，只見一位相貌陌生、文士打扮的青衣人靜靜站在身後十步外。

青衣人年約四十，身形瘦小，面白無鬚，相貌普通，腰間還插著一柄摺扇，活像個秀才舉人，特別的是他故意用別針等物將青衣衣領高高豎起，連下頷都遮住了半邊，手中還拎著一件鍋蓋大的圓弧形鐵物，也不知做何用途。他迎著清朗的月光而立，臉上纖毫畢現，那若隱若現的半爿笑容更顯得十分陰險獰惡。

水秀長吸一口氣，驀然坐直身體：「高德言，你想怎麼樣？」

這位青衣人正是刑部五捕之一的高德言。在京師中本也不算什麼人物，但因其城府極深，智謀高絕，縱不及太子御師管平的計驚天下，卻因其處事謹慎，鉅細無遺，每件事情未必做到最好，卻一定是妥當不失。

所以高德言名義上雖然僅是刑部總管洪修羅的一名手下，卻十分得泰親王的信任，許多行動都請他出謀劃策，出入公開場合亦大都帶其隨行，職位不高，卻是泰親王府的實權人物，可算是泰親王手下的第一謀士，連頂頭上司洪修羅亦有些忌他。當日飛瓊橋上派「春花秋月何時了」行刺明將軍，從而引蒙泊國師入京的計策，便是來自他的謀劃。

高德言搖頭晃腦，嘖嘖而歎：「玉骨冰肌淡裳衣，血痕添色猶可憐。水姑娘縱然是欲入幽冥，亦是令人意馳魂消啊。」

小弦聽懂了七八分意思，厭惡高德言那張色瞇瞇的嘴臉，對水秀道：「水姑姑不要理他，我們走。」

「往哪裡走？」青衣人嘿嘿冷笑：「堂堂琴瑟王竟然是四大家族的奸細，我若是放你走，八千歲那裡可沒法交代了。」

水秀又咳出一口血：「我今日已不存生望，只想求你一件事。」

高德言大笑，目中閃過一絲快意：「想不到驕傲如琴瑟王，竟然也有求我高德言的一天！呵呵，你不妨說說是什麼事情。」原來他垂涎水秀美色，追求數年之久，水秀卻從不假以顏色，反在泰親王府中落下笑柄。高德言惱羞成怒下，更是死纏硬磨不休，他做事本就不擇手段，更是動用刑部之力時時監視水秀，所以今晚水秀與人相約亦被他知曉。原以為會抓到什麼姦情，誰知卻發現了水秀的真正身分。

高德言以智謀被泰親王重用，武功不過二流，只是精於刑部潛測暗察的手段，那手中形如鍋蓋的鐵物名叫「聽千里」，乃是刑部特製，專用於貼地偷聽，雖並無聽察千里之效，但夜深人靜時百丈距離內的響動皆可毫無遺漏。所以他雖是遠遠跟蹤水秀，卻把幾人的對話皆聽得一清二楚，直到確定那神秘黑影已遠遁，水秀重傷無力，方才露面撿個現成便宜。

水秀轉過頭去不看高德言，目光盯住小弦，緩緩道：「今日之局，這孩子只是無意捲入，還請高先生放他一馬。」她看到小弦身懷水柔清的金鎖，斷定這孩子與女兒必有很深的交情，不願他受到任何傷害。所以雖是極度厭惡高德言的為人，在這命懸一線之際，也忍不住替小弦求情。

高德言笑道：「這位便是許少俠吧。按理說有暗器王與將軍府護著他，我高德言就算有天大的膽子也不敢動他一根毫毛。不過……嘿嘿。」說到此處，望著水秀，一臉不懷好意的神情。

水秀玉齒緊緊咬唇，一絲絲血線從齒縫滲出：「不過什麼？」

高德言仰望明月，神情看似悠然，語氣中卻充滿了陰狠怨毒：「不過去年的中秋之夜，我被你最後一次拒絕後，便曾立下毒誓。此生此世，就算不能得到你的心，也要得到你的身體！看你此刻氣息奄奄，斃命在即，我若不抓住這千載難逢的機會，豈不要自應毒誓，不得善終？」

小弦大怒：「你，你算是人嗎？」

高德言不怒反笑：「不錯，既然許少俠看出我要做禽獸之事，自然也能猜出我不會留下任何活口。明將軍也罷，暗器王也罷，縱然查出什麼蛛絲馬跡，事後也只會找那個什麼令使算帳……嘿嘿，若是一會兒水姑娘配合我，倒可以考慮給許少俠一個快活，不讓他多受罪。」

小弦氣得說不出話來，小拳頭緊握，擋在水秀面前，憤怒的目光死死盯在高德言臉上，恨不得一拳打碎那張看似言笑晏晏的嘴臉。

水秀垂頭不語，氣息急促，胸口一陣起伏，臉上陣青陣白。溫柔鄉的武功獨闢蹊徑，由音律入手，內力、招式皆別出心裁，其中最厲害的武功便是以「纏思」為名的索法。而水秀正是溫柔鄉劍關、刀壘、索峰、氣牆四營中的索峰之主。她身懷家族使命，在京中僅以琴技成名，不便練習獨門索法，唯有在內力上加緊修練。

所謂「纏思」，便是形容與敵動手過招時如情人相思，糾纏難化，不死不休。溫柔鄉的內力亦走陰柔纏綿的路子，韌勁極長，所以水秀雖是心脈全斷，絕無生還之望，卻仍能殘存一息而不立時斃命。此刻強提內力，只盼能再有一擊之力，與高德言拚個同歸於盡。

高德言以往在水秀面前動手動腳，吃過暗虧，知道她看似柔弱，武功卻極強。此刻看她一臉篤定，不辨虛實，亦不敢貿然相逼，僅以言語挑唆。

忽見水秀抬頭，朝高德言嫣然一笑：「你來吧，我從你就是。」隨著這一笑，似乎那往日纖指撫琴、拂袖纏思的風情又重回她將死的軀體中。

小弦慘叫一聲：「水姑姑……」高德言卻只是冷笑不語。

水秀不理小弦，自顧自地道：「其實我對高先生也不無敬意，只是恨不相逢未嫁時，才不得不嚴辭相拒。若能在生命的最後一刻得先生垂顧，亦算是此生無憾了。」她幾度集氣，皆半途而止，心知難逃此劫，才迫不得已以美色相誘。在這一刻，任何矜持清傲都顧不得，只盼能纏住高德言片刻，給小弦一個逃跑的機會。

高德言哈哈大笑：「若早能聽到水姑娘如此說，高某夫復何求。水姑娘時候無多，這便應你所請吧。」他臉上雖是色授魂消的模樣，目光卻是清醒如初。踏前幾步，左手寬衣解帶，右手卻抽出一把摺扇，裝模作樣歎道：「可惜啊可惜，竟不能在水姑娘手腳完好時與你歡好……」那摺扇乃是高德言獨門兵器，以精鋼所製，扇頁鋒銳猶如刀刃。

水秀氣苦，知道高德言疑心絲毫不去，竟要先斬下自己的四肢以防生變。以往雖厭惡此人風言風語的撩撥，總算還有些文人的風度，想不到竟然歹毒至此。

水秀苦思無計，卻見小弦背著高德言，手指往左邊輕輕一指。水秀轉頭看去，卻見到左方五六步處那一潭泛著蒸汽的泉水。正是小弦初見宮滌塵洗浴之處。

水秀知道小弦的意思，與其受高德言的污辱，倒不如投水自盡，輕輕一拉小弦的衣角，示意明白。

高德言雖看不到小弦在身後與水秀打的手勢，卻直覺不對勁：「你這小鬼想做什麼？」

小弦忽然大笑，指著高德言身後拍手高叫：「林叔叔，你總算來了。」

高德言大吃一驚，若是暗器王在此豈不是小命休矣，回首看去，哪有半個人影？這才知道中了小弦的疑兵之計，可恨這小鬼臉上驚喜交加的表情做得十足，連自己這個老江湖都不免上當。怒喝道：「先解決你這小鬼再說。」轉身卻聽到

「撲通」一聲水響，小弦與水秀都不見了蹤影。

趁高德言回頭失神之際，水秀抱住小弦，拚盡餘力朝左一撲，兩人一齊掉入那溫泉水潭中。

高德言一個箭步來到潭邊，潭水雖清澈，水花湧濺下一時也看不清楚潭底虛實，唯有一道道血線浮起，瞬間飄散。他不敢隨兩人跳下，右手緊握摺扇，左手凝指成爪，恨聲道：「我就不信你們不浮上來了。」又四顧一番，打算找根長樹枝在潭中攪得兩人不得安生。

那潭水表面不過井口大小，卻是極深。這一撲力量極大，兩人直墜而下，幸好皆有準備，口中都吸足了氣，還不至於喝水。落至中途堪堪觸及潭底，只覺得腳下氣泡翻騰，似有一股大力把兩人托起。

水秀一心但求速死，連屍體也不願落在高德言手中，纏思索捲住潭底岩石，將上浮的身形硬生生拉住。但想到懷中緊抱自己的小弦，心頭一酸，難道這無辜的孩子也要隨自己一齊斃命潭底麼？卻見小弦在水中勉強掙開眼睛，與水秀相視，重重點頭，竟也是一副死而無悔的模樣。

這一剎，望著水秀飽含愛憐的目光，在小弦心中閃過的，不是林青、駱清幽、宮滌塵、水柔清等人的容貌，而是那隻小雷鷹寧死不屈的神態。

潭中水流古怪，激得兩人在潭中浮浮沉沉，起伏不休，只靠著纏絲索之力方才不至於浮上水面。

原來這潭溫泉乃是地下熔岩熱水上湧而成，潭表之水受涼，便與潭下熱水形成對流之勢，當日若非宮滌塵身懷一流武功，也絕不可能在潭底安如磐石，絲毫不動。

水秀胸前中那神秘黑影一掌，受傷極重，難以憋氣，才一張嘴已灌下一口熱水，不由又咳出一大口血，但胸口傷勢受熱水一激，似乎略有好轉。她心知小弦身無武功在水下絕難持久，自己雖是抱著必死之心，卻要盡力助他逃出生天。心念電轉，想到這等地下水勢頗大，而且無止無休，若不能溢潭而出，必然另有泄流之處，只是不知能否在溺斃前找到出口……

當下水秀強提精神，感應著潭水的流向。隱隱覺得有一股水流往身下側方湧去，手中用勁一扯，纏思索帶著兩人略沉半尺，果然在潭下方有一個洞口，兩人剛一接近，便被湍急的水流帶得不由自主朝那洞中沖去。水流實在太急，那掛在潭底岩石上的纏思索渾不著力，已然鬆開，奔騰的水流帶著兩人翻翻滾滾直往洞中而去。

也算是小弦命不該絕，所幸那洞口甚大，恰可容兩人經過，若是稍小幾分，在這潭底下也勢不能鑿壁擴洞，便只有徒呼奈何。

小弦正憋得昏天昏地，才喝了一口熱水下肚，忽然口鼻間一鬆，連忙大口呼吸幾口空氣。心想這潭水中如何會別有洞天，莫不是誤打誤撞到了龍王的水晶宮，一念未畢，身體驀然懸空往下疾沉，大駭之下驚叫起來。

原來這潭底暗洞的開口處乃是在山背面的峭壁之上，形成了一道瀑布。兩人被水流沖出洞口，便隨著那飛掛於半空的瀑布朝著崖下落去。

小弦只聽得耳邊風聲、水聲齊響，一顆心似被挑入半空，久久不歸胸腔，只道必會摔成一灘肉泥。誰知下落的身體驀然一震，在空中驟然停了下來。左右晃蕩不已，然後就聽到一聲驚心動魄的斷骨聲，水秀一聲悶哼，又噴出一大口鮮血，混在瀑布水流中，仿如下了一場紅雨。

水秀神智尚清，被潭水從洞口沖下時已瞅見崖邊橫生的一株老樹，足可供兩人容身。她重傷之餘身法不靈便，只能左手抱緊小弦，右手揮出纏思索，正纏在那株大樹上。

奈何兩人下落之勢太快，纏思索雖止住去勢，但那一股急墜之力卻全部承受在水秀的右臂上，登時肩、肘、腕幾處關節全斷，百忙中水秀借張口噴血的剎那間，一口咬住纏思索……

此刻水秀新傷舊痕同時被引發，再也無力沿纏思索攀上大樹，只有一個念頭頑強支持著瀕臨崩潰的她：咬住牙關，絕不能讓小弦落下去……

兩個人就憑著水秀的牙齒咬齧之力，懸空掛在飛崖瀑布前！

卻說高德言正在林中攀折樹枝，聽到小弦一聲驚呼，急急湊身去看，見到這一幕景象亦是吃驚不已。

高德言遙望著水秀與小弦在空中晃蕩的身影沉吟。那株大樹孤零零生在崖邊，周圍再無可借力之所，以他的輕功，從崖邊跳落在樹上容易，想上到崖頂就頗有風險了。但若就此放過兩人，卻實在不甘心，水秀這到嘴的「肥肉」不吃固然可惜，卻也犯不上用性命作賭，何況她重傷在身，恐怕支持不到黎明。但小弦萬一逃出去把自己的行為洩露卻是大大不妙，要是惹得林青來尋仇可不是說笑的事情。又尋思這小山少有人至，天明前也不會有人尋來。水秀重創之餘，絕不可能僅憑著牙咬之力長時間支持兩人重量，自己是否應該靜等兩人墜落懸崖呢？

高德言心計深沉，反應敏捷，雖然這崖邊雲氣縱橫，乍見下彷彿深不見底，他卻想到多半是那溫泉之故，以小山的高度而論，恐怕到谷底也就二三十丈的距離。雖然這般摔下多半會斃命，但若鴻運當頭恰好遇見積雪枯草之類的軟物，說不定就能保命。但若是在山下等候他兩人摔下來，又怕萬一有人前來搭救……作賊心虛之下，不免將諸多可能性一一考慮。

像高德言這等素來只用陰謀詭計害人之士，最是惜命如金，凡事務求面面俱到，不留一絲把柄。幾番躊躇下，高德言終於決定還是下崖親自「解決」水秀與小弦，雖然有掉落崖底的危險，卻是目前情況下最穩妥的法子。

當下高德言攀上崖頂，打算先找一處地勢較平緩處，先慢慢滑下，然後再一舉跳上那棵大樹……到了那時，水秀要麼任由高德言把兩人吊起來，要麼自己鬆口掉落懸崖。

以高德言的精明，早已算好水秀的應對。他在刑部見慣犯人為求一線生機而苟延殘喘之事，心知如果只有水秀一人，她無疑會毫不猶豫選擇墜崖而死以存名節，但當她手中還抱著小弦時，卻絕不會讓自己「親手」把小弦送入絕路，寧可先落到高德言手中，再尋求一絲可乘之機相救小弦……

高德言越想越是得意，色心蠢蠢欲動。

小弦在空中搖搖晃晃，神智漸漸清醒過來，望著把自己緊緊抱在懷中的水秀，終於明白了當前的處境：他與水秀的性命都懸在她那曾經雪白如玉、如今卻已被鮮血染紅的牙齒上。

「水姑姑，你把我……扔下去吧。」小弦猶豫一下，終於開口。他起初的聲音極低極弱，卻越來越響，說到最後四個字時，已是有一種捨身求仁的悲壯與無悔。

水秀心想：或許，在小弦天真無邪的思想中，只要把他扔下去，自己就可以攀上大樹了吧。想不到這樣一個小小的孩子，竟也有這樣的俠義之心……

就這樣靜靜地想著，一滴淚水慢慢地在水秀眼角凝聚，沿著沾滿血污的面頰、因用力而筋骨畢露再無昔日美態的脖頸滑下，不偏不倚地落在小弦的嘴裡。

當嘗到這一滴鹹鹹的淚水時，小弦再也忍不住拚盡全力大叫起來：「水姑姑，你放開我，你放開我吧！」

水秀無法開口。她只是眨了眨眼睛，嘴角微微咧了一下，似乎是擺出一個笑容，又似乎是更加用力咬緊纏思索。

從沒有一刻，小弦覺得自己是如此無助，離死亡是如此之近；也從沒有一刻，他覺得自己是如此堅強，若能掙開水秀那像是箍緊生命中最緊要東西的左臂，他一定會毫不猶豫躍下萬丈深淵……

只要，能換來她的平安！

小弦終於靜了下來，他沒有淚水，只是牢牢地抱住水秀，一字一句道：「水姑姑，如果你支持不住了，我要和你一同落地。」

水秀猛然一震，忽就想到了曾繫在女兒柔軟脖頸上、現在卻掛在小弦胸前的那一面金鎖，她無法得知女兒為何要把金鎖送給小弦，只知道女兒縱然沒有了父母，但有這樣一個重情重義的男子陪著她，亦算不枉一生！

於是，她只有加倍用力地咬住纏思索，彷彿咬住了女兒水柔清今生今世的——幸福！

而當這一切對話聽在悄悄潛近的高德言耳中時，他忍不住在心中偷笑。水秀越捨不得放開小弦，他就越有可能「一償夙願」。當下加急移動，只恐水秀支持不住一鬆口，豈不是雞飛蛋打。

小弦與水秀在水霧濛濛的半空中晃蕩，忽見一物從眼前閃過。小弦大喜：「水姑姑，把我稍稍放鬆一些，我有辦法了。」

原來纏思索長達二丈，一端懸著水秀與小弦，另一端繞過大樹垂掛下來，正好從兩人身旁搖過。

水秀立刻明白了小弦的意思，若是兩人分持一端，小弦人小體輕，或許可以攀到大樹上，再等待救援。

當下水秀將箍緊的左臂稍稍鬆開，小弦盡力張開雙臂，每當那一端纏思索從身邊晃過，便伸手去抓。無奈但這索雖是依照纏思索的長度而製，韌性亦極強，卻是水秀平日做為腰帶裝飾而用，乃是用上好天蠶絲所織就，輕飄飄地渾不著力，加之山風勁疾，吹得晃動不休，小弦數度出手皆差了幾寸，大是著急：「水姑姑，再把我放鬆些，我試著跳過去……」

水秀心知小弦跳過去極是冒險，萬一一把沒有抓住，必會落下深淵……可是又心知自己已是油盡燈枯，支持不了多久，只好盡力一試。

等纏思索再度蕩回來時，水秀窺得真切，左臂拚著最後一絲餘力，猛然把小弦往外一送……隨著這一送，水秀才發現此刻渾身已然僵直無力，收回的左臂亦無力再握在纏思索上，若非要親眼看到小弦脫險，定然鬆口任自己落入懸崖。

小弦畢竟毫無武功，身體凌空下右手竟然一把拽空，幸好關鍵時刻眼明手快，在幾乎失去平衡的情況左手總算拉住了纏思索。才舒了一口氣，轉頭看向水秀，誰知身下再度一沉，連人帶索又朝下落去。

原來纏思索雖然在大樹上繞了兩圈，卻未打死結，小弦這一拽用力極大，反把水秀拉了上去，就如滑輪般此升彼降，他自己則往下沉落。

這一刻對精疲力竭的水秀確是極大的考驗，若是她此刻一鬆口，失去平衡的纏思索必會滑落深谷，小弦與水秀皆無法倖免。

好個琴瑟王，再鼓餘勇，拚死咬住纏思索，只聽崩崩數聲，口中幾枚牙齒已被這反挫之力撞落。但隨著小弦再沉數尺，另一端上升的水秀已快要接近大樹。

小弦萬萬不料這一躍竟有這般效果，又驚又喜，眼看纏思索沉勢漸緩，雙手抓緊纏思索，腰腹拚命用力下沉，真恨不得自己變成一個大胖子。只要水秀爬上那棵大樹，自己再慢慢爬上來，豈不是兩人都可安然得救了。

水秀雙手都已無力，幾乎是不由自主地「爬」上了那棵橫生於峭壁的大樹，眼前一陣發黑，強提一口氣，正要憑牙力把小弦吊上來，忽聽頭頂風響，抬首一看，竟是高德言從半空中朝大樹上落了下來。

說來也巧，當小弦縱身一躍時，高德言亦同時瞅準大樹方位跳了下來，誰知人尚在半空中，水秀竟已先他一步到了樹幹。高德言心頭大驚，此刻他雙足虛空難以變向，若是水秀趁機發招全無閃避餘地，急切間腰腹用力翻個跟斗，頭下腳上俯衝而至，性命交關亦顧不得憐香惜玉，摺扇扇頁如刀鋒般直斫水秀脖頸。

面臨高德言拚死一擊，水秀已不及躲閃。想到下面生死未卜的小弦，生機幾乎斷絕的身體裡再激發最後的潛能，反身逆沖而上，直撞向高德言……

「砰」的一聲，摺扇正斫在水秀的左肩胛處，這一擊勢沉力猛，又挾著高德言俯衝之勢，幾乎將水秀左肩膀齊齊卸下。不過摺扇畢竟不比鋒銳的鋼刀，扇骨深深卡在了水秀左肩中，而水秀這拚命一撞卻撞得高德言立足不穩，鬆手放開摺扇，一個倒栽蔥，直往深谷下落去。

而水秀再經此重創，登時軟倒在樹幹上，若非身體正好被兩支樹椏勾住，必也會跌下樹去，鮮血如泉般灑下，口中尚緊緊咬著纏思索。

小弦再睹驚變，一聲大叫，又是心痛又是憤怒。他反應極快，下意識地往高德言落來的方向一蕩，心想縱是摔死這個大壞蛋，也要先狠狠踢他一腳。

這一腳當然未踢倒，但從空中墜下的高德言卻在纏思索靠近的剎那間，幾乎是出於本能，一把握住了索端！

若非水秀倒下時纏思索恰好在樹椏上打了一個結，那天蠶絲又韌性極強，這含著高德言下墜之勢的全力一拽必會把三人全都拉下萬丈深淵。

此刻，水秀軟軟趴在大樹上，咬住纏思索頭，生死不知；小弦手握軟索中段，懸於半空中；而在小弦身下五六尺的索尾，則掛著險死還生之餘，一臉後怕的高德言。

高德言愣了一下，方才醒悟過來自己並未掉下深淵，口中獰笑：「哈哈，想不到我高德言福大命大，怎麼也死不了。」一面手腳用力，往上爬來。

小弦大驚，雙腳一陣亂踢，又拚命扭動身體，只想把高德言甩下索去，卻怎能如願？眼見高德言越爬越近，手指再有幾寸就要碰到自己的腳……只好亦拚命往上爬，無奈他年小體弱，縱然小時候最精於爬樹，但在這飽受驚嚇、體力耗盡的時刻，速度無論如何也比不上精通武技的高德言。

晃動的纏思索終於把昏迷中的水秀搖醒，她看到小弦遇險，先擺頭把纏思索在樹椏上纏了幾圈，氣若遊絲的口中輕輕吐出一句話：「高德言，你看著我……」隨著她口中的說話，鮮血沿著纏思索一寸一寸地緩緩流下，終於沾上小弦的雙手。

然而小弦卻渾然不覺，只是呆呆望著水秀那驚世駭俗的舉動：水秀奮力擰首，咬住嵌在左肩頭的摺扇，猛一發力，將摺扇硬生生地從深陷的肩胛中拔出，喘著粗氣，輕輕偏下頭，把鋒利的扇頁豎直放在已繃得筆直的纏思索上……

她的動作艱難而果斷，不浪費絲毫多餘的力氣；又是如此的決絕，似乎只是從腰間抽出摺扇，而不是從血肉模糊的身體中。

水秀沒有再說話，她也無力再說。但那黑漆漆的眼珠中，卻閃耀著一團可以燃燒一切火焰。她蒼白的臉上、冰冷的表情已做了最好的說明：寧為玉碎，不為瓦全！

高德言立刻停止攀爬，不敢再動分毫，口中大叫道：「你瘋了，難道你不要這小鬼的命了麼？」

小弦恨聲道：「就算一齊死，你也比我先摔死。」實在是恨極了這卑鄙無恥的小人，明知有失風度，仍是忍不住朝高德言吐了一口口水。

高德言懸於空中，竟是無法閃避，口水正吐在他臉上，小弦本是氣極，見狀亦忍不住哈哈大笑起來。

高德言緩緩擦去面上唾液，他城府極深，含眦必報。但此刻命懸人手，連狠話也不敢說一句，只是用一種極陰陟的目光望著小弦。

小弦居高臨下，驀然見到高德言敞開的衣領下，脖頸間有一大塊青赤色的疤痕，怪不得平日總是把衣領高高豎起。小弦心念電轉，似乎曾聽什麼人說起過如此形象，只是面前發生的一切實是平生未遇的淒慘，連腦筋似乎也不靈活了，根本想不起來。

水秀也不言語，雙目依然怒瞪著，咬著摺扇的嘴唇卻在不停發抖。高德言看得膽戰心驚，平日只恐手中兵器不利，此刻卻盼那摺扇生銹，不至於讓瀕死的水秀一個不小心便割斷那純絲所製的長索。

事實上水秀此刻已然力竭，一縷幽魂在奈何橋邊遊遊蕩蕩，卻只是放不下小弦，心中百轉千徊，柔腸寸斷，恍惚間就覺得自己十年未見的親生女兒就在索下，卻連斷索之力都發不出，更遑論殺敵救人了。

高德言小心翼翼地道：「水姑娘，若是如此下去，必將玉石俱焚，這又是何苦來哉？」看到水秀並無反應，又續道：「我高德言這就發下毒誓：只要平安脫險，絕不會動許少俠一根毫毛，並且立時請御醫相救水姑娘，若違此誓，管教我天誅地滅，受盡萬蛇鑽心之苦……」

小弦打斷高德言的話：「你對水姑姑不懷好心時發的誓言呢？我絕不會相信你的什麼狗屁毒誓，你再胡說一句褻瀆水姑姑的話，我就吐你一臉口水。」此時此刻，他的口水倒當真是唯一有效、且百發百中的神兵利器。

高德言強壓心頭恨意，不理小弦，仍是對水秀陪笑：「縱然我以前對水姑娘有所冒犯，亦是出於苦苦愛慕之情。今日之事只因看到水姑娘受傷，一時鬼迷心竅，出一出往日被姑娘拒絕之怨氣罷了，萬幸並未真個傷到水姑娘，此刻高某已有幡然悔悟之感，只求姑娘給我一個改惡從善的機會。咳咳，若是水姑娘當真恨我，要殺要剮也全都由你。只不過，螻蟻尚且貪生，許少俠正值青春少年，又有大好前途，何苦陪著我這無足輕重的小人一齊送命呢？還請水姑娘三思而行……」

小弦聽得目瞪口呆，萬萬想不到一個人從剛才的得意洋洋瞬間變為奴顏婢膝，竟可以轉換得如此自然，而且絲毫不以為恥。瞠目之餘，別說再朝高德言吐口水，連眼光都不屑於再瞄他一眼。

高德言兀自絮叨不休，卻見水秀眼中閃過一絲無助的淒酸，又是一聲嗆咳，這一次不但吐出大口鮮血，那把摺扇亦隨之從口中落下。

高德言大喜，這才知道水秀早已是強弩之末，暗罵剛才把自己貶得一無是處，全被小弦聽在耳中，非要好好折磨他一番再殺死，方才能出這口惡氣。正要手腳並用沿索上爬，卻又驀然止住，對著小弦堆起了笑容。

原來小弦眼明手快，已搶先接住了空中落下的摺扇。一手持索保持平衡，另一手已把鋒利的扇頁對著身下的長索。只要輕輕一割，高德言必會掉入萬丈深崖。

高德言見小弦先略一猶豫，眼中似閃過一絲狠辣，慌得大叫：「許少俠且慢，聽我一言。你，你殺過人麼？」

小弦搖搖頭，一字一句道：「我從沒有殺過人，但我今天一定要殺你。」話雖如此說，卻是胸口起伏，情緒難平。明知只要這一扇劃下去，眼前這個卑鄙小人就會落入深淵，摔成肉泥。但雖從戲文、說書中聽過什麼血流成河、屍骨積山的詞語，卻直到今日才知道原來人與人之間的廝殺竟是如此殘忍而不留餘地，而自己這一扇下去，是否就沾上了永遠也洗不去的血腥……

想到那日曾與林青談及殺人之事，自己信誓旦旦說絕不會殺死一個好人，眼前的高德言當然不是什麼好人，但真要讓他就這樣死在自己手下，卻是難以下定決心。畢竟水秀傷於那神秘黑影手中，高德言只不過是適逢其會，正好看到弱女稚子可欺，方才心生歹念。就如一個老實人若忽然看到一錠金子出現在自己房間裡，是否也會自以為神不知鬼不覺地據為己有？……

小弦這番心思自然牽強，事實上今日所見到血淋淋的場景已令他感到極度厭倦，只希望是一場大夢，早早收場，以後永遠不要面對，所以才在潛意識中替己替人解脫。

高德言見小弦似乎意志稍稍動搖，立刻口唇翻飛：「不瞞許少俠，我殺過人，而且殺過不少。但每當午夜夢迴時，都會看到那些無頭冤魂找我索命，夜夜不得安睡。你莫要瞧我有時趾高氣揚、不可一世，那全都是因為自己心虛，只怕那些被我殺死的人找自己復仇，所以才故意裝出這模樣，其實外強中乾，心底深處痛悔不已。若有選擇，我絕不會再殺一個人……」這當然不是高德言的肺腑之言，不過他在刑部時常審問犯人，對這種心理倒真是把握得十足，此刻為保全性命，將那些犯人的追悔之詞用於自身，卻也似模似樣，不露破綻。

「不要說了！」小弦咬牙切齒，握扇的手輕輕發抖。

高德言豈願功虧一簣，口中不停：「唉，許少俠大概是不知惡鬼纏身索命的滋味，日夜在耳邊哭訴，只叫『還我命來』……」卻見小弦眼中忽然劃過一道寒光，高德言心頭微凜，一面說著話，一面計算著雙方的距離，伺機躍起抓住小弦的腿。

小弦聽到高德言說什麼「日夜在耳邊哭泣」時，腦中電光一閃，想到了把自己從滇北清水小鎮擄往擒天堡的日哭鬼。驀然低頭望著高德言，口中吐出一個名字：「高子明！」

高德言渾身一震，口中的話語驀然停了片刻，方驚訝道：「許少俠說的是個人名麼？卻不知是何人？」

然而高德言臉上錯愕的表情已全落在小弦眼中，知道自己猜測不假：這個身為京師刑部五大名捕之一的高德言，正是當年害得日哭鬼妻死子亡的罪魁禍首高子明。他縱然能隱姓瞞名，遠走京師，脖頸間那一道青赤色的疤痕卻是無法消除的錚錚鐵證！想到日哭鬼的妻子被他污辱殘殺，兒子被他剝皮製成人皮面具，小弦只覺得心中一股烈火熊熊燃起，如此敗類，留之只會貽害百姓，正如林青所說，今日饒了他，就是害了明日的無辜！

小弦怒喝一聲，摺扇狠狠朝纏思索劃下：「這一刀，是替齊大叔報仇！」長索應手而斷。

高德言聽到小弦叫出自己多年不用的舊名，已心知不妙，就在小弦出手的一剎那亦同時縱身而起，十指箕張，一把往小弦腿上抓去。他為求生存，這一縱身拚盡全力，雖無借力處，卻仍躍起近六尺高，小弦閃避不及，右腿竟被高德言捉個正著。

兩個人的重量一下子全掛在小弦手上，差一點讓他鬆開長索。看到手中水秀流下的鮮血，想到水秀生死未卜，幾乎遭這壞蛋的毒手，心頭更恨，高德言鐵指幾乎陷入小弦的腿肌中，他卻不管不顧，亦感覺不到半分疼痛，低首彎腰，手中摺扇朝高德言頭上斫去，口中猶高叫道：「這一下，是替水姑姑給你的……」

小弦不通武功，雖將《鑄兵神錄》背得滾瓜爛熟，但真正用於手中的兵刃卻是絕無僅有，何況是摺扇這等奇門兵器，加之出手方位較高，這一扇從高德言面門劃過，將他面孔劃得鮮血淋漓，卻未能入骨致命。高德言慘叫一聲，他雙手都抱住小弦的腿，無法反擊，只能用口咬住扇面。

心中的怨毒與求生的瘋狂令高德言那一張流滿鮮血的面孔顯得尤其猙獰，小弦瞧得心魂俱裂，幾乎手軟，拚命咬緊牙關，使勁回奪摺扇。兩人拚力一掙，只聽「卡嚓」一聲輕響，十餘支扇骨盡數激飛而出，直射入高德言大張的口中。

原來高德言這柄摺扇乃是請人精心所製，內中藏有機關，只要一按扇柄的按扭，便會將十餘支精鋼打造的扇骨射出，仿如暗器，在貼身近戰中突然使出，令人防不勝防，卻被小弦在爭搶中無意按動了機關。

高德言口中塞了十餘支扇骨，連慘叫都發不出來。小弦只看到他那被鮮血染紅的半張臉孔微微一怔，一雙陰毒的眼瞳驀然放大，幾可映出自己的影子，緊握著雙腿的手終於無力鬆開，那一張淒慘的面孔帶著一份難以置信的神情墜入無盡的深谷中……

直到臨死的最後一刻，高德言也不相信自己謹慎一世，到頭來卻會死在這樣一個孩子手裡，而且是被自己摺扇中的獨門機關所殺。

小弦甩開半截摺扇，望著自己手裡混合著的水秀與高德言的鮮血，突然有些不知所措，渾身亦再無一絲力氣，就這樣任由自己懸掛在半空中，腦中一片紊亂。

他低低在心底告訴自己：許驚弦，你終於長大了，可以像林叔叔一樣去行俠仗義、鋤暴安良了……

可是，他真的很想哭，很想在這雖然水汽溫潤、卻令他覺得透不過氣的黎明前的暗夜裡，放下一切刻意強加給自己的尊嚴，像一個真正的孩子一樣……放聲大哭。

何其狂一早悄悄來到容笑風馴鷹的小屋中查看，卻不見小弦的蹤影。他對容笑風頗有懷疑，瞧他對著小雷鷹發怔，也不驚動他，自個便沿著小弦的腳印四處尋找，終於在那溫泉懸崖邊發現了這慘烈的一幕。

水秀早已氣絕多時，何其狂大驚之餘，先把懸於半空中的小弦吊上崖頂，再朝他細細詢問，小弦卻一語不發，雙目一片迷茫之色，仿若癡呆。

水秀雖屬於泰親王一系，但她與駱清幽並稱為「京師雙姝」，性格溫婉，何其狂雖與她並無太多交情，但一向頗敬重她，看到她慘死當場，亦是歎息不已。他並不知道水秀的真實身分，只知她在京師中向來獨來獨往，並無親眷，若是琴瑟王慘死京城外之事一旦宣揚出去，必會引起軒然大波，甚至會引發京師三派之間的火併，為求慎重起見，便手持「瘦柳鉤」在溫泉邊挖了一個大坑，將其掩埋。

小弦怔怔看著何其狂把水秀的屍體放入坑中，驀覺心口巨痛，卻是說不出話來，唯以手輕撫胸前那面金鎖，在腦海中默默發下誓言：「水姑姑，你安心去吧，無論清兒對我是何態度，我都一定會好好替你與莫大叔照顧好她！」

何其狂掩埋好水秀，帶著小弦先回到那小木屋中找容笑風。一路上小弦沉默不語，何其狂知他乍逢驚變，神智大亂，亦不多做詢問，只是將內力從小弦手中傳入，助他穩定心神。

小雷鷹決意以死相抗，容笑風百思無計，仍呆立於屋中。見到何其狂與渾身血跡的小弦進屋來，大驚失色：「小弦為何如此？你昨晚去什麼地方了？」

小弦默然無言，神情悽楚。容笑風雖不知小弦昨夜的遭遇，但小弦離開時他全部心神都懸在小雷鷹身上，此刻亦覺有愧於心。惑然望向何其狂：「到底發生了什麼事情？」

何其狂漠然道：「小弦昨夜不是與你一起麼，為何你反倒來問我？我倒要聽聽你的解釋。」

容笑風聞言微微色變：「難道你懷疑我故意會害小弦？」

何其狂只是冷笑，竟似默認了容笑風的猜想。容笑風大怒：「小弦是許兄的義子，我待他一如自己的骨肉，你憑什麼懷疑我？」

何其狂淡淡道：「琴瑟王暴斃荒野，你與泰親王愛將黑山交好，與此事自然難脫干係。」銳利的目光緊緊鎖住容笑風，看他會對此有何反應。

容笑風驚得目瞪口呆：「水秀死了?!」看他的神情，似乎並不在意何其狂知道他與黑山交往之事，而是對水秀的死訊感到極度驚訝。

小弦聽到水秀的名字，驀然一震，終於緩緩吐出幾個字：「那個姓高的壞蛋殺了水姑姑，掉在懸崖下，若是還沒有死，我絕不會放過他……」

何其狂與容笑風面面相覷，隱隱猜到小弦所說之人多半是刑部名捕高德言，卻無論如何想不出高德言為何會殺水秀？其實真正對水秀發出致命的一擊乃是那戴著面具的神秘男子，但高德言的卑鄙無恥無疑更令小弦痛恨。

何其狂知小弦不願再看到那幕慘況，本欲自己去崖底察看，但又不放心容笑風與小弦待在一起，若是帶著容笑風同去，小弦一個人留在屋中亦是不妥，是否應該先送他回白露院，再通知林青、駱清幽，卻又擔心有人發現不知生死的高德言，另生事端，一時沉吟難決。

容笑風已搶著道：「我們快去那裡看看。」剛要出門又回過頭來，看看虛弱至極的小雷鷹，神情頗為猶豫。心想若是抱著牠去崖邊，只怕被寒風一吹，半路上就會斃命。

容笑風正想上前解開綁著小雷鷹的鐵鍊，小弦卻發狂一般甩開何其狂的手，攔在小雷鷹面前大聲道：「你不要過來……」當他接觸到小雷鷹那沉靜如水、隱忍堅決的目光時，彷彿又回到了高德言對重傷無力的水秀步步緊逼的一刻。容笑風吃了一驚，不由退開半步。

何其狂見小弦雙拳緊握，目中噴火，似乎當自己與容笑風都是不共戴天的仇敵，知他神智紊亂，極需鎮定，對容笑風道：「容兄請借一步說話。」兩人步出屋外，僅留小弦一人。

小弦愣了半晌，無意識地拿來裝有鮮肉與清水的碗兒遞至小雷鷹面前，用手指撫著鷹羽，勾起軟弱無力的鷹首，給小雷鷹餵食。

小雷鷹雙翅垂落，閉目不食。而小弦的心思還癡癡回想著昨夜似真似幻的片段，水秀溫柔的音容、青霜令使狠辣的出手、高德言無恥的小人嘴臉、漫天飛流下的溫泉與血雨、那一根懸掛在半空中的軟索、以及最後奮力擊向高德言的一扇……這一刻的小弦如墜夢中，渾不知自己在做什麼。

忽然指尖微微一痛，卻是那小雷鷹拚力啄了小弦一口，只是牠早已氣息奄奄，這一口渾如隔靴騷癢，卻令小弦恍然驚醒。一人一鷹對視片刻，小弦驀然覺得心頭大慟，一把將鷹兒抱在懷裡。

小雷鷹睜大雙目，亦無力掙扎，目光灼灼、帶著一絲迷惑盯住忽然神情無比激動的小弦，似乎有些不知所措。

小弦緩緩替小雷鷹解開鐵鍊，一面喃喃自語道：「小鷹兒，你媽媽一定到處在找你，我放了你，快去尋媽媽吧……」

失去束縛的小雷鷹軟軟躺在地上，根本無力行走，更遑論展翅飛翔。小弦幫牠搧幾下翅膀全無效用，忽然悲從中來，種種想法紛遝而至，憐於自己的身世，只覺得自己亦如這軟弱的小鷹兒，既不能一飛沖天，亦無法給身邊的親人朋友幫助，忍了一夜的淚水漣漣而落，滴在鷹頸上，把鷹羽染得透濕。

小雷鷹感應到小弦的淚水，忽然輕輕一震，勉強扭開頭去，鷹眼落在小屋的某個角落中，若有所思。

小弦淚水狂湧，拚盡全力大叫一聲：「你快飛啊！」只有這聲嘶力竭的喊叫，才能稍稍發洩他滿腹的怨懣。

何其狂與容笑風正在門外說話，聽到小弦的大叫聲，連忙搶進木屋察看。

木門被撞開的剎那間，露出東天一抹如玫瑰色水晶般的晨曦，溫柔的光線霎時灑進來，眼前乍現明亮，黎明的野風帶著冰冷的冬日氣息衝入小木屋，發出嗚嗚的號叫，又捲起火堆邊殘留的餘燼，四周的一切彷彿瞬間消失於混沌的迷霧中……

這深冬的晨風，令小弦與小雷鷹皆是一陣顫慄。

何其狂正要上前追問小弦，容笑風忽然拉住了他，眼神定在小弦懷中，滿臉不可置信的神色。

小雷鷹被寒風一吹，精神一振，鷹眼望定小弦，忽然從喉間發出一聲低低的哀鳴，一抖鷹頸，啄下小弦手中的一塊肉。

鷹帝，「屈服」了！

何其狂、容笑風在山谷下找到了高德言殘缺不全的屍體，匆匆掩埋後，帶著小弦回到白露院。

在林青與駱清幽的耐心誘導下，小弦終於斷斷續續地說出了這一夜驚心動魄的遭遇，眾人方知原委。想到琴瑟王出身江湖中神秘的四大家族溫柔鄉，又名列京師八方名動之一，性情溫婉、容顏秀麗，操琴之藝天下皆聞，卻先被御泠堂青霜令使偷襲重擊，再受高德言那小人輕薄，天妒紅顏，齊聲歎息。駱清幽更是雙目通紅，悄悄灑下幾滴清淚。

小弦講完，抱緊懷中的小雷鷹：「林叔叔，殺水姑姑的那個人戴著一張青銅面具，定是青霜令使，你一定要替水姑姑報仇。」

何其狂問道：「你能確定是青霜令使……郭暮寒下的毒手麼？」

小弦一怔，回想昨夜所見，只憑那神秘男子的聲音與身形並不能判斷出是亂雲公子郭暮寒，而那張青銅面具亦僅僅聽參與行道大會的四大家族中人說起，自己並未親見，亦無法肯定是青霜令使。

林青忽長身而起：「小弦，與我去一趟清秋院。」水秀雖屬於泰親王一系，林青與之並無太多交情，但因駱清幽之故對她頗有好感，聽到水秀重傷在身依然捨命維護小弦，胸中不由湧起滔天戰志。小弦又驚又喜，大聲答應。

「此事不可急躁。」駱清幽雖是傷心水秀慘死，卻依然保持著冷靜：「無論是否是郭公子出手，我們一定要考慮周全再行動，以免落入敵人的圈套。」

何其狂亦勸林青：「清幽說得不錯，御泠堂一向行事謹慎，既然雷霆出手殺了琴瑟王，必會留有後著，需得三思而行。」

「我去清秋院絕非一時意氣，而是經過慎重考慮。」林青道：「御泠堂唯恐天下不亂，這一次暗殺水秀謀定而動，絕不是對付宿敵四大家族那麼簡單。如果我們再不有所行動，或許下一次就會拿逍遙派開刀。敵暗我明，首先要確定青霜令使的身分。」

小弦一呆：「難道林叔叔懷疑青霜令使另有其人？」駱清幽與何其狂眼中亦有

同樣的疑問。

林青胸有成竹：「你們可想過御泠堂在京師最大的優勢和劣勢是什麼？」諸人沉思。林青續道：「京師高手如雲，三派壁壘分明，御泠堂縱然實力不俗，在京師中亦絕不敢正面與任何一派對抗，只有化身其間，伺機挑動各派相爭，從中漁利。所以御泠堂的優勢和劣勢皆是一樣，那就是隱藏於後，暗箭傷人，最忌暴露身分。正因如此，昨晚之局最不合情理的地方，就是那青霜令使並沒有將小弦殺人滅口，這又說明了什麼？」

何其狂思索道：「任何一個人都可以戴上青銅面具殺人，或許他就是故意讓小弦以為是青霜令使下的毒手？加上高德言事後出現，莫非出手的不是御泠堂，而是泰親王的命令，意在清除異己？」

林青輕輕搖頭：「小弦曾說水秀看出了那人使的武功正是御泠堂的『帷幕刀網』，這絕非其餘人可以假冒的。但御泠堂的人又何需留下小弦這個目擊者？何況殺人蒙面也無需一定戴上青霜令使的招牌，這讓我有一個設想：那就是對方不但知道小弦懷疑亂雲公子郭暮寒之事，而且有意把我們往這個方向引……」

駱清幽點點頭：「這個分析很有道理。我聽小弦說那青霜令使身為御泠堂副堂主，在離望崖前巧妙地把四大家族引入棋戰之中，不露絲毫破綻，當是心計縝密之士。如果郭公子真是青霜令使，他又怎會在自己的書房中留下把柄，被小弦輕易看到？何況這幾年郭公子足不出戶，又如何能抽出十餘日光景遠赴鳴佩峰挑戰四大家族，或許，我們都冤枉他了……」

小弦猶不能釋懷，搶著道：「正因為他足不出戶，所以縱然離開了一段時間，也沒有人能發覺。」

林青冷笑：「不管亂雲公子是不是青霜令使，給小弦下迷藥竊取《天命寶典》之事絕沒有冤枉他，我遲早也要找他算這一筆帳。」

駱清幽與何其狂見林青去意堅決，只恐他有失。何其狂道：「既然如此，我陪你同去清秋院。」

林青一擺手：「你與清幽在這等我，再想想昨晚的幾個疑點。水秀行動謹慎，御泠堂能掌握到她的行蹤極其關鍵，約她荒野相見之人極有可能是御泠堂安插在四大家族中的內應，當時水秀受重傷並未立刻斃命，對方為何不怕她對小弦說起相約之人的身分？」

駱清幽陷入沉思，昨晚水秀應該是被四大家族中人相約，但暗害水秀之人卻能假冒得天衣無縫，自當是四大家族中出了奸細。雖然高德言的出現令水秀來不及告訴小弦她與何人相見，但這無疑是暗殺者極大的破綻，對方究竟是有意如此，還是一時疏忽，確值得深思。

林青對小弦一招手，往門外走去。小弦知道小雷鷹雖然吃了些食物，身體依然虛弱，交給靜立旁邊一直無語的容笑風：「容大叔，麻煩你幫我先照顧一下牠？」小雷鷹卻是羽毛倒豎，鷹爪伸縮，不讓容笑風近身，看來依然「記仇」。小弦無奈，只得把小雷鷹放在廳中角落安頓好。

容笑風對小弦苦笑：「你放心隨林兄去吧，我會照顧好牠的。」他一心想馴服小雷鷹，誰知陰差陽錯下反認了小弦為主，心底真是百味雜陳。

林青走到容笑風身邊，忽然停步，一臉肅容：「先請容兄表明一下立場，是否仍是如六年前一樣與我並肩抗敵？」

容笑一愣，朗然道：「林兄無需疑我，那些如塵往事，容某時刻不敢相忘。」

「好！」林青與容笑風雙掌相擊：「容兄先好好考慮一下，等我從清秋院回來後，希望容兄能告訴我一些情報。」帶著小弦徑直出門而去。

容笑風長歎一聲，臉色陰晴不定。駱清幽看在眼裡，心頭泛起一絲異樣的情緒。林青明知容笑風可疑，卻依然給他留下迴旋餘地，自是十分看重當年的情誼，而等林青從清秋院回來後，便是與容笑風攤牌的時刻了。比起當年桀驁不羈、僅憑己心好惡行事的男子，如今講究策略的暗器王更有一份成熟的宗師風範。

小弦與林青徑直前往清秋院，一路上小弦想到水秀慘死，心情沉重，林青有意逗他開心：「這段時間諸事繁忙，過幾日我帶你在京城中好好逛一逛。小弦喜歡玩什麼？」

小弦隨口道：「我看京師除了熱鬧些，好像也沒有太多的不同。不知道皇宮裡是什麼樣？」

林青大笑：「你若想見識一下，林叔叔就帶你去。」

小弦連連搖手：「我只是隨便說說，那皇帝老兒想來也不過是兩隻眼一個鼻，看不看也無所謂。而且皇宮裡定是機關重重，萬一有什麼閃失豈不得不償失……」

林青聽到小弦的話，驀然靈光一閃，一個大膽的猜想已浮上腦海。

來到清秋院，林青報名求見，家丁忙去通報。

小弦心中依然認定口蜜腹劍、笑裡藏刀的亂雲公子就是青霜令使，忍不住提醒林青道：「青霜令使十分狡猾，這裡說不定就是御泠堂的大本營，林叔叔還是小心些。要麼，我在莊外等你？」他只怕萬一動起手來，林青不好分心照顧自己，所以方有此言。

林青淡然一笑，傲然道：「我既然帶你來，就一定有把握帶你安然回白露院。」小弦登時信心大增，心想若是正面對戰，京師之中除了明將軍，又有誰能放在林青眼中？

不一會兒，亂雲公子郭暮寒迎出莊外：「林兄一早來訪，不知有何事情？」又望一眼滿面悲憤的小弦，勉強一笑，十分不自然，顯然想到了《天命寶典》之事，心懷鬼胎。

林青仔細打量亂雲公子，暗暗運功測其狀態，心中已有計較。其實林青之所以要一早趕來清秋院見亂雲公子，還有另外一個目的：水秀畢竟亦是一流高手，縱是偷襲，殺之亦需全力出手。但此刻的亂雲公子雖然眼神稍亂，卻是神清氣爽，經脈通暢，絕無剛剛大戰一場的疲態與興奮。

至此林青終於可以肯定，昨夜的兇手絕非眼前之人。

亂雲公子被林青打量得十分不自在，清咳一聲：「林兄……」

林青不等亂雲公子邀請，拉著小弦入莊，口中看似隨意道：「我來找郭兄，想尋兩件東西。」

亂雲公子奇道：「不知林兄想尋何物？」

「第一件東西，是一個青銅面具！」林青語氣緩慢，存心要看亂雲公子的反應，雖然他不是昨夜殺害水秀的兇手，卻未必與御泠堂沒有關係。

亂雲公子面上的驚訝之情顯非偽裝：「這，卻不知那面具是什麼形狀？」

林青呵呵一笑：「看來第一件東西未必在郭兄手裡，那我就退而求其次，只要第二件東西吧。若是郭兄還說沒有，就是瞧不起小弟的智慧了。」

聽著林青霸氣盡現的話語，亂雲公子雖不明林青的用意，神色亦漸漸有些不快：「林兄請明說。」

談話間已至磨性齋門前，林青停下腳步，拍拍小弦：「請郭兄把《天命寶典》的副本還給許少俠。」

亂雲公子渾身大震，頓時張口結舌，滿臉通紅。

或許對於京師各方人物來說，虛禮客套乃是在這環境下生存的定理，只要未到一決生死的關頭，縱然心裡恨之入骨，表面上依然要客客氣氣，彼此留有餘地。亂雲公子雖是一心求學，不理閒事，亦不能免俗。可如今碰上單刀直入的林青，可謂是遇見了剋星，一時手忙腳亂，訕訕說不出話來。

小弦從未見過林青如此鋒芒畢露的模樣，心中敬佩之情無以復加。瞅著一臉窘態的亂雲公子，大覺解氣。轉眼望見平惑與舒疑在不遠處對著自己微笑，心情稍好了些，又有些同情亂雲公子了。

良久後，亂雲公子摸出鑰匙打開磨性齋，長歎一聲：「小弟一時鬼迷心竅，還請林兄與許少俠原諒。副本就在書齋中，這便取來。」他滿面羞慚，直承無悔，看來確是有愧於心。

亂雲公子從書桌抽屜中取出一冊書，雙手遞給小弦，囁嚅道：「我當日僅抄下半部《天命寶典》，除此一份外絕無其餘副本，如今物歸原主……」若一般人在自己家中被當場捉贓，必是惱羞成怒，亂雲公子能對小弦如此低三下氣，亦顯示了良好的涵養。

小弦看到亂雲公子面紅耳赤、冷汗淋漓的模樣，早相信他不會是那明知敗局已定、亦拚著以命換命的青霜令使，氣也消了大半，接過書冊放入懷中，低聲道：「子曰：知錯能改，善莫大焉。公子也無須太過自責。」他從磨性齋中讀了許多書，此刻活學活用，雖是誠心所言，卻頗有諷刺的意味，亂雲公子只是苦笑。

林青又道：「那一本《當朝棋錄》郭兄從何處得來，還請見告？」

亂雲公子一怔：「什麼《當朝棋錄》？」

小弦只當亂雲公子避重就輕，徑直來到那寫有「逸情之書」的書架前，誰知找了半天卻再也找不到那本《當朝棋錄》。對亂雲公子大聲問道：「是不是你藏起來了？」林青只是默然望著亂雲公子。

亂雲公子神色漸漸恢復，朗聲道：「《天命寶典》之事確是小弟之錯，但若是林兄欲要多加罪責，暮寒卻之不恭。」直到此刻，方稍有一分清秋院之主的氣度。

林青叫住尚不肯干休的小弦：「小弟相信郭兄縱偶有過失，仍不失為一位坦蕩君子。此事我自當慢慢追查，遲早會水落石出。就此告辭！」拉著小弦揚長而去。

亂雲公子也不相送，跌坐椅中，目光呆滯，良久後搖頭一聲長歎：「唉，我實在是愧對『君子』兩字啊。」

小弦在路上對林青道：「林叔叔，那本《當朝棋錄》怎麼會突然不見了，難道是有人故意嫁禍亂雲公子？可他怎麼能知道我會進入磨性齋中，又恰好見到那本《當朝棋錄》？」

林青目光閃動，輕輕道：「依我看倒未必是有意嫁禍亂雲公子，這裡面的文章倒值得我們好好研究一下。」這一刻，他似乎已看破了這個迷局。

兩人回到白露院中，容笑風搶先迎上，臉上卻是極堅決的神情：「我容笑風一直當林兄是我的好兄弟，但亦絕不會做洩露朋友消息的反覆小人……」

林青一笑，打斷容笑風的話：「既然容兄不想說，小弟自不會勉強。」

駱清幽與何其狂原以為容笑風如此說，林青必會與之反目，想不到林青輕易揭過此事，皆是一愣。看林青一副胸有成竹的模樣，似乎已知道了什麼關鍵。

容笑風本是想好了許多說辭，不料林青如此信任他，面上湧上一股感激之色：「不過林兄也不必多疑，我所結交的人絕不會對林兄不利，我只是要對付明將軍，好報笑望山莊數百名兄弟的大仇。」

林青淡然道：「如果容兄還念我們往日之情，就請答應小弟一件事情。」

容笑風動容道：「林兄請講，容某無有不從。」

林青緩緩道：「在我與明將軍決戰之前，不要再參與御泠堂的行動。」

容笑風聽到林青點出「御泠堂」的名字，大吃一驚：「你，你都知道了？」

林青點頭：「順便提醒一下容兄，御泠堂禍亂江湖，野心極大，你為了對付明將軍與之聯手，未必是最好的方法。」

駱清幽與何其狂皆是心思敏銳，看出林青已猜破容笑風並非是與泰親王聯手，而是暗中結交了御泠堂。但如果依他所言，與御泠堂聯手是為了對付明將軍，豈不是與御泠堂助明將軍登基皇位的做法完全不合，這其中必還另有隱情。

容笑風望著林青誠懇的神態，一咬牙：「好，我答應你。」他知道林青等人必要商議一些事情，自己不便參與，對諸人一抱拳，轉身離開。

駱清幽含笑道：「看來林大俠清秋院之行收穫不小啊，竟然連容兄的秘密也一併猜出來了。」

何其狂亦奇道：「難道郭暮寒果真是青霜令使？」若非如此，實難解釋林青對容笑風的判斷。

林青正色道：「清秋院之行並無多少收穫。但這路上我卻想到了一個一直被我們忽略，卻是十分關鍵的人物。」

「是誰？」小弦與何其狂齊聲追問。只有駱清幽垂頭思索。

林青不答，只是從懷中摸出一物，在手中細細把玩。

小弦眼尖，看到林青手中是一個小小的、十分精緻的木盒，而那木盒外面縷刻的花紋竟然十分熟悉。驀然想起正是自己從容笑風房中找到的那些碎紙屑背面的花紋，驚叫道：「這個木盒從哪來的？」

何其狂與駱清幽對視一眼，同時吐出三個字：「流星堂！」

木盒共分七層，每層打開後都是另一個稍小一分的木盒，顏色各異，製作細緻，乃是流星堂給皇室進貢的精品。

當日在平山小鎮小弦被葛公公擄走，林青一路追逐入京，在沿途一間客棧中第一次收到管平的「禮物」，便是這只小小的木盒。裡面裝著駱清幽送給林青、在朱員外臥室外讓小弦蒙面的手帕；然後就是在將至京師的官道上，一個相同的木盒中放著不知管平從何處找來的小孩子手指，引得林青心神大亂，從而中了第三只木盒裡的霹靂子……

林青入京中伏，這兩只木盒便一直放於懷中，這木盒雖然無用，但製作精巧，不忍拋棄，送了一只給駱清幽賞玩，另一只就正在他的手上。

小弦望著那木盒，連忙將自己從容笑風房中找到相同花紋的紙屑之事說出。何其狂恍然大悟：「原來與容兄通風報信的並不是黑山，而是機關王白石！」

駱清幽心細，低聲道：「我聽說六年前在笑望山莊一戰中，機關王先是壘石築台大破莊中防衛，又引地泉之水倒灌地道，幾乎將眾人困死於山腹中，容笑風對其應該不無恨意，又如何能結交？」

「容兄亦略通機關之術，當時對白石之能便頗為推崇，既在京師重會，惺惺相惜下，兩人交為朋友也是極有可能的。更何況……」林青一面思索一面緩緩道：「你們可注意到剛才容兄說話的表情？他寧可讓我誤會也不願意吐露朋友的消息，這反而更證實了我的猜想。試想那牢獄王黑山雖與容兄同樣來自塞外，但此人心狠手辣，對犯人用刑無所不用其極，在京中口碑極差，容兄雖一心對付明將軍，卻絕非不知好歹之人，又豈會如此維護他？所以，表面上容兄與黑山交好只為掩人耳目，真正與之結交的是一向與黑山焦不離孟的機關王白石！」

在去清秋院的路上，當林青聽到小弦說起皇宮中「機關重重」時，便靈機一動想到了機關王白石。

水秀既然來自溫柔鄉，與她相約之人亦必是四大家族中的一員。此人當不會是無名之輩，多半亦如水秀一般以偏門雜藝成名，點睛閣博覽群書，蹁躚樓畫技超群，溫柔鄉精於琴藝，英雄塚則以棋奕之術與機關消息學見長，由此推算京師中的成名人物，唯有潑墨王薛風楚與機關王白石最有可能。試想以蹁躚樓主花嗅香的風度翩翩，自詡一流畫技、二流風度、三流武功的潑墨王本是最有嫌疑，不過蹁躚樓幾代單傳，恐怕與潑墨王拉不上什麼關係，何況潑墨王金玉其外、敗絮其內，當年為追求駱清幽無所不用其極，被拒後又暗中散佈流言菲語，表面風度絕佳，內心卻是個卑鄙小人，與蹁躚樓的行事大不相同；而機關王白石的消息機關學與英雄塚不謀而合，又與明將軍私交甚秘，難道他就是來自四大家族英雄塚？再加上水秀昨夜所說「白水相約」的暗號，小弦一廂情願認定是泉邊相會之意，而真實的情況會不會就是指白石之姓呢？

而小弦從容笑風房中找到的碎紙屑，恰好證實了林青的猜想。

然而，昨夜水秀赴的卻是死亡之約，出手的縱然不是青霜令使，也必與御泠堂有關，難道白石已被御泠堂收買？不過四大家族中景、水、花三姓都是血緣相連，自難以下決心背叛血緣相連的家族，唯有英雄塚武功須保持童子之身，招外姓弟子改姓「物」，這也大大增加了白石投靠御泠堂的可能性。

林青說出了自己的懷疑，與駱清幽與何其狂商議一番，皆覺大有可能。只是白石亦屬於逍遙一派，與三人都有些交情，心理上確是有些難以接受。

小弦插口道：「我在清秋院磨性齋看到那本《當朝棋錄》中還記有愚大師與物由風的對局，若非英雄塚出了叛徒，愚大師數十年前的棋譜也絕不會流傳到京師。」越想越是心驚：「怪不得在離望崖那場棋戰中青霜令使那麼有把握，原來他早就研究過愚大師的棋路，由此看來，機關王白石定然早就投入了御泠堂中……」

林青又想到一事：「如果白石真是來自英雄塚，六年前在幽冥谷中遇見老頑童物由心時，如何會不識？」

何其狂道：「或許物由心早早被逐出英雄塚，並未見過白石？」

林青心中疑惑難解，忽對小弦道：「你想不想去見識一下流星堂的機關？」

何其狂沉聲道：「白石不比亂雲公子，流星堂亦遠比清秋院凶險，此事一定要多加小心，我陪你一起去好了。」京師流星堂雖只是一個製作機巧之物的地方，卻因其機關重重，乃是江湖人口中的幾大禁地之一。

被譽為空空妙手宇內無雙的「妙手王」關明月就曾有言：寧竊皇帝枕邊玉，不盜流星半枚錢。由此可見一斑。

若說起京師中的府第，最有霸氣的無疑是將軍府，最怡情的可謂是清秋院，最令人嚮往的當屬白露院，但最神秘莫測的地方，便是流星堂。

林青笑道：「小何放心吧，我與白石好歹亦有交情，在未確定他身分前自然是做為朋友參觀流星堂，豈會興師問罪？若是被他發現你暗中跟隨，反為不美。」

駱清幽亦道：「白石此人高深莫測，如果我們的猜測屬實，他身兼四大家族與御泠堂雙重身分，必會殺人滅口，一定要謹慎從事。」

何其狂思索道：「按小林在鳴佩峰中得到的情報，四大家族與御泠堂都是奉祖上遺命，暗中輔佐明將軍得天下，兩者相爭亦只是為了決定由何方相助明將軍。但聽容笑風的意思，似乎御泠堂已意在對明將軍不利，難道這才是明將軍欲掃清御泠堂的原因？」

林青沉吟道：「或許御泠堂早就不甘蟄伏於明將軍手下。他們既然在鳴佩峰中落敗，卻又毀諾再出江湖，明將軍身為昊空門弟子，按武氏遺命便應該與四大家族聯手對敵御泠堂，或許因為這個原因，御泠堂才要連明將軍一齊除去。」

駱清幽輕聲提醒道：「還有一個原因：那就是容笑風只是被御泠堂所利用，根本不知道御泠堂的真實目的。」

林青歎道：「御泠堂行事不可以常理度之，一切皆有可能。所以我一定要去一趟流星堂，掌握機關王的真實身分。若是我們不能及時把握到御泠堂的動向，不但即刻赴京的四大家族有可能受其暗算，京師的形勢亦會變得不可收拾。」

何其狂亦道：「琴瑟王與高德言身死的消息尚未傳出，只有御泠堂中人知道，小林也正好可以通過白石的口風試探一下他。」

小弦雖未親眼目睹離望崖前一戰，但將青霜令使與愚大師等人當時的對話都聽得清楚，深明御泠堂的可怕之處。此刻見到林青欲找御泠堂發難，又是擔心，又是激動。

「目前京師形勢微妙，各方勢力一觸即發，蠢蠢欲動，就像是一個火藥桶，而水姐姐之死極有可能成為點燃這桶火藥的引線……」駱清幽沉思：「唯恐天下不亂的御泠堂只怕就要對四大家族搶先動手，如果白石真是來自英雄塚，又並未投靠御泠堂，他的處境就極其危險了。事不宜遲，流星堂之行越快越好。」

林青奇怪地望了駱清幽一眼，以往她雖不會阻止自己去冒險，卻也不會出言贊同。

駱清幽瞧破林青的心思，攬髮一歎：「你與明將軍之戰牽動太大，只怕稍有不慎，京師中便會是血流成河的局面。縱然沒有水姐姐的緣故，為了天下蒼生，我也不該勸你因小而失大……」

林青故作愕然：「原來在駱才女眼中，天下蒼生是無可捨棄的『大』，而我堂堂暗器王竟是個可有可無的『小』！」

看著一向泰山崩於面前亦不動聲色的林青如此裝腔作勢，饒是小弦心中悲痛沉鬱難解，也忍不住與何其狂相對展顏大笑。

駱清幽狠狠白了林青一眼，唇邊露出一抹壓抑不住的笑容：「你最好小心些，可不要折在流星堂的機關下，壞了暗器之王的一世威名。」

林青殺氣乍現，豪情飛揚：「在去泰山絕頂約戰明將軍之前，我就先拿御泠堂試招吧！」

第二章

花月青霜

小弦心中大奇，能令數千面鏡子同時移動，
顯非人力，而是極其精密的機關。
低頭瞧見地面上有無數細小的光滑軌道，
醒悟到那些鏡子底基下必是設有滑輪。
但雖明其原理，卻不知用何方法操縱，
流星堂的機關之術簡直神乎其技，令人匪夷所思。

林青尚是第一次去流星堂，一路上拉著小弦的手指點京師風物，渾如遊歷景色。

林青神態雖然輕鬆，小弦卻聽駱清幽與何其狂說得鄭重，心知流星堂中機關無數，絕非善地，縱然很想見識一下，卻不明白林青為何一定要帶上自己隨行，心裡不斷祈求自己不要成為林青的「負擔」。如此想著，不由脫口問了出來。

林青笑道：「你是我的福星，自然要帶你同行。」

小弦哪肯相信，依然追問不休，林青無奈，正容道：「昨夜那青霜令使對水姑娘一招得手後，卻偏偏不殺你滅口，我很想知道到底是為什麼。帶著你同行一來可以保護你的安全，讓你多增加一份見識，二來也希望能得到一個解答。」

小弦方明白過來，撓撓頭：「這件事我也想不明白，難道就因為我是明將軍的『剋星』的緣故？」

林青思索道：「如果你真是明將軍的剋星，御泠堂意在輔佐明將軍登基，按理說更不應該放過你。但如果御泠堂現在已不願受制於明將軍，這就完全可以解釋清楚了。」略一沉思，又喃喃道：「不過，這些僅僅是我的猜想，或許御泠堂的真正目的還並沒有被我們發現。」

小弦歎一口氣：「也許，我昨夜死在青霜令使手下，也就一了百了了。」他從未那麼近距離地面對死亡與血腥，又親手殺死了高德言，心中不免有一種生命如此脆弱、隨時可棄、毫不足惜的念頭。何況自己在那些高手眼中自己簡直不堪一擊，或許對方根本不屑殺死一個軟弱無能的「廢人」，如此想來，更覺無比沮喪。

林青微怒道：「死不可怕，可怕的是死得毫無意義。俠客的輕生死是因為重大義，絕非對世情的解脫。你若是連這一點也堪不透，不但白讀了《天命寶典》，亦枉費了許兄對你的撫育之恩。」

小弦心中一凜，想起義父的音容笑貌，重重點頭。他不能輕易去死，至少，還要先替許漠洋報仇！

流星堂座落於京師北郊荒野中，十餘間房屋連綿一片，周圍半里內皆無人煙，在熱鬧繁華的京師中顯得極不尋常。這不是因為流星堂威名太甚，也並非百姓們擔心機關失靈殃及自身，而是流星堂暗中還負責打造禁衛軍火器，所以朝中才明令附近不許有百姓騷擾。

不多時，兩人來到北郊外，還離得老遠，便可聽到流星堂中「叮叮噹噹」的鍛鐵之聲。

林青聞聲對小弦失笑道：「想不到流星堂中竟然這麼大動靜，當真有些辱沒機關王之名。」

話音才落，一個聲音遙遙傳來：「林兄大駕光臨，足令流星堂蓬蓽生輝。若是這些響動有礙林兄清靜，小弟便令手下停工一日也無妨。」語音清朗，正是機關王白石的聲音。

林青驚訝道：「白兄好敏銳的耳力，小弟自愧不如！」

白石哈哈大笑：「不過是借助了機關之力，如何能與暗器王名動天下的聽風辨器之術相提並論。」

隨著白石的說話聲，他已早早出來迎接。不知是否源於心理作用，小弦只覺得比起在清秋院中的白石，眼前的機關王神情中似多了一份自信，不復初見的低調謙恭。

或許，因為這裡就是──京師中最為神秘莫測的流星堂！

白石把林青與小弦請入流星堂中大廳，奉上茶水，略略寒暄幾句，便問起林青的來意。林青並不透露自己的目的，僅說帶小弦來見識一下名動京師的流星堂，白石似乎也並不起疑。

暗器王與機關王雖同處八方名動之中，又皆屬於逍遙一派，但六年前笑望山莊一戰使兩人暗生嫌隙，清秋院中再遇亦只是適逢其會。加上林青此刻對白石不無疑慮，表面上談笑甚歡，言語中卻是隱含鋒芒。

兩人先說到六年前幽冥谷，又隨口談起清秋院之會的情形，林青有意數次提及琴瑟王水秀的名字，但看起來白石對水秀之死似乎毫不知情，至少表面上瞧不出半分蹊蹺。

小弦好奇地看著流星堂中的佈置，但見房屋皆是紅木所製，簷角接縫處不時可見那熟悉的花紋，想必是流星堂的專用標識。除此之外與普通民居也沒有太多的不同，全然瞧不出所謂的重重機關。他本有心問問白石到底給容笑風傳的什麼書信，但知道林青看似無心的談話中實是隱含深意，於言笑中旁敲側擊。只怕自己說錯了話，亦不敢隨便開口。

不時有工匠來廳中詢問白石製作的疑難之處，白石一一耐心回答，小弦聽他提及一些兵器製作的方法，與自己所學的《鑄兵神錄》對照，倒也自得其樂。直到現在，他那敏感的天性亦沒有覺察到白石有半分不妥之處，心想此人要麼就如表面所見是個精通機關學的謙謙君子，要麼就是一個城府極深、善於偽裝的大惡人。而林青則悠閒地含笑飲茶，目光在廳中隨意遊動著，偶爾停眸凝視，卻是銳利無比。

兩人寒喧一陣，忽有一人入廳，也不與林青小弦見禮，徑直湊到白石耳邊，低低說了幾句話。林青凝神屏息，只隱隱聽到他說了什麼「昨夜」、「山崖」、「琴瑟王」等詞，然後匆匆離去。白石面露驚愕之色，良久不語。

林青神色不動，心念電轉，暗想莫非這人對白石通報水秀的死訊？不過瞧白石面上震驚的神色不似作偽，難道昨夜約見水秀之人當真與他無關？正思索著，白石已從剎那的恍惚中驚醒，對林青一拱手：「小弟有些事情必須離開，對林兄照顧不周處，還請恕罪。」

林青謙讓幾句，白石又道：「林兄若是有意，不妨帶許少俠在堂中參觀一下，小弟便不能相陪了，怠慢之處務請諒解。」

林青正中下懷，卻以退為進道：「既然白兄公務繁忙，小弟這便告辭，下次再來叨擾吧。」

白石連聲留客：「林兄是我請都請不來的貴客，豈能空手而歸？」

「既然白兄如此說，小弟也就不客氣了。」林青看似隨意道：「若是堂中有何禁忌之處，白兄可提前告訴我，免得生出什麼誤會。」此言乃是投石問路，若流星堂中真有什麼禁忌之地，才正是林青想要察看的目的。

白石哈哈大笑：「江湖傳聞中流星堂如何機關重重，其實皆是誇大其詞。不過是做些難登大雅之堂的小玩藝，在暗器王這樣的行家眼中亦無什麼秘密可言，林兄與許少俠盡可自便，小弟先行一步，順便命令手下對林兄的一切行動皆不可阻攔。」言罷拱手作別，匆匆出門而去。

林青身為暗器之王，耳力極好，聽到白石徑直離開流星堂，徑往京城中心而去，覺得他行跡頗為可疑，卻無法隨之看個究竟。暗忖如果他當真是因為水秀之死而離開，那麼他會去什麼地方呢？昨夜之事只有小弦目睹，除了自己與駱清幽等人，能這麼快得知水秀死訊的只有兇手，白石又從何處得知的消息？他即使要與人見面通傳消息，似乎也不應該如此匆忙離去將自己單獨留在流星堂中？種種疑點，在林青胸中橫亙不去。

小弦卻是怔然無語，林青放下心結，拍拍小弦的肩，笑道：「既然有這個好機會，我們就先參觀一下京師中神秘的流星堂吧。」

小弦眉頭微皺，在林青耳邊悄聲道：「剛才找機關王說話的這個人我似乎在什麼地方見過？只是一下子想不起來……」

林青只道小弦曾在京師中無意見過那人，也不放在心上。兩人走出大廳，卻見一位皂衣少年已守在門外，對林青恭敬道：「小人吳通，見過林大俠。白堂主命屬下帶林大俠與許少俠參觀流星堂，順便可解說一二。堂主亦特意吩咐過，若是林大俠想單獨行動，也無不可。」

「白兄倒是想得周到。」白石如此大方行事，反令林青更生懷疑。他本想拒絕吳通隨行，卻怕讓白石生疑，微笑道：「也罷，便由你帶路吧。」

流星堂占地數畝，整個地基連為一體，僅是分為十餘間大小不一的房舍。有的房間足有數十丈方圓，有的卻僅幾尺大小，每間房中皆有數名工匠忙碌不休。每經一室，吳通皆細細解說。那些房間皆以天空星宿為名，有的製作暗器、兵刃，有的拼制鎧甲、護心鏡，還有研究攻城守城等大型器械的，亦有製作那只精緻木盒之類小巧閒逸之物，不一而足。

小弦只見各種彈簧、齒輪等物隨處可見，有些東西甚至連名字也叫不上來。正瞧得津津有味，忽見到一人從身邊走過，望他一眼，微微一怔，旋即低頭走開。

小弦也是一愣，只覺得此人也頗眼熟，拚命思索，卻還是沒有半分頭緒。

三人在流星堂中大致逛了一圈，來到最後一間房外。這間房面積不大，卻不設窗戶，難以望見裡面的虛實，房門亦較其他更為厚沉，顯得頗不尋常。

吳通駐足不前，低聲道：「這一間室名為『紫薇』，主要是將皇宮內院送來的金銀器皿進行加工。所以除了專門的工匠外，其餘人等皆不准入內。」

小弦隨口問道：「難道白大叔是怕手下揩油麼？」

吳通解釋道：「那倒不是。只不過這房中都是皇宮裡的寶貝，若是有了損壞可擔待不起，所以要謹慎些。」

林青故作驚訝：「剛才白兄還說流星堂中並無禁忌，我還真以為如此呢。」心中卻想如果流星堂中有什麼見不得人的秘密，多半就在這「紫薇」之中。

吳通連忙道：「林大俠當然不屬此列，只是小人不便進去，請林大俠與許少俠自行參觀就是。」

正說話間，房門一開，一個黑衣人走了出來，手裡還拿著一個碧玉碗，那碧玉碗通體翠綠，毫無瑕疵，應是宮庭之物。那人斜眼望著吳通：「吳小哥有事麼？」吳通先介紹林青的身分，再將他的來意一說。那人聽到是暗器王駕到，淡淡道聲「久仰」，臉上卻並無「久仰」之色，顯得十分倨傲，不過他望著小弦的目光中似有些古怪，匆匆移開視線，略帶些倉惶復又進屋去。

小弦又是一驚，此人的相貌亦像是在何處見過。他除了那日在清秋院中見到諸位成名人物外，他在京師實在認得的人並不多，偶爾遇見面熟之人還算湊巧，這般接二連三就有些蹊蹺了……

小弦想到黑衣人手中的碧玉碗，猛然心頭劇震，已憶起在何處遇見過這幾人——他們都是曾與談歌僧一路的乞丐！

追捕王帶小弦入京時，在京城南五里那名為潘鎮的小集上遇見無念宗的胖和尚談歌，一場劇鬥才讓小弦有機會在茶壺中下了巴豆，而流星堂遇見的這幾人，正是與談歌一齊在小店中化緣的乞丐。

小弦記憶極好，雖然與那十餘名乞丐只是匆匆一見，卻能過目不忘。不過那些乞丐當時臉上都是十分骯髒，所以乍見之下只覺得面熟，直看到那一隻碧玉碗令他想到了談歌化緣的鐵缽，頓時記起了這幾人的來歷。

林青感應到小弦的神情，先支開吳通後再詢問小弦，小弦將自己的懷疑盡數說出。林青眉頭緊鎖，聽小弦說當時的情況，那些乞丐都只是談歌臨時召來的，吃完酒肉就一哄而散，想不到此刻竟會出現在流星堂中，如果說是這些乞丐流落到京師，然後被白石召入堂中，實在於理不合，這裡面必有古怪。而且林青早看出剛才那黑衣人身負武功，絕非普通工匠，更不會是什麼討飯的乞丐，如果皆是出於無念宗門下，又怎麼會與機關王扯上關係？

小弦越想越不對頭：「如果這些乞丐都有武功，當時又怎麼會任追捕王三招兩式打發了那個胖和尚談歌？」

林青亦是百思不解，望著房門道：「你先不要驚動對方，我們暗中跟上那黑衣人，總要查個水落石出。」他已有一種不詳的預感，這幾個人與白石的關係絕不簡單，更不會不知小弦來此之事，表面上看似無意與小弦撞見，暗地裡卻極有可能有意讓小弦認出他們，好引自己入內一探究竟？

不過林青雖然明知對方可能有詐，但他藝高人膽大，若不趁白石不在流星堂時入內查看一番，下次就再無這麼好的機會了。想到這裡，林青在小弦耳邊低低囑咐幾句，小弦拍手叫好，兩人相視一笑，昂然推門入房。

房內除了有許多價值不菲的古玩字畫、金銀首飾外，似乎與其餘房間亦沒有太多的不同，工匠亦是埋頭做活，頭也不抬一下。剛才那個黑衣人則坐在屋角處，不時偷偷抬眼打量小弦與林青。

小弦四顧一番，臉上忽現出驚喜交加的神情，朝著另一個黃衣人大叫一聲：「孟大叔，真的是你啊。你還認得我嗎？我是小弦啊……」原來這正是林青給小弦訂下的一計，故意放過剛才那個已生警覺的黑衣人，另尋一個他的同夥，果然被小弦找出了第四個面熟之人。

被叫的黃衣人滿臉驚愕，林青已大步朝他走去，一面抱拳道：「孟兄好，在下林青。」

黃衣人一怔，連退幾步：「我，我不姓孟啊。」

林青故作驚奇望向小弦：「你是不是認錯人了？」

小弦搖搖頭，口中道：「孟大叔，你忘了，小時候你還抱我一起去聽書，結果和南街的蔡麻子吵了一架，你的手都被他打傷了……」也虧他竟能編得繪聲繪色，煞有其事。

林青心頭暗笑小弦做戲的逼真，手上已運起真力，意欲神不知鬼不覺地先制住對方，藉口小弦認親，帶他到無人處細細盤問。雖然白石得知此事自不免生疑，但萬一對方就此隱匿形蹤，那便追查無門了。

黃衣人退到屋角一個大櫃子邊，背靠櫃門定住身形，細細打量小弦，忽道：「哎呀，你看我這記性，原來是許家公子啊。」他的神情中絕沒有忽遇故交的驚喜，閃爍的目光裡透著一份狡詐。

這一下林青和小弦都愣住了，萬萬想不到對方竟然承認了這番信口開河。黃衣人反手把櫃門推開，又不知按動了什麼機關，只聽櫃裡咯咯輕響，現出一道暗門。

林青只道黃衣人趁機逃跑，正要上前，卻聽他笑道：「這裡說話不便，林大俠與許公子請隨我來。」返身從那暗門鑽了進去。而周圍的工匠渾如見怪不怪，繼續埋頭工作，全無異常，顯然早知這暗道的存在。

林青已確定對方果然是有意引自己來，如果這一切都是白石的安排，機關王也真算得上是工於心計了。雖不知他打的什麼主意，卻夷然不懼，冷笑一聲，拉著尚摸不著頭腦的小弦鑽入暗門，隨黃衣人而行。

櫃中是一條長長的地道，先是一段鐵製的階梯，隨後是長不見盡頭的石階，傾斜而下。每隔十餘步石階，道壁上就有一盞長明燈，雖不明亮，卻足以引路。黃衣人不疾不徐地走著，林青與小弦距離他七八步外，並不急於追上。約莫行了半柱香的時辰，算來已深入地下數十尺，往南行了近半里路，已離開了流星堂的地界。

林青越行越是心驚，從未聽說過流星堂下面還有地道，這無疑是白石暗中命人挖成，京師之中若沒有得到朝中的允許，挖掘地道乃是大忌，而房中的工匠對此全無異議，顯然都是流星堂的心腹。由此可見機關王絕非表面上那麼簡單，他身處不問諸事的逍遙一派，暗中又會與哪方勢力有染？難道這一切都只是御冷堂的手筆？他故意誘自己前來又有何目的？

這一切疑問，全都藏在林青心中，或許到了地道的盡頭，就可以知道答案了！

地道終到盡頭，被一道鐵門封住，門上則刻著流星堂中那難辨其意的花紋。黃衣人按動機關，推開鐵門，回身詭異一笑：「林大俠，請。」一個箭步跨入門中。他本是悠然行走，這一下縱身卻是疾如閃電。

林青心頭冷笑，這黃衣人武功雖然不俗，卻如何能是暗器王的對手，就算他搶先一步，亦絕難逃出自己的掌心。當下加急步伐，拉著小弦隨之入內。

誰知就在林青與小弦入門的一剎，忽有一道強光射來，比地道中原本幽黯的燈光明亮百倍，剎那間幾乎令眼睛難以視物。

林青吃了一驚，這裡應該是在地底，即使點有無數明燈，也絕不會有這般不亞於正午烈日的光線，不知對方用何方法做到？腦中驚疑，右手已將小弦拉至身後，左手如封似閉，由面門至小腹劃下，將全身要害盡皆防禦住。

為免白石生疑，林青此次來流星堂並未帶偷天弓，但他身為暗器之王，一把細小暗器早已扣在手中，同時運足耳力凝聽四周動靜，只要稍有異動，雷霆一擊便會出手。在這等險惡的環境下，唯有先發制人才可保無虞。

四周卻無半分動靜，連那黃衣人的腳步都再不可聞。林青眼睛漸漸適應了強光，定睛望去，不由倒吸一口冷氣。

面前是一個足有近三十丈方圓的地下石室，卻立著上千面與人齊高、寬有半尺的鏡子，室內沒有想像中的數盞燈光，只有室中央的一個石台上放著一顆雞蛋大小的夜明珠。珠光並不強勁，但經過上千面鏡子的反射，卻令整個石室如同白晝。那些鏡子絕非普通的銅鏡，色呈淡白，鏡內隱有流動的質感，應該是水銀所製，對光線的反射幾無損耗，更是經過極其精妙的排列，才令地道入口處的光線達到幾可令人瞬間目盲的強度。

而整個石室中，並無一個人影，連剛才那黃衣人亦渺然無蹤。或者是因為在那些巧妙光線的照射下，根本看不到其他人的存在，只有林青與小弦的身形被鏡子反射成無數的虛幻模糊的影子。

林青暗凜：水銀極難提煉，價值比黃金更貴重，先不論這上千面鏡子的打造費用，單是所耗用的水銀，已是一個極大的數目。如此手筆，絕不僅僅是為了照明，機關王的用意到底是什麼？

小弦已忍不住驚呼出聲：「天哪，這是什麼地方？」他的聲音並不用大，但經過上千面鏡子的反射，卻震得石室中嗡嗡作響，滿室光線與他兩人的投影亦隨之顫抖，奇詭至極。

林青深吸一口氣，前跨幾步，避開強光的照射，朗聲道：「無論你是誰，請現身一見。」這光線當林青與小弦入室時驀然迸現，無疑是有人早早等在石室之中，在那一剎間取出夜明珠放在早就設計好的位置，才會有如此震憾之效。此人不但精心計算過鏡子的排列，更能在林青目難視物的瞬息間藏形匿跡，絕對是位心智與武功都臻至超一流境界的高手。

石室內靜了半晌，一個聲音彷彿從地底深處傳來：「林兄好，許少俠好。」口氣彬彬有禮，聲音卻是壓得極低極細，凝成一線直刺耳膜，又有些含混不清，彷彿在口中藏有果核等物。以林青之能，一時亦難以在這詭異的石室中辨出說話者的方位。

小弦一震：「你是青霜令使？」在鳴佩峰中他雖未見到戴著面具的青霜令使，卻聽過他那古怪的聲音。

那人並不直接回答小弦的問題，而是悠悠一歎：「林兄可知道，有時太聰明並不是一件好事？若是你稍笨一些，我們便不用這麼早會面。」

林青微挑眉稍，哈哈一笑：「我還以為兄台早欲與我一見，想不到竟是做了不速之客。」

那人亦是一笑：「在下久聞暗器王之名，亦早有與林兄相見之意。只不過卻未想到會是這麼快，實非得已。」

林青聳肩：「既然不得不見，何不現身出來？」

「在下一向極少以真容見外人，亦不想輕而易舉為林兄破例。」那人又是一歎：「所以雖然是與林兄不得不見，卻想請林兄玩個小小的遊戲，好多增添幾分印象。」

林青望著滿室鏡子，冷笑：「這個遊戲只怕並不是為我準備的吧。」這些鏡子看似隨便排列，其中卻大有學問，絕非一時之功。就算對方能在最快的時間得知他來流星堂之事，也絕無可能馬上布好陣勢。

那人撫掌道：「林兄說得極是。不瞞林兄，你已經是這個遊戲的第七位客人。」微微一頓，一字一句續道：「以林兄的聰明，想必已猜出前面六位客人都已是死人了吧？」

聽到這一句飽含威脅的話，林青卻渾若無事地搖搖頭：「兄台又何必威言聳聽？無論你有沒有這個實力，至少到目前為止，你並不會對我下殺手。」

那人奇道：「林兄為何對自己如此有信心？」

林青冷然道：「因為，你沒有殺我的理由。」

「哈哈！」那人似是被林青這句話引得失笑起來：「難道林兄不想替琴瑟王報仇麼？」這句話無疑承認了他就是殺害水秀的兇手。

林青劍眉一揚，朗然喝道：「正因如此，所以在這個遊戲中，你才是獵物。」話音才落，小弦手中一空，林青已放開他的手，閃電般揉身衝出，從兩面鏡子間空隙中一穿而過，往石室中央那個石台前撲去。

林青與小弦踏入地下石室之初，先是被那千面鏡子強光所照，再被對手高深莫測的言語所惑，看似已全然落於下風。然而暗器王遇強愈強，反而激起沖天鬥志。先用充滿自信的話語擾亂敵人心智，隨即反客為主，通過幾句對話聽出發話者的方位，立刻先發制人。

那人顯然亦未料到林青如此強橫，低哼一聲，機關聲咯咯響起，上千面鏡子同時轉動，將夜明珠的光線聚集，再度射向林青的面門……

在眼睛被強光照射前一剎，林青已看到一條黑乎乎的人影從石台下躍出，尚未瞧清對方的相貌，強光已迎面射來。林青立刻閉目斂神，此刻他雖目不視物，但身體的機能已調至巔峰，石室中任何輕微的移動都難逃他敏銳的感覺，感應到幾人分從左、右、斜方沖來。他並不與對方正面交鋒，疾運「雁過不留形」身法，閃開幾道銳風的突襲，緊躡著那條黑影。

擒賊先擒王，正是此際的最佳方案。

那條黑影形如鬼魅，在幾面鏡子中穿插騰躍，林青有幾次已險險與之相對，卻只差了一線被他逃出。而上千面鏡子並不停止轉動，那道強光如附骨之蛆般追射林青的面門，顯然另有精通機關術之人在操縱。

小弦在暗光處，只見到鏡子反映出無數跳動的人影，幾乎連眼睛都晃花了，莫說分辨出敵人與林青，連影子的虛實都瞧不清楚。在這等情況下，縱然他身懷「陰陽推骨術」的絕技，卻一點用處也無。只能背靠牆壁，愕然望著滿室翻騰不休的光影，正緊張得脊背冒汗。忽然手心一緊，已被一隻大手牽住，尚不及失聲驚呼，耳中已傳來林青低沉的聲音：「小弦不要怕，是我。」

林青見那黑影身法靈動如電，心知對方武功極高，對周圍環境又十分熟悉，加上這上千面鏡子隱隱形成某種陣勢，唯恐小弦有失，亦不敢孤身貿進，幾度擒拿無功後返回原處。

小弦剛鬆了一口氣，眼前驀然一花，卻是那強光疾射而至。林青冷哼一聲，左右手齊揚，名動江湖的暗器終於出手。數十記風聲劃破空中，卻只傳來合而為一的一聲悶響。林青發出的十餘道暗器雖是有快有慢，卻是同時命中了不同目標，暗器之王果是名不虛傳。

林青拉著小弦往右邊跨出幾步，避入暗光處。這一次那道強光依然如影襲來，光線卻再無剛才的強烈，已可勉強睜開眼睛。

林青拉著小弦急速移動，單手連發，細小暗器的「哧哧」破空之聲不絕入耳，追隨兩人的那道強光越來越弱，越來越慢，終於停下不動，兩人的身形完全沒入暗處。

原來林青早注意到那些鏡子乃是固定在底基的輪軸之上，所以才轉動靈便，剛才連續發出了近百枚鋼針全都射在鏡子與底座的接縫處，卡住機關，導致鏡子轉動不靈，終於擺脫了敵暗我明的窘境。在這群敵窺伺、難以視物的情況下，普天之下恐怕也只有暗器王方有此本領。

而隨著林青與小弦不停止的移形換位，他們已離室門越來越遠，陷身在石室深處，前後左右都是鏡子，影子彼此投射，映出無數越來越小的景像。

機關聲忽然停止，石室驀然寂靜下來。透過夜明珠的微光，可看到空氣中一粒粒浮動的塵埃慢慢墜下，在明鏡的反映中清晰可見，場面詭異至極。

而敵人，亦彷彿消失在這滿室塵埃之中。

那人古怪的聲音再度從石室深處遙遙傳來：「林兄暗器所剩無幾了吧？」

林青微微一笑，亦是運功傳音，不讓對方辨出自己的方位：「只要還剩一枚暗器，便足以招呼兄台。」

那人哈哈大笑：「清秋院中相會時，本還以為林兄已不復當年的有勇無謀，但僅聽林兄此言，依稀可辨當年風彩。看來，是小弟判斷失誤了。」這一句話似是褒贊似是譏諷，讓人根本猜不透他的心意。

林青眼中精光一閃，沉吟不語。對方故意提到清秋院相會，擺明他必是與會之人。清秋院之中一共十九名客人，排除小弦、駱清幽、何其狂等人外，此人的身分已在有限的範圍之中。但對方為何要故意洩露身分，到底是故布疑陣，還是有恃無恐，算定自己今日無法全身而退？

那人似乎瞧破林青的心思，淡然道：「林兄不必多疑，我既然特意誘你來此，自當開誠佈公。」微一停頓，鄭重道：「御泠堂副堂主青霜令使，恭請暗器王一見。」一直到此刻，這個神秘人物終於揭開了自己的身分。

小弦聽到青霜令使的名字，拉著林青的手不由一緊，卻只是咬住嘴唇，強按心頭恨意。

大敵當前，林青的心頭卻湧上一份欣慰，能在這種情形下保持冷靜，說明小弦已真正的長大成熟了。當即拍拍小弦的手，以示鼓勵。

青霜令使繼續道：「看來許少俠對我頗有成見，想必林兄心中亦有許多疑問，今日必會給你們一個解答。只是，不知林兄有沒有這資格？」

林青並不動氣，冷然道：「如何才算有資格？」

青霜令使一笑：「剛才的遊戲尚未結束。林兄想要見我，還需要走出這『花月大陣』才行？」隨著他的說話，機關聲再度響起，上千面鏡子亦同時移動起來。

林青大笑：「顧名思義，只不過是鏡花水月的虛像，又有何難？」他口中隨意回答，眼望四周卻是暗暗心驚。只見那些鏡子移動雖緩，卻是井井有條，漸漸分列兩旁，中間現出一條長長的甬道，鏡光閃動，耀人雙目，面前彷彿是一條水晶製成的走廊。

小弦心中大奇，能令數千面鏡子同時移動，顯非人力，而是極其精密的機關。低頭瞧見地面上有無數細小的光滑軌道，醒悟到那些鏡子底基下必是設有滑輪。但雖明其原理，卻不知用何方法操縱，流星堂的機關之術簡直神乎其技，令人匪夷所思。

林青出道至今，歷經無數大小戰鬥，卻從未遇到過如此險惡的環境。縱然如明將軍那般武功高至絕頂者，畢竟有跡可尋，而在這立著千面鏡子的地下石室中，不但瞧不見敵人的動靜，自己的一舉一動亦都會影響判斷，可謂是將陣法與機關合而為一的完美組合。雖然胸中鬥志依然不減，但一來自己所餘暗器確實無多，二來難以兼顧小弦，對方無疑已佔據上風。

林青心念電轉：青霜令使絕不會隨便公開身分，他的動機十分可疑。不過青霜令使雖借地利之便大占上風，卻亦難以一舉擊殺自己，若是被自己脫困而出，流星堂縱有無數機關，亦絕難抵擋暗器王、凌霄公子與駱清幽等人的聯手反撲，所以他才故意誘自己闖這「花月大陣」，其中必是隱伏殺機，一旦陷入陣眼，恐怕就要面對敵人的蓄勢強襲……但事已至此，絕難退縮。何況林青亦極想揭穿青霜令使的真正身分，縱然明知對方列下陣勢等自己入圍，又豈會裹足不前？

當下林青帶著小弦昂然踏出幾步，沿著那條鏡子組成的甬道朝前行去。而隨著他的腳步前行，身後的鏡子亦開始移動，將他們的退路封住。此刻前後左右全是鏡子，莫說找不到來路，連石室的牆壁都不能望見，彷彿已進入一個密封的迷宮之中。再加上鏡中無數投影隨之而動，恍惚間幾乎錯以為周圍出現無數敵人，實有懾人心魄之效。

小弦摸一下鏡子，只覺得鏡面光滑無比，一股涼意直透肌膚，低聲對林青道：「要麼乾脆把鏡子打碎……」

小弦話音未落，青霜令使的聲音已悠悠傳來：「還要提醒林兄一聲，聽白石說這些鏡子中有些內裝毒液，有的則是藏有火藥，最好不要出手毀鏡，以免造成難以挽回的後果。」他渾如關切的語氣令小弦不由打個寒戰，雖難辨青霜令使此言的真假，卻也不敢貿然毀鏡。

林青微微一笑：「這些都是白石兄的寶貝，小弟豈會行大煞風景之事？」他始終保持從容不迫的神態，似乎根本不將殺機四伏的險境放在心裡。

青霜令使大笑：「林兄如此配合，小弟無以為報，唯有說出一些秘密，以示獎勵。」放緩聲線，一字一句道：「機關王白石本名物天曉，乃是上一代四大家族盟主物由簫之徒、英雄塚主物天成的師弟。」

林青微微一震，想不到青霜令使會將這秘密隨口道出，這一剎連他也不能把握青霜令使的心意，驀然停步。小弦更是心驚膽戰，青霜令使如此直言無忌，莫非是打算不留活口？

青霜令使對陣中林青的動作如若親見，輕輕道：「聽到這個秘密，林兄想必害怕小弟有殺人滅口之心了吧？」他不但猜破小弦心中所想，還用這種淡然無謂的口氣說出，更具威脅。此人確實是心計深沉，將對方的心理把握得細緻入微，隨口一語亦是鋒芒隱露。

林青不為所動：「小弟只不過是為了想見令使一面而已。難道你以為在明知必死的情況下，我還有心情陪你玩這個遊戲嗎？」言外之意自然是有十足的把握脫困，只是因為要揭開青霜令使的身分，所以才勉強配合他。小弦聞言，頓時大增信心。

青霜令使撫掌長歎：「有強敵至此，小弟榮幸之極。」

「令使言重了。現在林某心目中的敵人，只有明將軍一人而已。」林青一面謹慎前行，一面用言語試探：「單憑一個青霜令使，還不配是我的敵人。若是御泠堂主親至，或能令我動心。」

青霜令使亦不動氣，反問道：「若是再加上一個明是英雄塚弟子，暗是本堂紫陌使的機關王，不知夠不夠資格做林兄的敵人？」

聽到青霜令使輕描淡寫地說出機關王白石的雙重身分，林青雖早有所料，亦不免心頭暗驚。御泠堂中除了尚不知名的堂主與掌管堂中聖物——青霜令的青霜令使外，下設三名旗使，分別是火雲旗紫陌使、炎日旗紅塵使、焱雷旗碧葉使。其中紅塵使便是潛入擒龍堡伺機制住龍判官、江湖人稱「病從口入、禍從手出」的寧徊風，亦是小弦的殺父仇人；如今紫陌使的身分亦被揭開，乃是暗中反出英雄塚、原名物天曉的機關王白石；最後一個碧葉使還不知是何人，想來其江湖身分亦不會在寧徊風與機關王白石之下，御泠堂的實力由此可見一斑。

林青臉上並未現出心中的震驚，繼續提步緩行：「是不是我的敵人，等見到令使的真面目再說吧。」

青霜令使道：「林兄如何能肯定小弟一定會以真面目相見呢？」

林青微微一笑：「其實我已大致猜出令使的身分，唯求一個證實罷了。」

青霜令使漠然道：「林兄何不直接說出你的猜想？」

林青卻是答非所問，緩緩道：「令使想必知道我今早先見了亂雲公子？磨性齋中突然消失的《當朝棋錄》給了我一點小小的靈感。」

青霜令使良久無聲，林青的話似乎已擊中了他的要害。

走了近百步，甬道依然不見盡頭。小弦大奇，這地下石室不過幾十丈方圓，如此走豈不是已出了石室？轉念想到這甬道看似一條直路，卻只是因為鏡面的反射給人的錯覺，其實彎彎曲曲，乃是在石室中大兜圈子，這機關設計得如此巧妙，簡直令人難以想像。

再走了數十步，前路也被鏡子擋住。青霜令使的聲音傳來：「林兄的智計已令小弟不敢輕視，竟有些後悔相約了。若是林兄此刻離開流星堂，小弟亦不阻攔。」隨著他的說話，前方封鎖的鏡子緩緩移開，赫然竟是石室入口的鐵門。想不到林青與小弦剛才在難辨方向的甬道中繞了一個大圈子後重又回到來處，這上千面鏡子組成的機關當有鬼神之機。

在聽到機關王白石身分之秘後，小弦實難相信青霜令使會這樣收手，不知他到底有何目的？林青奇道：「令使為何反悔？」

青霜令使歎道：「我本以為可以與林兄合作。如今看來，竟頗有些玩火自焚的凶險。所以若是林兄就此止步，再給紫陌使一天的時間離開京師，你我的恩怨便一筆勾銷，如何？」

林青哈哈大笑：「正如令使剛才所說，小弟決意替琴瑟王復仇，想收手亦不及了。」他當然知道青霜令使只是以退為進，索性挑明矛盾。

林青與青霜令使間隔著上千面鏡子組成的「花月大陣」，雖未謀面，卻一面尋找對方言語中的破綻，一面擾亂對方的心理，看似言笑盡歡，其實卻是針尖對麥芒、暗含機鋒。而只要林青稍有鬆懈，或許就要面對青霜令使蓄伏以久的強襲。

青霜令使沉吟道：「林兄徒逞勇力，不怕連累許少俠麼？」

林青反問道：「你昨夜為何不殺許少俠？」這正是他一直沉凝胸中不去的疑問。

青霜令使忽然語出奇兵：「林兄可知在清秋院之會後，追捕王給泰親王說的一番話？」

林青一怔，他曾與駱清幽分析清秋院之會的幾處疑點，駱清幽特別提到過眼神銳利的追捕王有意觀察眾人，卻不知青霜令使此刻提及此事是何用意。

青霜令使續道：「清秋院中，當明將軍驀然出手在那『試問天下』中加上一橫時，眾人的反應不一。事後追捕王特意對泰親王指出，在那一刹最先望向字幅的只有一個人：那就是許少俠！」他悠悠一歎：「梁辰眼光精準，自有其獨到之處。這件事看似微不足道，卻足以說明許少俠不同一般的敏銳！我雖不知泰親王聽到此言的反應，但想必不會輕易放過。嘿嘿，泰王之斷亦不是浪得虛名。」

青霜令使指的是在清秋院明將軍於言談中驀然揮手，那一刹所有人都不知他的用意是在那『試問天下』中補上一橫，片刻後才反應過來，紛紛望向字幅。想不到一直觀察眾人舉動的追捕王竟心細至此，每個人的反應時間都難逃他那「斷思量」的眼神。

當時除了林青與宮滌塵這兩個當局者全部心神都放在明將軍身上外，其餘所有的旁觀者中，卻是小弦的反應最為敏捷，甚至連凌霄公子何其狂亦不及，所以追捕王才對泰親王特別提到此事。

林青又是欣然又是心驚，小弦如此受泰親王的「看重」，福禍難辨，隨口調侃道：「莫非御泠堂也不想放過此事？」

青霜令使緩緩道：「所以，許少俠才是小弟今日相約林兄的真正目的。」

林青與小弦齊齊一震。事實上青霜令使既然隨隨便便地揭破白石的身分，御泠堂想必已決定捨車保帥，犧牲被林青懷疑的機關王。在這種情況下，青霜令使根本沒有必要現身。

難道，小弦才是御泠堂欲與林青「合作」的真正原因？

忽聽機關一響，左方一面鏡子移開，又露出另一條長長的甬道。青霜令使寒聲道：「這條甬道不比剛才，林兄可要小心了。」

林青強按心潮，呵呵一笑：「是否只要小弟繼續走下去，便會另有獎勵？」

「林兄可真是貪心啊！」青霜令使淡淡的聲音中似乎流露出一股殺氣：「此條甬道中將出現無念宗殺手，若是林兄能平安走到下一條甬道，小弟便把無念宗為何入京的原因告之。」

自從小弦發現流星堂中出現那幾名「乞丐」，林青早懷疑僧道四派中的無念宗已被御泠堂控制，聽到青霜令使直承此事，亦在意料之中，口中絲毫不讓：「暗器無情，若是小弟誤傷無念宗門下大師，令使可莫要拒而不見？」

青霜令使大笑：「無念宗自不會放在林兄眼裡，林兄盡可全力出手。不過在

『須彌芥納』功的引發下，只怕毀鏡要比傷人容易得多。不瞞林兄說，小弟亦很想知道機關王的這個『花月大陣』是否真如他所說，鏡中藏有足以掀起半個京師的火藥。」無念宗的成名武功正是「須彌芥納功」，擅於以力引力，借物傳勁，當日胖和尚談歌將數十斤牛肉強塞入鐵缽中便是一例，如果林青既要避過敵人的殺手，又要當心不能毀壞鏡子，無疑縛手縛腳，難以發揮武功的精髓。而青霜令使借白石之口說出這半真半假、虛實相間的話，亦更令人捉摸不定。

這條甬道極窄，僅容一人。林青與小弦一前一後緩緩前行，只聽機關聲不絕傳來，某些鏡面的轉動改變光線折射方向，令甬道中漸漸黯淡下來，襯出前路上數條細若小指、交織成網的光束，幽森之意從虛影幻空中浮起。隨著林青與小弦的腳步，那數條光線亦緩緩前移，仿似引路，而兩人身後的鏡子不再封鎖退路，只留下濃厚模糊的陰影。

稀疏的鼓聲從四方隱隱傳來，起初極緩極輕，漸與兩人的腳步配合起來，也不知是鼓聲有意如此，還是引得兩人踏入了節拍。林青心知此乃攝魂之術，雖對自己無甚效用，但心理上卻受影響，豈肯輕易受人擺弄，輕哼一聲，拉著小弦微微一滯，故意錯開腳步的節奏……

驀然右方鏡子翻開，一條黑影搶出，手中一條軟鞭直刺向林青雙目。林青並不硬接軟鞭，偏頭讓開鞭頭，軟鞭卻不收回，微微一沉，直朝林青身後的小弦頭頂掃去。眼見要擊中小弦，林青雙指疾出，挾在鞭身，鞭頭堪堪觸及小弦，已無力垂下。林青用勁回拉，那條黑影一擊無功並不糾纏，脫手放開軟鞭，從左方翻開的另一面鏡子中鑽入。

林青哪會放他逃走，低喝一聲，斜跨一步就要隨之而入鏡中。卻見眼前的鏡面驀然一亮，反映出身後一個水桶大小的黑忽忽物體直朝他腦後罩來，看似一個碩大無比的鐵錘。林青只怕小弦有失，不及追敵，身形一沉，低頭伏身、頭下腳上一個倒翻，先把身後的小弦從頭頂上拉過，反腳往那物體上踢去。

這一腳才踢出，只聽小弦大叫一聲：「林叔叔小心。」林青心頭忽生警兆，猛然腰腹用力，身體往後平移數尺，沒有硬擋對方這一擊。

只聽青霜令使嘿嘿一笑：「林兄反應快捷，小弟佩服。」雖不知他身在何處，卻無疑可通過鏡面反射將甬道中動手過招的情形瞧得清清楚楚。

林青轉過身來，暗呼僥倖。只見身後一名胖大魁梧的和尚，正是小弦曾見過的談歌，他手中並不是什麼水桶大小的鐵錘，只不過是一個碗大的鐵缽。若是以林青剛才的判斷，這一腳一旦踢空，對方的重擊就會落在他背上。

淡歌詭異一笑，一閃而沒。林青也不追擊，加速前行。右方鏡面又是一亮，照出一柄短刃斜刺而來，林青不假思索，手上運足內力往左方一捉，忽覺疾風撲面，心念電轉，身隨意動，左手疾縮，帶著小弦再往前連跨數步。

刺來的並非短刃，而是一柄闊達半尺的厚背大刀，若非林青縮手得快，只怕未拿住刀刃之前手掌已被砍了下來。

這不是變戲法，而是那平滑的鏡面忽又變得凹凸起伏，映出的景像亦是或大或小，更絕是那甬道上光線沉暗，鏡中光亮乍現立刻便會吸引注意力，而偏偏鏡中所映與真實情況全然相反，才令林青判斷失措，幾乎濺血負傷。僅以武功而論，無念宗這幾招殺手雖然犀利，卻無法與武功已趨大成的暗器王對抗，但憑著「花月大陣」詭異的陣法，卻迫得林青縛手縛腳，只能連連退讓閃避，無法反擊。

林青長吸一口氣，忽然閉上雙眼。在這樣的環境下，與其睜目受敵所惑，不如僅憑聽風辨器之術與敵對抗，霎時只聽耳邊諸聲齊響，似風雨當頭而至、似海潮遠嘯而來、似幽谷猿鳴鷹唳、似山石隆隆滾下……林青知道這都是陣中的迷障之術，緊守元神不為所動，只從那紛亂的聲響中留意捕捉兵刃破空之聲。

無念宗的殺手不過七八名，卻借著花月大陣的掩護，倏來忽去，一擊則退，數人的招式連環而至，全無休止。林青暗器所剩無多，一時亦難以明確分辨出敵人身形，扣在手中一直引而不發，僅以靈動的身法帶著小弦竄高伏低，閃避對方的殺招。偶有接觸，立刻搶下對方兵刃，隨手擲開，卻正好卡在翻動的鏡子滑軸上，半開的鏡面後，則是一片隱隱閃動幾星熒火的黑暗。

林青與小弦漸入甬道深處，光線分合不定，黑影交錯不休。在小弦的眼中，這一剎甬道內人影竄動，猶如千軍萬馬，兵刃在明滅不定的光線中穿梭，仿似刀林劍陣。明明眼前是鏡中幻影，卻偏偏有勁風撲面，看似一劍將林青透體而過，卻又只是虛招惑神，更有那千百種聲響攪得心頭煩躁不已，自己彷彿是一隻在驚濤駭浪中起伏的小船，隨時可能被狂湧的波濤淹沒……

酣戰中林青已連奪下對方刀、劍、鉤、鞭等數種兵刃，但那鏡後彷彿有一個武器庫，轉眼間又有更多的兵刃襲來，敵人大概也顧忌收力不及毀壞鏡子，不敢用狼牙棒、獨臂銅人等重型兵器，倒是方便林青的出手，他已判斷出對方武功最高者便是那手執鐵缽的胖僧談歌，對其餘兵器皆是不避鋒芒，強搶硬奪，唯對鐵缽一味退讓，有意誘談歌發招。而林青一旦搶下短匕、護刺等輕細兵刃，便擲往那缽中，那旋轉不停的鐵缽彷彿一隻大口袋，來者不拒，叮叮噹噹一陣亂響後震碎兵刃，碎片並不從缽中落下，而是盡附於缽壁中，果有「須彌芥納」之能。

談歌久戰無功，心頭急躁，忽見林青腳下略一踉蹌，戰機稍縱即逝，顧不得借陣法遮掩身形，大喝一聲搶前，鐵缽砸向林青左肩。

林青等的就是這個機會，驀然沉腰坐馬，一拳搗出，正陷入鐵缽中。談歌心中暗喜，「須彌芥納功」化力解力，旋轉不休的鐵缽中先產生一股強大的吸力與林青拳力相抵，然後大喝一聲，鐵缽倒旋逆沖而上……此招名為「倒行逆施」，乃是談歌的絕技，當日在潘鎮小店外亦曾對追捕王使出，只是當時談歌故意敗在追捕王手下，僅用了三分內力，此刻盡力一擊聲勢全然不同，若是林青不能及時收手，這一擊便足可將暗器王的手腕擰斷。

「叮」的一聲輕響，談歌掌心刺痛，真力立泄。談歌大驚之下脫手倒退幾步，但見依然旋轉不休從空中落下的鐵缽缽底露出一小截鐵蒺藜的尖芒，才知道林青竟然在拳入鐵缽之際發出暗器，透缽而出正刺在他的掌心中。這枚鐵蒺藜竟能射透鐵缽，乃是因為其上附有林青凌厲的內勁。而林青之所以捨棄暗器攻遠之長，自是擔心激飛的暗器毀壞鏡子，但能在近身博擊中把這小小的暗器當做短匕首使用，恐怕也只有暗器之王方有此能耐。

談歌微一愣神，只見林青手中扣著的一枚細細尖針斜指自己右目，尚未出手，林青眼中的寒意卻已足令談歌心智崩潰，不得已往後疾退。而林青抱著小弦如影隨行，幾乎直貼到談歌的身上。面臨暗器王近在咫尺的威脅，談歌根本不及變向，胖大的身體渾如一面盾牌，一路暢行無阻，直退到甬道的盡頭。

青霜令使哈哈大笑：「林兄武功出神入化，小弟佩服至極。」右邊一面鏡子移開，又現出一條新的甬道。

林青面色不變，傲然望著談歌狼狽退走的身影：「在踏入下一條甬道前，還請令使回答剛才的問題。」

青霜令使沉聲道：「林兄確實應該對無念宗手下留情，若非談歌大師，許少俠只怕早就落在泰親王手中了。」

剛才的激鬥令小弦眼花繚亂，聞言脫口驚呼：「難道當時談歌大師有意從追捕王手中救我？」

青霜令使笑道：「許少俠不必懷疑自己的能力，從追捕王手中逃脫確是你的本事。只不過，若非見到許少俠在茶壺中下了藥，談歌又怎會兩三招內便敗給追捕王？」林青半信半疑，不過聽小弦描述當時的情景，追捕王與談歌相鬥時背對小弦，而談歌確有可能把小弦下藥瞧得一清二楚。聽青霜令使言外之意，如果小弦不能脫身，不但談歌不會輕易敗退，那些化裝成乞丐的無念宗弟子亦不會袖手旁觀。

如果從小弦尚未入京時就已落入御泠堂的安排，那麼青霜令使的心計就實在太可怕了。

林青腦中思索，脫口問道：「御泠堂為何如此看重小弦？」

青霜令使略略一頓，說出了一句令小弦目瞪口呆的話：「苦慧大師的天命識語，並不是只有四大家族才知道！」

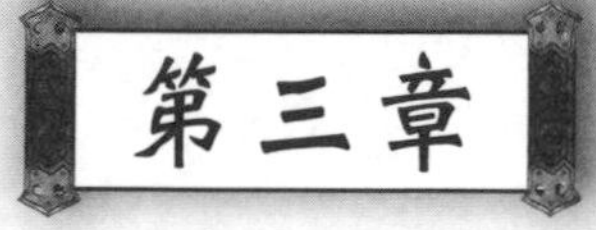

多事之冬

他不願意、也不能夠用另一次背叛否定最初的背叛，
他只能將那鏡花水月般的理想之夢繼續做下去，直至完全破滅。
然而，此刻聽到林青的話，白石才恍然驚悟：
原來，錯誤並不是從背叛時發生，而是從他立下少年的宏願時，
就已經無法回頭地踏入了這身不由己的——江湖！

小弦大叫：「那八句讖語到底是什麼？」

青霜令使似是一怔：「許少俠如何知道這讖語共是八句？」

小弦當然不會輕易說出他《天命寶典》中的秘密：「你先說出這八句讖語，我就告訴你。」

青霜令使輕笑道：「如此吃虧的交易我不做。」

小弦拿他無法，偏偏心癢難耐，只得眼視林青，希望他能問出這事關自己命運的八句讖語。

林青眼望新出現的那條甬道：「是否走出這一條甬道後，令使便可告知？」

青霜令使道：「此條甬道再無埋伏，小弟便在盡頭相候。這份獎勵已足夠令林兄動心了吧？」

林青緩緩道：「或許相比之下，我更願意聽到苦慧大師的臨終之語。」

青霜令使苦笑：「原來在林兄心目中，小弟的身分還比不上那八句話，實是無地自容。」

林青大笑：「令使不必沮喪。只不過對你的身分小弟已猜出一二，而那八句話卻無半分頭緒。」

青霜令使歎道：「這八句話雖是真偽難辨，但苦慧大師因此坐化。小弟不敢妄自道破天機，以免受天譴。」

林青目光閃動：「莫非令使也相信這等鬼神之說？」

青霜令使並不受林青的激將法，淡然道：「若非相信，昨夜便不會留下許少俠一條性命。」

「令使何必自欺欺人？」林青譏諷道：「如果剛才小弟身手稍弱，許少俠恐怕就已傷在花月大陣中了。」

青霜令使肅聲道：「小弟對天起誓，絕無相害林兄與許少俠之心。何況這花月大陣妙用無方、鬼神難測，若真是全力發動，林兄未必能穩操勝券……」

林青並不反駁：「操縱『花月大陣』的想必只是機關王的弟子，若是白石兄親自掌控，我相信你們確實有殺我的實力。」他深知這上千面鏡子組成的花月大陣變幻莫測，剛才僅是牛刀小試，武功最高的青霜令使也根本沒有出手，卻已令他大費一番周折。如果青霜紫陌二使聯手，一意要除掉暗器王，確有極大的成功可能，至少在激鬥中難以顧全小弦。

雖然，那也會讓敵人付出極慘重的代價！

「林兄果然是個聰明人。」青霜令使撫掌而笑：「所以，這個遊戲的目的並不是要困殺林兄，而是在林兄見我之前，留下一個彼此交流的餘地，同時也好讓林兄知道，御泠堂絕非沒有一拚之力。」

青霜令使此舉可謂是老謀深算，若沒有在花月大陣中的一路交談，兩人乍然見面只怕立刻就會拚個你死我活。而當此刻聽到了這許多秘密後，無形間已令林青殺氣大減，更深明這花月大陣的威力，縱有出手之意，亦要考慮兩敗俱傷的後果。

林青朝下一條甬道行去，一面沉聲問道：「令使故意誘我來此，到底有何目的？」

「當然是想與林兄合作。」

「如何合作？」

青霜令使低吟：「火動而上，澤動而下，紫薇東移，帝星入世。紛亂天象預示著京師形勢已非，不日將生大變……」

「神風御泠，枕戈乾坤。」林青冷冷截口道：「天下大亂不正是御泠堂的目的嗎？」他所說的兩句似詩非詩的話，正是在川西擒天堡中聽御泠堂紅塵使寧徊風所吟之句。

青霜令使似乎並不在意林青的嘲諷：「亂世亦有亂世的規矩。不知林兄想看到一個眾勢力各自為戰、血流成河的亂世，還是一個亂中有序，兩位霸主逐鹿中原的江湖？」

林青一凜：「令使所指的兩位霸主是何人？」

青霜令使悠然道：「鳴佩峰一行，林兄想必已知道了明將軍的身世。」

林青長歎：「天后傳人只怕未必會被御泠堂利用。」隨著說話，林青與小弦已來到甬道盡頭。鏡子悄然移開，面前豁然開朗，再無鏡子阻隔，前方十步，就是石室中央的那方石台。

只見一位黑衣人盤膝靜坐於石台上，臉上依然戴著一副猙獰的青銅面具。他端然正坐，並未泄出一絲殺氣，反有種於狂風暴雨中灑脫篤定的從容，抬眼望著林青與小弦，目光炯炯，忽然仰天長笑：「亂世濁流，唯我獨醒。既然四大家族非要爭著去助天后傳人登位，御泠堂亦只好另立新主了！」

林青眼中光華一閃：「泰親王？抑或是太子殿下？」

青霜令使冷笑不語，並未給出回答。

林青沉思：「你憑什麼認為我會與御泠堂合作？」

青霜令使漠然道：「首先林兄要知道，若非本堂的刻意安排，你絕無可能順利與明將軍訂下泰山絕頂之約；其次，我知道林兄不喜權謀，亦無意助什麼人爭霸天下，但至少你不會希望五胡亂華之事重演！」

林青朗然道：「令使是否太過危言聳聽了？」

青霜令使搖頭一歎：「正如我剛才所說。如果天下是一個諸侯並起，群雄割踞的亂世，外族必將伺機而入；但如果僅是雙雄爭鋒，那麼四方蠻夷至少暫時只能選擇一方支持，絕不敢貿然大兵壓境……」

林青不語，青霜令使所言雖然太過絕對，卻也不無道理。數千年的歷史早有教訓，胡騎雖勇，人數上卻萬萬不能與泱泱大國相提並論，若非朝中內耗不休，又豈敢輕易肆虐中原？

青霜令使續道：「我知林兄向有主見，你我合則兩利，分則兩傷，何去何從，請君自行決斷。」

小弦聽得似懂非懂，渾不知這好端端的天下為何會變成什麼血流成河的「亂世」？昨夜親手殺死高德言的一幕浮上腦海，忽然覺得這天下是誰的並不重要，重要的是他不希望再看到人與人之間你死我活的拚殺。

無論青霜令使所言是否出於真心，至少在這一刻，小弦覺得自己對他已沒有了當初的滔天恨意。御泠堂與四大家族在那一場棋戰中皆是損失慘重，正如林青所說，這一對百世千年的宿仇，其中的恩恩怨怨、是是非非又豈是局外人所能判斷？只不過因為自己親自參與了行道大會，導致了莫斂鋒之死，再加上義父許漠洋被寧徊風所害，這才把御泠堂當做不共戴天的仇敵，而對於天下蒼生來說，無論是四大家族還是御泠堂，他們的目的其實都是一樣，推翻現在的皇帝，重建新政，這過程中遍野的死傷、成山的屍骨又是誰的過錯呢？

如果冥冥之中有神靈在蒼天上注視著下界的凡塵，他們是否只會眷顧那萬中選一的真命天子？而對每一位兄弟姐妹的眼淚、每一位妻子父母的哭泣都無動於衷、視而不見？

在汶河小城殮房中親手觸摸那些屍體，小弦還不覺得什麼，甚至還隱隱自豪於自己的勇敢。可是，當一條鮮活的生命在自己面前變得冰冷，即使是高德言這樣罪不可赦的卑鄙小人，那血沫飛濺、骨肉分離、血腥而殘忍的過程也給了他平生未有的強烈衝擊。

從沒有一刻，小弦會用這樣悲天憫人的觀點看待世界萬物，一時無比迷惑。《天命寶典》數年的潛移默化，在他親手沾染了高德言的鮮血後、因青霜令使無心的言語，激發了全新的思考。

林青感應到小弦激動得全身發抖，輕輕拉住他的手將內力渡入，只覺小弦心神躁亂不已，若非他身無內力，幾乎懷疑要走火入魔。

小弦緩緩抬起頭，眼中竟蓄滿了淚水，可憐巴巴地道：「水姑姑怎麼辦？」原來他忽又想起水秀死於青霜令使之手，既覺得不應該以殺止殺、以暴制暴，又覺得應該替水秀報仇，心中天人交戰，茫然無措。

林青目中精光一閃，鎖緊青霜令使穩如磐石的身影：「想必與令使合作的條件之一，便是放棄給琴瑟王報仇的念頭？」

青霜令使卻道：「林兄恩怨分明，小弟豈會強人所難。與林兄合作的條件只有一個：絕頂之後，再找小弟尋仇！」

林青微微一震，青霜令使透露了許多的秘密，竟只為換來如此寬鬆的條件，可謂是極不合情理。對此只有一個肯定的解釋：正月十九，泰山決戰，必是京城巨變之時！

剎那間，林青已掌握到了青霜令使的用意：這一場京師巨變，必是御泠堂準備多年，所以絕不容有任何疏漏！偏偏林青與明將軍之戰正是促生這場巨變的根本原因，無法殺林青滅口，所以青霜令使才寧可用白石的真正身分、無念宗加入御泠堂等消息換來林青的信任，不然儘管如今僅因水秀之死暴露出一點蛛絲馬跡，但若任由暗器王追查下去，藏於幕後的種種陰謀亦會全盤洩露。

林青想明原委，冷然道：「如此看來，令使最大的錯誤，就是殺了琴瑟王。」

青霜令使長歎一聲：「我亦是迫不得已，水秀知道泰親王的太多秘密，若不殺她，泰親王必是一敗塗地。」

林青一驚：難道青霜令使所說與的第二位霸主，就是泰親王？這幾乎完全推翻了他對青霜令使真正身分的判斷。旋即暗自提醒，青霜令使智計絕高，所作所為皆有深意，對他身分的猜測應該不會錯，而他之所以要一力相助泰親王，其中必還有自己不瞭解的原因。

青霜令使似乎看出林青的心思：「本堂與四大家族誓不兩立，數百年的恩怨絕不可能化解，殺水秀之事小弟心中無悔，若是四大家族尋仇，御泠堂自當全力一博。但如果林兄執意替友復仇，便只有小弟一人接招，絕不會再有什麼花月大陣、無念宗殺手相候。」這話說得光明正大，亦隱含威脅。挑明即使林青不肯合作，只要不影響御泠堂的計畫，青霜令使便按江湖規矩一決生死，若是暗器王欲將御泠堂在京師的勢力一併剷除，那麼暗殺、下毒的手段亦將全部使出。

「好。」林青沉思良久，終下決斷：「我可以答應你的條件，不過令使最好記住，與御泠堂的合作僅限於正月十九之前，絕頂一戰後，只要林某不死，必將還琴瑟王一個公道！」即使作為敵人，青霜令使的言行也足以得到林青的尊重。

而對於即將到來的京師巨變，任何一人也無力阻止，哪怕給當今皇上通報資訊，缺少證據的情況下也無法給泰親王定罪，若是在泰親王發動謀反之前殺入親王府，只會給天下人落下皇上殘害胞兄的口實。

青霜令使長長舒了一口氣，抬起右手按在面具上：「林兄一言九鼎，既然答應與本堂合作，小弟自當揭開面具，以示坦誠。」

「不必了。」林青擺手止住青霜令使：「無論御泠堂的目的是什麼，只希望令使能夠替百姓蒼生多想一想。皇位易取，天下難得！」這本是明將軍的話，亦是林青的肺腑之言。

青霜令使垂首，一字一句道：「林兄金玉良言，小弟謹記！」

林青更不多言，拉著小弦朝後退去。上千面鏡子緩緩朝兩旁移開，直到露出地下石室的那道鐵門。

小弦喃喃念著那一句「皇位易取，天下難得」，竟似癡了。

兩人一路走出暗道，回到流星堂紫薇廳中，已是兩個時辰後。房中那些工匠已全然不見，只有機關王白石坐在一張木椅上靜候，神情頹然。

「白兄是在等我，還是在等青霜令使？」林青漠然道，他身為旁觀者，對四大家族與御泠堂的恩怨並無太多成見，白石反出四大家族也無可厚非，但因此殘害曾為同門的水秀，卻令林青難以釋懷。

白石木然道：「青霜令使可從暗道離開，無需出入流星堂。」這也解釋了青霜令使何以在那地下石室中早有預備。

林青聽白石公然承認與青霜令使勾結，淡然一笑：「不知道現在應該如何稱呼你，白兄，還是物兄？」這一聲「物兄」自是不無諷刺之意。

白石一聲長歎：「林兄可知小弟本名白石，加入英雄塚後才更姓為物。」

林青聳肩：「那又如何？白水相約也罷，物水相約也罷，琴瑟王亦難復生。」

白石垂首，輕輕一拍坐下木椅：「這椅中機關與石室中近千斤火藥相連，剛才只要我輕輕一碰，暗器王、許少俠、青霜令使、無念宗都將灰飛煙滅，永世不得超生。」

林青一凛，口中卻渾若無事地冷笑道：「原來小弟無恙而返，還多虧了白兄手下留情？」

白石一歎，神情十分矛盾：「我常常在想，人生在世，可以反幾次？是否可以因為一次錯誤而再犯下一次錯誤？」看來他對反出四大家族不無悔意，卻難以下決心再次背叛御泠堂。

林青正色道：「白兄當是明事理之人，既然已鑄成大錯，何不棄暗投明？」

白石再歎：「何為暗？何為明？自古成王敗寇，項羽若在鴻門宴上殺了劉邦，史書上便絕不會有漢高祖的名字；玄武門前李世民若敗於李建成之手，唐太宗亦只是一個弒兄篡位不成的反賊而已……」

小弦一震。誠如白石所說，四大家族與御泠堂目的相同，只是手段各異。歷史從來只會記載成功者的足跡，一旦開天換地、朝權易手，千百年後，誰又會知道這一場明爭暗鬥的真相？誰又會知道開國功臣雄偉的身影背後掩埋著百世宿敵的屍骨？

從這個角度上來說，四大家族與御泠堂相爭的已不僅僅是要助明將軍登基，而是為了自身生存的一場抗爭！

可是，那些自幼被灌輸的俠義之念是如此根深蒂固地佔據著小弦的心靈，他始終堅信著邪不壓正。

「不！」小弦忍不住大聲道：「我只知道留名千古的都是英雄，遺臭萬年的都是壞蛋。」

「許少俠，你以為歷史的記載與評說果然是真實無誤麼？」白石冷笑：「正義與邪惡並無界限，只不過是勝者為王、敗者為寇的一個理由。」

小弦迷惑了，白石的話似乎也有道理，雖然隱隱覺得自己的堅持並沒有錯誤，卻不知如何反駁。

林青緩緩道：「我從不去管什麼大道理，也沒有建功立業的野心。我只知道，每個人都是平等的，沒有權利為了自己的私欲，讓無辜的人們為他送命！一將功成萬骨枯，那些在戰場上死去的戰士，有幾個人明白自己是為什麼而戰鬥的？當把一個個所謂的真命天子送上龍椅時，那些拖著殘肢斷臂告老還鄉的勇士們又得到過什麼樣的快樂？」

白石身體猛然一顫，林青的話擊中了他的內心。或許就是因為那份迷茫，他才會背叛四大家族，因為他不知道為了上千年前的天后遺命，把齊整江山重新弄得四分五裂有何意義？他也不知道明氏的朝廷與現在的朝廷會有什麼不同，無非是換了一代天子一代朝臣，對於普天的百姓來說，並沒有任何的區別，甚至還會失去家中的親人。

這一刹，白石忽覺得自己似乎已懂得明將軍為何大權在手、卻遲遲不願奪皇位的心思！

林青傲然道：「所以，在我心目中的真正英雄，只有楊令公、岳武穆，寥寥數人而已。」

北宋楊業，率手下八子抗遼，人稱楊家將，最後戰死沙場；南宋岳飛掛帥抗金，精忠報國，被奸相秦儈所害。他們雖不是什麼立下不世功業的開國功臣，卻是百姓眼中頂天立地的大英雄。

小弦眼中刹那閃過一道光，林青的話如晨鐘暮鼓點醒了他，他終於真正明白了俠的真諦：亂世中逞勇的血性豪情無足掛齒，面對強敵侵略、保護蒼生子民家園的鋤強扶弱才是真正的肝膽俠者、豪傑英雄！

白石身分洩露，已知難容於京師，本對林青不無殺機，但聽到暗器王這一番肺腑之言，那些似乎早已隨歲月而逝的少年雄志重又湧上心頭：師父物由風收他為徒，經過數十載苦練武學，終列入英雄塚物氏門牆，後來物由風因病早逝，又得到四大家族上一代盟主物由蕭的指點，與物天成並稱英雄塚最傑出的兩位弟子，本是懷著滿腔抱負，無奈英雄塚的門主之爭輸給了物天成，心灰意冷之際卻被告之天后遺命，隨即身懷重任潛入京師，一心要助明將軍重奪江山；然而，明將軍的曖昧態度卻讓他無可奈何，甚至無所適從，十餘年的光陰就耗費在京師中、在無休止的等待與準備之中流失，他不想默默無名，他要做開創基業的英雄，可現實卻令他難展宏志。於是，御泠堂趁虛而入……

「沒有明將軍，我們就不能完成一番事業麼？」身為英雄塚的嫡傳弟子，白石並不怕畏懼死亡，那是他的榮耀。所以即使孤身面對御泠堂數大高手的圍逼時，他也依然可以用力抗不屈。可是，當青霜令使悠悠問出這句話時，白石卻不由怦然心動。執著的信念本已在數年的沉默中猶豫，燃燒的熱血本已漸漸冷卻，卻因這一句話而重煥生機。

是啊，大丈夫成名立業，並不是一定要借助天后傳人！

「是否另立新主並不重要，我只希望，四大家族能與御泠堂聯手，化解這百世的宿仇！」年輕的、驚才絕豔的御泠堂主如此道，眼中是欲酬壯志的激昂、真誠相待的懇切。

白石心想：如果能在自己手裡將這段糾結千年的恩怨了結，那將是莫大的功德！

於是，背叛就在稍縱即逝的猶豫和足可說服自己的理由中，順理成章的發生了。英雄塚嫡傳弟子，成為了御泠堂火雲旗紫陌使！

直到胸懷大志的御泠堂主消失多年，青霜令使漸掌堂中大權；直到白石發現了青霜令使真正的野心與目的；直到鳴佩峰前驚世一戰、離望崖前十餘名四大家族精英弟子的死訊傳來；直到水秀昨夜死於青霜令使之手……白石才真正明白，千年世仇只有用某方的毀滅而消亡，他的理想或許一如他苦研多年的「花月大陣」，只不過是一場看似浮華的流光掠影。

可是，他不願意、也不能夠用另一次背叛否定最初的背叛，他只能將那鏡花水月般的理想之夢繼續做下去，直至完全破滅。

然而，此刻聽到林青的話，白石才恍然驚悟：原來，錯誤並不是從背叛時發生，而是從他立下少年的宏願時，就已經無法回頭地踏入了這身不由己的——江湖！

白石臉上冷汗滴涔涔而下，再無平日儒雅之態。

三人都默不作聲，各懷心思。紫薇廳中瀰漫著一種悲壯而令人氣血沸騰的氣氛。

白石悵然半晌：「昨夜之事我並不知情，乃是青霜令使假借我之名相約水秀。今日又傳水秀死訊故意調開我，與林兄相會於石室中。我，我實不願被他如此玩弄於股掌間……」這亦是他剛才幾乎想發動機關，讓林青與青霜令使同歸於盡的原因之一。

林青漠然道：「白兄又為何收手？」

白石慢慢道：「因為我已無退路，若是再叛出御泠堂，天下之大，亦無處容身。何況，以青霜令使之能，恐怕也早已將此機關毀去，實不敢輕試。」提到青霜令使的名字時，白石眼中閃過一絲既敬且懼的神色。

林青歎道：「白兄何需把自己說成是貪生膽死之徒，我寧願相信白兄胸中尚存一絲仁義，所以才不願意被青霜令使左右。」

白石一震，驀然抬頭：「林兄可願放我一條生路？」

林青一笑：「白兄言重了，林某恩怨分明，琴瑟王之死自會找真凶理論。」

白石咬牙，似下了什麼決定：「好！景，景閣主等人不日將入京，小弟無顏相見，今夜便會離開京師。」說到「景閣主」三個字時明顯一頓，大概想到了四大家族昔日情誼。

林青問道：「白兄將去何處？」

白石仰首一歎：「青霜令使唯一顧忌之人，只有三年前無故消失的御泠堂主，我要找到他，重整御泠堂。」

林青正容道：「小弟倒勸白兄不如及時放手，以你的灑脫心性，何需一定要附庸於兩派之間？」

白石仰首一歎：「白某活了四十年，卻只由衷佩服過兩個人，一是明將軍，一個就是堂主。他雖年輕，卻是我平生所見最有氣度胸懷之人，時至今日，我依然相信他確實意在化解四大家族與御泠堂的千年恩怨，如此抱負，已足令我以殘生相隨。」相比林青的博大胸襟，白石剛才不由為自己少年時一意建功立業，視天下蒼生如魚肉的「宏願」而慚愧，此刻想到了御泠堂主的雄志，才終於又有了新的理想與目標，信心重拾。

林青與白石亦算相交多年，知他雖是一派儒雅風範，內心卻極是高傲，聽他直承平生只欽服的兩人，不由對那御泠堂主亦生出一絲好奇。

事實上御泠堂與四大家族爭霸多年，儘管六十年一度的行道大會上敗多勝少，但每次皆是應諾潛蹤，六十年不問江湖諸事。直至此次青霜令使明明落敗離望崖前，卻仍是毀諾攪動京師，所以才引發了昊空門傳人明將軍的殺機。而這一切，皆是因青霜令使的緣故，而並非御泠堂主之本意。

小弦聽到兩人這番對話，心中百感交集。在他的心目中，只希望天下平平安安，仇敵化干戈為玉帛，忍不住道：「如果那御泠堂主真是這樣的好人，我都願意……認識他。」

林青拍拍小弦的頭，對白石恭敬抱拳：「我雖與白兄談不上肝膽相照，但相識多年，亦知道你絕非心計陰沉之士，你既有此意，小弟自當鼎力支持。」

白石略一沉吟：「臨走之前，小弟還請林兄答應我一件事情。」

林青點頭：「請白兄明言。」他竟不問對方求自己何事便直接答應下來，這份信任已令白石眼中閃過一絲感激。

白石道：「四大家族將會陸續入京，若是林兄不棄，請替小弟負起這京師聯絡之責。小弟知道林兄並不願意插手四大家族與御泠堂之事，但青霜令使陰狠毒辣，又深知我與家族聯絡之法，若是提前設下埋伏，四大家族危險至極。」又是輕輕一歎：「其實對於小弟來說，雙方都有幾分淵源，實不願意看到相殘一幕，所以寧可遠離京師，眼中落個乾淨。」

林青心知白石所言有理，失去了水秀與白石兩位內應，四大家族貿然入京極有可能全軍覆沒。微一思索，沉聲道：「白兄也知道小弟不是暗中施詭計之人，四大家族與御泠堂之間我不會相助任何一方，但一定保證給雙方一個公平的機會。」

白石一揖到地：「林兄能有此心，白石感激涕零。」當下將與四大家族的聯絡之法說出，林青暗記於心間。

白石匆匆言罷，微一抱拳，頭也不回地出門而去，辛苦數十年創下的流星堂亦棄如鄙屣。

林青與小弦對望一眼，心中都湧上一種奇怪的感覺：無論是四大家族還是御泠堂，無論是青霜令使還是機關王白石，正邪的定義已然模糊，每個人的所作所為都是從自己的角度出發，千年百世的宿敵帶給彼此的已不僅僅是恩怨兩字，而是牽涉了太多太多人生難以負荷的東西。

這，是否就是：人在江湖，身不由己？

小弦發了一會呆，開口問道：「林叔叔，青霜令使到底是誰？」

林青歎了一聲：「我早應該想到，能把《當朝棋錄》藏在清秋院中、又不露聲色取走的人，除了那號稱天下第一美男子的簡公子，還能有誰？」

小弦霎時醒悟，簡歌簡公子與亂雲公子郭暮寒一向交好，時常去清秋院中作客，當然有機會把那本《當朝棋錄》神不知鬼不覺地放在磨性齋中，至於他是故意陷害亂雲公子，還是別有所圖，就不得而知了。

想到當初還笑說故意給容笑風錯誤情報，冤枉簡歌是青霜令使，想不到竟然無意道破真相，著實令人哭笑不得。

林青帶著小弦回到白露院中，與駱清幽、何其狂相見。林青將流星堂之行詳細說出，談及簡公子就是青霜令使、機關王白石背叛四大家族、流星堂地下石室中那詭異至極的「花月大陣」等等事情，何其狂與駱清幽不料林青此行竟然一舉揭開青霜令使的真面目，皆是咋舌不已。

簡歌簡公子不但容貌俊美，更以一身博雜之學馳名江湖，雖未聽說他會奕棋之術，卻絕非不可能。兼之行蹤難定，江湖上交遊極廣，連海南落花宮主趙星霜都對其頗有青睞之意。這樣一個驚才絕豔、灑蕩不羈的人，絕不僅僅甘心只做一個御泠堂中的青霜令使，他籌謀多年的計畫也絕不僅僅是為了支持泰親王謀反。簡歌雖然對林青說出了御泠堂的一些情報，但以他的心計來看，想必有所隱瞞，他的野心到底有多大？

何其狂皺眉道：「白石已有悔悟之心，容他離京也便罷了，但小林你竟然會放過簡歌，這豈是你的個性？你我聯手，再加上清幽門下數百弟子的實力，就不信鬥不過御泠堂……」

駱清幽沉思道：「水姐姐之仇我們一定要報，但此事不可莽撞。在未明白御泠堂的真正目的之前，貿然擾亂京師，絕非明智，一旦落入敵人的算計中，反而會弄巧成拙。」

林青亦道：「我直到現在也想不透簡歌的真正目的，就算御泠堂決意另立新主，但簡歌既然投在太子手下，自當盡力扳倒泰親王。更何況，太子與將軍府聯手對付泰親王之事他絕不會不知，在明知敗面居多的情況下仍是力保泰親王，必定另有所圖。」

「也許簡歌實際是暗中相助他人……」駱清幽猶豫道：「只不過，除了泰親王與太子，還有誰能有資格取代明將軍、成為御泠堂的新主？」

何其狂冷笑：「只怕簡歌隨便找個傀儡，自己才有篡權之野心。」

駱清幽搖搖頭：「若不找個能令天下人服庸的主子，御泠堂奪位的計畫肯定不會成功，簡歌熟讀兵書史學，決不會不知道這個道理。」

何其狂心知駱清幽所說屬實，百思不解。

林青緩緩道：「我在想，苦慧大師留下的那八句天命讖語，或許就是御泠堂行事的關鍵。」此言一出，三人的目光不由都集中在小弦身上，都生出一個荒謬的念頭：這孩子既然是明將軍的「命中剋星」，難道……不過此事實是匪夷所思，誰也無法給出一個合理的解釋。

小弦無心聽林青等人對局勢的分析，正在逗弄小雷鷹。小雷鷹在他懷中極為服貼，鷹喙輕啄小弦的臉頰，尚柔弱的鷹翅亦不時在他身上蹭擦，顯得十分親熱。

小弦見三人目光朝自己望來，大奇道：「你們為什麼這樣看著我？」

林青等人心中的念頭自然無法對小弦明說，駱清幽對小弦嫣然一笑：「恭喜許少俠新收鷹帝。」

小弦手撫鷹頸，嘻嘻一笑：「我在想給牠起個什麼名字才好。嗯，牠的師兄叫小鷂，我叫小弦，難道牠也應該是『小』字輩才好。可是，若就直接叫做『小鷹』，好像又太普通了些，要麼讓牠做『鷂』字輩……」

「鷹翔長空，一飛沖天。」駱清幽略一思索：「莊子曰：摶扶搖而上者九萬里。不如就叫牠扶搖吧。」林青等人一齊拍手叫好。

小弦大喜，拍著小鷹兒：「扶搖扶搖，你可喜歡這名字麼？」小鷹兒眨眨眼睛，雖不通人言，但看到主人興高采烈，也低低發出一聲歡欣的鳴叫。

林青道：「養鷹是門高深的學問，小弦可要向容大叔多多請教。」

小弦怔了一下，心知林青念舊日情誼，有意讓他與容笑風多接觸，懂事地點點頭：「只要他不是存心害林叔叔，我就認他做大叔。」抱著扶搖去找容笑風去了。

林青眼望小弦走遠，才幾不可聞地低歎一聲：「是否在苦慧大師的預言中，這孩子的命運早就註定了?!」誰也無法回答這個問題。

何其狂又道：「離泰山決戰還有兩個多月，這段時間難道真如小林所說，一任御冷堂佈置謀劃?」

駱清幽歎道：「無論泰親王謀反之事是真是假，在他發動之前，誰也拿他無可奈何。或許明將軍的策略才是當前形勢下最佳應對：誘其反，然後一舉滅之，將這一場事關天下氣運的大禍消彌於無形之中。我們現在能做的，只有儘量保證四大家族安全入京，不讓局勢落入無可掌控的境地。」

不安其位的泰親王可謂是京師生變的根源，他身為皇親，在沒有真憑實據之前誰也不能指證其造反，所以明將軍才主動訂下與林青的戰約，借機誘反泰親王，在將軍府有備之下、又與太子一系暗中聯手，意欲在泰親王謀反之際給他致命一擊。只不過，在風雲突變的京師中，任何可能性都會存在，泰親王也並非沒有成功機會。明將軍雪夜相邀林青，就是不希望逍遙一派節外生枝，若是泰親王對局勢有所察覺、隱而不發，以後就再沒有一舉根除的好機會了。

這其中關係盤根錯節，牽一髮而動全身，因御泠堂與四大家族的加入，更增添了許多難以預知的變數。或許，如機關王白石一般遠離京師這是非之地，才是最明智之舉。只不過林青等人身在局中，縱是不喜這一場權利之爭，亦不得不打起精神，面對即將到來的滔天巨變。

何其狂道：「小林你可想過，我們的行動全都建立在對明將軍的信任上，雖說明將軍向來一言九鼎，但九五之尊可不比天下第一高手，誰能保證他真的沒有那份野心？若是明將軍欺騙了你，一面借泰山之約調動江湖的視線，一面擊潰泰親王自己坐上龍椅，又會如何？」

林青不答，眼露神光。如果真是那樣，他一定會誓與明將軍周旋到底，至死方休。

駱清幽卻是輕輕一歎：「我倒是覺得，就算皇位落在明將軍手裡，也不是什麼壞事。」

何其狂冷笑：「只要對天下百姓有利，皇位是誰的也不放在我心裡。只不過我絕不會容忍任何人的欺騙。你們能沉得住氣，我可不行，嘿嘿，這兩個月裡定要找些事做……」看他一副躍躍欲試的樣子，恐怕是打算暗中調查明將軍的真正目的。

駱清幽一驚，她深知何其狂素不服人、狂傲不羈的性子，一旦有所懷疑，必會查個水落石出，非弄得天下大亂不可。隱隱覺得不妥，卻不知如何說服，只好眼望林青，希望他能出言勸阻。

林青笑道：「小何你若覺得氣悶，聯絡四大家族之事便交給你好了，我也可以靜心備戰與明將軍的絕頂之約。」

「小林你不要怕我壞事，我自會有分寸，四大家族之事交給我就行了。」何其狂口中自嘲一笑，眼中神情卻是十分鄭重：「不過聽你說起那個御泠堂主，我倒想起了一個人。」

林青與駱清幽互視一眼，同時吐出了一個名字：「宮滌塵！」

御泠堂主乃是出身於南宮世家，宮滌塵與之是否有什麼關係？是否為避人耳目，才改姓「南宮」為「宮」？宮滌塵發起清秋院大會的真正目的到底是什麼？表面上是為了解答蒙泊大國師的難題，卻有意無意間促成了明將軍與暗器王的絕頂一戰，這個高深莫測的年輕人行事果決、極有條理，實是令人難以輕視。

何其狂沉思：「如果無念宗的談歌和尚在京師小鎮外有救小弦之意，為何小弦恰好結識了宮滌塵後便不再出手，難道就是因為宮滌塵的身分？」

林青道：「我聽簡歌的意思，御泠堂對小弦的態度十分古怪，似乎並不想與之發生什麼關係，只是不想他落入泰親王之手而已。小弦相遇宮滌塵之事或許只是湊巧，倒不必深究。不過清幽曾提及清秋院之會上簡歌望向宮滌塵的目光，似乎是舊識之人，恐怕其中大有緣故……」

何其狂道：「不過白石既然說御泠堂主已失蹤幾年，應該不是虛誑之語。他在清秋院之會上曾見過宮滌塵，由此應該可以排除宮滌塵就是御泠堂主的推斷。何況宮滌塵雖然處事穩妥不失，畢竟年紀尚輕，也絕難讓簡歌、白石等人心服。」

「我又想到一處疑點。」駱清幽緩緩道：「祁連山的無念宗極少來到中原，御冷堂如何能將之收服？宮滌塵師從蒙泊，祁連山地處吐蕃國境，卻是有這個條件。」

何其狂淡然道：「如果我們猜測屬實，宮滌塵極有可能會說服蒙泊國師在正月十九、泰山決戰之前入京，到時我再好好會會他。嘿嘿，我就不信揭不穿他的身分。」

林青沉吟道：「小弦對宮滌塵極有好感，我們不要對他說出這些懷疑，暗中留意即可。」

三人商議一陣，疑點叢生，卻也得不出一個確切的結論。

林青將四大家族聯絡之法告訴何其狂，駱清幽亦命幾名蒹葭門心腹去鳴佩峰傳信。在將軍府全力迎擊泰親王的時刻，四大家族是對付御冷堂的主要力量，絕不容有失。

風雲變幻，各方集結實力，皆準備在正月十九雙雄泰山絕頂一戰之際，伺機發動。

這一年的京師之冬，如此的寒峭。

琴瑟王水秀、機關王白石與刑部名捕高德言的突然失蹤自然不可能瞞過各方勢力的耳目，卻意外地並未引起軒然大波，或許在目前的形勢下，個人生死已無足輕重，在各派的籌謀計畫中，京師裡表面如常，甚至比以往更為寧靜，暗地裡卻醞釀著一場驚天巨變。

這段時間林青靜心備戰，凌霄公子何其狂則是天天外出閒逛，極盡逍遙。小弦足不出戶，每日就在白露院中向容笑風學習養鷹之術，雷鷹屬於鷹族中最聰慧的種類，恩怨分明，扶搖每次見到容笑風皆是餘怒未消，羽翼倒豎，爪撕喙啄，口中鳴嘯，顯然對他記仇；而對小弦這個唯一的主人卻有強烈的依戀之情，每晚都要等小弦安睡後方才闔目休憩，若是感應到小弦有何心事，必是靜靜在一旁守護，絕不容人打擾，縱是林青、駱清幽與何其狂也不能近身，惹得大家嘖嘖稱奇。一人一鷹感情日深，白露院中時時可聽到小弦與扶搖的歡叫之聲。

扶搖成長極快，眼看牠一日日長大，小弦便開始訓練牠。由於扶搖不肯讓容笑風接近，小弦只好由容笑風面授養鷹之術後再單獨調教扶搖，雷鷹果不愧是鷹帝之質，聰慧機敏，加上鷹族天生本能，不過一個月的時間，已能撲食雞雀等活物。

不過有了那次在城外小木屋中扶搖寧死絕食的教訓，小弦唯恐委屈了牠，並不完全聽從容笑風的馴鷹之法，自己摸索出不少方法，指揮扶搖如指使臂，每日都將牠餵得飽飽的，而一旦捉住小雞小兔，又不忍傷害生靈，非迫得扶搖放棄已到口的獵物。

容笑風眼見好好一隻雷鷹被小弦當做了家禽一般，實是惋惜不已，無奈扶搖只認小弦做主人，無法親自訓練，令牠恢復猛禽的習性，暗地裡自是長吁短歎不休。

小弦不敢打擾林青靜修，何其狂又常常不見蹤影，閑來無事時就找駱清幽說話。他在清秋院磨性齋中記來的一腦子兵法、政要中有許多不通之處，也就順便向駱清幽請教。駱清幽對於兵法政要等亦有所涉獵，看到小弦聰明好學，心中更喜，知無不言。

駱清幽性格溫柔，平日少與人爭執，清雅而高貴的容貌既令人心生欽慕，亦無意間拉開一份距離。普天之下恐怕只有暗器王林青能在「無想小築」中放任不羈，縱是狂傲如何其狂，在她面前亦是恭恭敬敬，以禮相持。奈何遇見小弦這個頑皮可親的孩子，每日面對他層出不窮的各式花樣，惹得駱清幽哭笑不得，索性放下矜持，與小弦打打鬧鬧，渾如又回到了天真爛漫的少女時代。

小弦自幼無父無母，許漠洋對他雖是疼愛有加，畢竟少了一份慈母的溫情。此刻與駱清幽朝夕相處，方才體會到一份從未經歷過的母愛，越發胡鬧得厲害。

駱清幽有時不得不板起臉教訓他幾句，可看到小弦一臉委屈，可又轉著眼珠不知在打什麼鬼主意的模樣，偏偏忍俊不住，只得暗歎碰上了剋星。

駱清幽雖是天下馳名的才女，精通詩詞曲藝，畢竟從未經歷過戰事，政要尚可對小弦解說，用兵卻講究靈活多變，因勢而定。小弦對政事倒無多大興趣，卻喜兵法，愛玩鬧的天性一發不可收拾，找來些石塊擺成地勢，又用木頭雕了許多木人木馬，上面還刻著人馬的數量，權做所指揮的大軍，與駱清幽擺兵佈陣，演練攻防，倒也其樂融融。

不覺已是一月後。這一日無想小築中「戰雲」再起，大軍鏖戰，好強的小弦非要用五千兵馬迎戰駱清幽的五萬大軍，結果兩人鬥智鬥力，小弦五路奇兵將駱清幽一萬部隊圍在中間，週邊卻被四萬人馬困得嚴嚴實實。

駱清幽掩嘴輕笑：「我贏了，敵人五千人馬全軍覆沒，且俘獲敵將許驚弦，要不要斬首示眾呢？」

小弦哪肯認輸：「應該是許驚弦大將軍忽出奇兵，先圍殲敵兵一萬，再破圍而出。」

駱清幽啼笑皆非：「五千人對四萬人，你能衝得出去嗎？」

小弦道：「就算我全軍覆沒，可是五千人換一萬人，也值得了。所以勝利的還是我。」

駱清幽故做驚訝：「是誰大言不慚要以一擋十的？兩軍交戰，重要的就是奪取最終的勝利，以弱勝強是你的本事，寡不敵眾卻非失敗的藉口。」

小弦啞口無言，想了半天又反駁道：「不對不對。我們這樣紙上談兵算不得數。至少在時間上有誤差，我完全可以先打垮你的一萬人，然後從容撤兵，不會落在包圍裡。」又得意洋洋地補充一句：「這叫兵貴神速。」

駱清幽微笑道：「我那一萬人只是誘餌，既然故意中埋伏，肯定會拖住你，不讓你有時間撤退。」

小弦急中生智：「這就要看雙方誰的情報精確了。我有扶搖，在天上可以看到你的大隊人馬移動，所以定會及時撤兵。」

駱清幽一怔，心想小弦說得也有道理，戰場之上瞬息萬變，絕非擺弄木人木馬那麼簡單，拘泥不化只能招致敗局。而小弦雖然強詞奪理地找出雷鷹這個法寶，卻是說出了隨時偵察敵情審時度勢的關鍵。他小小年紀能有這樣的想法，確也難得可貴，由此看來，日後的小弦恐怕真會有一番成就。

小弦見駱清幽默然不語，只當是無力辯駁自己，拍掌大笑。

駱清幽忽然問道：「你為什麼要學兵法？若是天下太平無事，豈不是根本派不上用場？」

小弦振振有詞：「好男兒自當馬革裹屍而還。派不上用場不算什麼，但若是國家需要用人之際，卻不能為國出力，那才是大大不妙。所以現在就要學好兵法，日後才能有備無患。」

駱清幽看小弦說得一本正經，忍不住輕輕一笑：「要是你以後真的做了大將軍，功成名就後，你最想做的事情是什麼？」

小弦脫口道：「我要先找寧徊風給爹爹報仇。」

駱清幽繼續發問：「報仇之後呢？你願意像明將軍那樣參與朝政，替天下百姓做些有益的事情麼？」

小弦略一思索，正色道：「我覺得明將軍雖然大權在手，卻每日要提防著什麼親王太子的，一點也不快樂，我才不要像他那樣。嗯，功成名就後當然要衣錦還鄉，我要重回清水小鎮，讓那些小夥伴看看我的威風，哈哈。」說著說著，彷彿真的榮歸故里一般，昂著挺胸，不可一世。

駱清幽緩緩道：「從前有一個書生，別無所長，便只喜讀書，根本不管家中之事。有些鄰居經常接濟他，也有一些人十分看不起他。由於家裡太窮，不得不砍些柴禾去集市上賣，但即便是這樣，他在路上口中亦是念念有詞，背誦詩書不休，成為大家的笑柄。他的妻子覺得很難為情，就提醒他稍微收斂一些，可他不但不聽，反而背誦得越來越大聲……」

小弦不料駱清幽突然會講起了故事，想她必有深意，靜靜傾聽，並不出言打擾。駱清幽繼續道：「後來家中糧米漸盡，日子都快過不下去了。他的妻子再也忍受不了，就想離開他。書生卻說：『你不要著急，像我這麼有學問的人一定會有出路，你已跟了我苦了十幾年，要不了多久就會享受榮華富貴……』他的妻子如何肯信，堅持要走。書生無奈，只好給妻子下了一紙休書，任憑妻子離他而去。

「過了幾年，書生流落到京城，皇帝十分賞識他的才華，拜他為官。書生在朝幾年，不但把國家治理得井井有條，還出謀獻策平定了藩王叛亂，皇帝問他要什麼賞賜，書生別無所求，只想榮歸故里，皇帝就同意了他的請求，拜他為家鄉縣郡的太守。

「書生衣錦還鄉，有意要在昔日鄰居面前擺一擺威風，下令讓故鄉的百姓修建新路新居迎接新太守。途中正好看到妻子和新嫁的丈夫一起在修路，書生不忘舊情，立刻下轎把妻子一家接入太守府中安置下來，不但用最好的飯菜招待，而且還送了他們許多金銀，又特意找來當初給過自己恩惠的鄰居，以十倍的金銀酬謝。」

駱清幽講到這裡，望著小弦：「你覺得這個書生的做法好不好？」

小弦點頭笑道：「很好啊。這個書生知恩圖報，以後我也要好好報答清水小鎮上那些對我關心的叔伯阿姨……」

駱清幽卻是一聲長歎：「可是，書生的妻子卻想到自己當初對書生絕情離去，越想越羞愧，終於有一天，上吊自盡了。」

「啊！」小弦大吃一驚，一時說不出話來。

駱清幽輕輕道：「所以，有的時候我們根本不知道自己的行為會帶來什麼樣的後果，哪怕是以德報怨，卻未必能令人接受。」

駱清幽所講的乃是東漢年間會稽太守朱買臣的故事，史上確有其事，不過史書中本意是宣揚朱買臣以德報怨的胸懷，但駱清幽身為女子，心思敏感，又頗有自己的主見，反而同情那羞愧自盡的農婦，對朱買臣不無譴責之意，借機點化小弦。

小弦一時但覺人生在世，許多事情無可臆度，心頭百感交集。駱清幽雖然並沒有講什麼大道理，卻隱隱給了他一份難以言傳的領悟。

房外傳來敲門聲，何其狂的聲音響了起來：「小弦在麼？」

小弦按下起伏不休的心潮，答應一聲去開門，卻見何其狂一身勁服，奇道：「何公子要去什麼地方嗎？」自從那日與何其狂在白露院後花園中談話後，他倒是一直以「公子」相稱。

何其狂先見過駱清幽，對小弦呵呵一笑：「你想不想去見見你的清兒姐姐？」這段時間裡大家不知聽小弦說了多少次與水柔清的恩怨，何其狂更是常常以此開小弦的玩笑。

小弦大喜：「四大家族要入京了麼？」旋即扁扁嘴：「她算什麼姐姐呀，只不過是一個黃毛丫頭。」又想到水柔清的父親莫斂鋒因自己而死，而她母親琴瑟王水秀之死也與自己不無關係，心中一痛，一時竟不知自己是否希望見到這個時常掛念的「小對頭」。

何其狂對駱清幽道：「我接到四大家族的傳信，今日午後由西門入京，我擔心御泠堂會對其不利，所以先去迎接他們。」

駱清幽囑咐道：「御泠堂既然能收買白石，恐怕在四大家族還另藏有內應。此事不可掉以輕心，你可要謹慎些。我這就派人暗察簡歌的行動，一有異常舉動立刻通知你。將軍府知道此事麼？可要我通知明將軍派人接應？」

何其狂道：「京師耳目眾多，四大家族不便出現在將軍府，明將軍縱然知道此事，恐怕也只能暗中提防御泠堂，你自己斟酌考慮吧，最好不要讓太多人參與此事，簡歌方面也要小心莫走露了風聲。」

駱清幽微微一笑，從懷中摸出一張曲譜：「前幾日才新譜一曲，正好可以當面請教一下簡公子。」當下叫來隨從，吩咐備車去簡府，又喚來幾名蒹葭門心腹弟子沿途暗中接應，方便傳訊。看來駱清幽對此早有準備，她的撫簫之技是京師一絕，而簡公子雜學頗多，相互請教曲藝本是尋常之舉，並不會惹人懷疑。

小弦想到面對水柔清的尷尬情景，心頭猶豫：「何公子自個去接景大叔，我，我就不必去了吧。」

駱清幽明白小弦的心思，肅容道：「逃避責任豈是男子漢大丈夫的行為，你遲早都要面對水家姑娘，何妨放下心結，坦蕩一見？」何其狂撫掌稱是。

小弦雖明道理，卻仍是覺得對水柔清愧疚難當。心想水柔清只不過是溫柔鄉的二代弟子，年紀又小，此次四大家族來京師大戰御泠堂未必會帶上她，存著一分僥倖勉強點點頭。

何其狂笑道：「你不是總鬧著要帶扶搖去打獵嗎？今日可正是機會，也免得你把白露院挖個底朝天。」原來這段時間裡，小弦抱著扶搖在白露院後花園中四處「搜尋獵物」，奈何寒冬之際，連隻小鳥都難以見到，只好四處挖洞，想找出冬眠蛇蠍訓練扶搖，直弄得駱清幽與何其狂哭笑不得。

聽何其狂提及「打獵」，小弦剎時來了精神，興致勃勃答應著，抱起扶搖，與何其狂一併出了白露院。

四大家族所在的鳴佩峰地處湘贛交境，一路北行，本應由南門入城。但景成像等人聽到何其狂派人彙報水秀身死、白石投敵等事後，為防御泠堂暗中設伏，謹慎起見繞道由西門入京。

何其狂性格雖狂放，做事卻細心，只恐御泠堂察覺自己的行動，提前吩咐早早備下的馬車出城等候，另又特意雇了四輛馬車，賞足銀兩，先令三輛空車分別東、西、南三門出城，他與小弦則坐在餘下一輛馬車中，由北門出城，再繞一個圈子到西門外七八里處，方才下車步行。

京城西門外是一片連綿的丘陵，北地冬日天氣晴朗，清晨的薄霧如煙似夢，雲氣籠罩著峰巒起伏、蜿蜒不絕的山野，山頂上隱隱可見未化的積雪，偶爾露出光禿禿的岩石，彷彿一道道青色波紋。

扶搖端然立在小弦肩頭，大概是在白露院中憋得久了，呼吸著寒涼的山岡，鷹目中閃動精光，一對翅膀在空中不停搧動。

隨著小弦輕輕一聲呼哨，扶搖一聲歡叫，展開烏黑的羽翼，矯健身形直飛沖天，頗有橫掃千軍的氣勢。小弦有意在何其狂面前賣弄，將平日與扶搖演練出的花樣一一使出。只聽他口中呼哨不停，扶搖時而翱翔雲霄、時而斜飛盤旋，時而豎羽俯衝，時而張爪進擊，種種姿態不一而足，瞧得何其狂大覺羡慕。

扶搖的拍翅聲劃破寧靜的山谷，驚起幾隻覓食的野兔。小弦大是興奮，連聲催促扶搖撲擊。小雷鷹雖然年幼體弱，卻不愧「鷹帝」之名，驀然斜插雲天，收翅俯衝而下，利爪抓起一隻野兔，復又沖天而起……

小弦高興得大叫大嚷，又發出命令讓扶搖將野兔送到自己面前。誰知雷鷹第一次撲食獵物，被掙扎的野兔激起了野性，不聽小弦的號令，在空中盤旋數圈後，帶著野兔一個疾衝而下，長嘯一聲，鬆爪將野兔往山石擲去。

小弦大驚，何其狂苦笑一聲，提一口氣騰身而起，在空中搶先接住野兔，總算免了牠碎身岩石之禍。

小弦接過驚魂未定的野兔，喃喃叮囑幾句，放牠逃去。轉頭大罵扶搖，扶搖見主人發怒，乖乖落在小弦肩頭，垂頭瞼目，倒似賭氣一樣。

何其狂道：「鷹兒撲兔乃是本能，你又何必強迫牠放棄天性？」

小弦恨聲道：「我絕不能讓牠開殺戒，不然牠一輩子都不會快活。」

何其狂失笑道：「你當扶搖是人麼？似你這般強搶牠口中的食物，才真是令牠不快活。」

小弦想了想，一本正經發問：「何公子，你說扶搖會不會做夢？」原來他想到了自己親手殺了高德言後，雖然高德言死有餘辜，但仍是時時夢見冤魂索命，驚出一身冷汗，所以才堅決不讓扶搖殺生。

何其狂縱然素知小弦古怪精靈，卻也想不到他會問出這樣的問題，啼笑皆非之下還當真回答不出。

小弦歎道：「要是這世界上的生靈萬物，無論人與人之間，還是鷹與兔之間，都是和平相處、沒有紛爭，那該多好。」

何其狂正色道：「不然。蒼鷹搏兔，是為了自己的生存。而人生於世間，更應該有所做為。或為虛幻的名利，或為心中的夢想，若是沒有一個為之奮鬥的目標，與死何異？而既然有欲望，就不得不與人相爭。」

小弦咬唇道：「要是有一天，每個人都衣食無憂，也可以輕易實現自己的夢想，是不是就不會有爭鬥？」

何其狂哈哈大笑：「既然稱之為夢想，就應該是自己始終無法達到的高度。試想每個人都做不食人間煙火、毫無欲望的神仙，看似逍遙自在，其實卻多麼無趣啊？相比之下，我更喜歡這個時刻充滿著挑戰的江湖。」

小弦一想也是道理，小時候自己只希望能陪著父親在清水小鎮安安穩穩地生活，現在卻希望能助林青擊敗明將軍，日後不知還會有什麼挑戰等待著自己。若是真有一天更無所求，是否人生也沒有了趣味？

何其狂看著小弦若有所思的模樣，長歎一聲：「你這小傢伙年紀不大，為何總會生出這些古怪的念頭？我看你不如去做一個整日參禪的小和尚吧。」

小弦嘻嘻一笑：「和尚不能吃肉，我可不願意。」

何其狂大笑：「就許你自己吃腥葷之物，卻不許扶搖開殺戒，你這個小主人可真是霸道。」

小弦一怔，喃喃道：「我吃的東西又不是親手所殺……」

「雖非你所殺，卻也間接因你而死。」何其狂長歎：「其實我們根本不必為這些事情煩心，所謂生死皆有因，來世或許我們就做了他人口中的食物，以了結今生的恩怨。人生根本不必計較誰欠誰還，老天爺心中自有一本帳，何用我們庸人自擾？」

小弦一震：「按你所說，每個人都可以為所欲為麼？」

「每個人的心中都自有道義，有所為有所不為。」何其狂淡然道，語氣卻是擲地有聲：「快意恩仇並不一定要把每份恩怨理算清楚，只要做了自己應該做的事情，那就是無怨無悔！」

小弦剎時醒悟。他這些日子以來悶悶不樂，一半是因為殺了高德言而追悔，更是因為水秀之死而愧疚於心。此刻被何其狂一言點醒，終於去了心頭一塊大石，拍手叫道：「對，人生在世無須計較太多，只要求得那份痛快！」

何其狂一掌拍在小弦肩上：「此言大合我心，若是有酒，定是一醉方休。」話音未落，又忙不迭閃開身形。原來是扶搖見何其狂掌拍小弦，誤以為他攻擊主人，張嘴啄來。

小弦解開心結，打個呼哨，扶搖再度沖天而起，在上空盤旋幾圈，確認主人命令無誤，長聲鳴嘯，飛往林深處覓食而去。兩人對視一眼，渾若知交好友一般擊掌而笑。

西山地勢複雜，數條道路在此匯合，沿官道通往京城，何其狂並不知四大家族所行具體路線，只知對方亦是易容改裝而行，以煙花信號聯絡。當下領著小弦招呼扶搖，往附近最高的山峰行去，以便察看過往路人。

為怕惹起小弦傷心，林青平日對景成像廢他武功之事避而不談，何其狂知之不詳，便朝小弦問起。原來何其狂生性狂放，行事僅憑自己的好惡，與小弦一見投緣，得知此事後心生不平，此次之所以熱心負起聯絡四大家族之責，一半是應林青所托，另有一半的心思卻是欲當面質問景成像，替小弦尋回一個公道。

小弦也不隱瞞，便把自己在擒天堡中了寧徊風的「滅絕神術」，經鬼失驚提醒前往鳴佩峰療傷，景成像借機廢去自己武功之事細細道來。此乃他最為痛心之事，言語間不免大有怨意，何其狂亦是氣惱不已：「我聽說點睛閣主身懷浩然正氣，行事最講究公平，想不到竟會對一個不通武功的孩子下手如此狠辣。小弦你放心，我定要替你出這一口惡氣。」

小弦只怕何其狂與四大家族起衝突，勉強道：「景大叔恐怕也有隱衷，不知聽苦慧大師說了什麼話，非認定我是明將軍的剋星，所以才故意廢我武功。心裡大概也是很內疚的。」

何其狂冷笑：「我可不信什麼玄妙天機，都是一番鬼話。若不然就讓景成像把苦慧大師的遺言明白無誤地說出來，看看到底有沒有道理。」

小弦心中一跳，他雖然極想知道那與自己有關的八句天命讖語，但真到了這關頭，隱隱又有一份難以描述的懼意：若是當真道破天機，會否有什麼不可預知的災禍發生？

山中怪石橫生，人跡罕至，兩人邊走邊說，不覺來到半山腰。扶搖在前開路，忽往前方不遠處一片枯林飛去，似乎發現了什麼，一聲長嘯，閃電般從空中俯衝而下。

小弦與何其狂正要上前查看，卻聽扶搖悲鳴一聲，又從嶙峋怪石中驚飛而起，幾根黑羽從空中悠悠落下。扶搖羽毛倒豎，十分憤怒，口中呼嘯不休，在空中盤旋幾圈，似乎想要衝下又有所顧忌。

兩人不知發生了什麼事，小弦連發呼哨喚回扶搖，細細查看，卻見牠身上並無血跡，只是左翼下有一處青腫，似乎是被什麼東西擊中。

小弦心中疼惜，急忙替扶搖按撫。何其狂目射精光，冷冷注視著前方的枯林。扶搖雖是年幼，卻十分敏捷，絕不可能撞中山崖，加之極具靈性，也不會自不量力地攻擊大型猛獸，看樣子應該是被人投擲暗器擊中。不過來人能擊中在空中飛翔的雷鷹，顯然身懷武功，不知是何來路？

小弦發現扶搖傷口處有一些黑色粉末，輕輕用手刮下：「這是什麼？」又放在鼻尖聞一聞：「好奇怪的味道。」

何其狂只怕對方暗器有毒，連忙拉住小弦的手，細察脈象卻無中毒跡象。小弦忽然有悟，拍額叫道：「對了，這好像是墨汁的味道。」

何其狂面色微變，似是突然想到了什麼，喃喃道：「難道是他？」

一個略顯惶恐的聲音從那片密林中傳來：「晚輩無意間出手誤傷鷹兒，還請凌霄公子恕罪。」

第四章

有舞離魂

潑墨王飛速畫完肢體後，又在女子的面龐上畫下一雙彎眉與一對鳳眼，
下筆速度越來越慢，好不容易勾勒出鼻子的輪廓，
忽停筆不前，又恢復到剛才呆立的模樣，
臉上神情陰晴不定，彷彿難以下筆描摹女子的相貌。
看得小弦與何其狂心癢難熬，
百般猜想這樣舞若天仙的女子會有何等令人驚豔的容貌？

一位男子從林間走出，一揖到地。但見他二十八九歲的年紀，身材頗為矮小，卻穿了一身大紅彩衣，極其惹目，他的相貌普通，舉手投足間有種瀟灑從容的味道，言語和緩，聲音亦十分輕柔，雖與何其狂差不多年齡，卻是自稱「晚輩」，十分恭敬。只不過他頭髮稍顯凌亂，衣衫上亦有不少污垢，彷彿有幾日不曾梳洗，與彬彬有禮的外貌頗不相適。

小弦雖是心疼扶搖，但看來人態度和善，自承不是，倒先消了大半的氣。

何其狂冷然道：「夕陽紅，你來這裡做什麼？」

小弦心頭大奇，竟然有人叫這樣古怪的名字。他卻不知這位夕陽紅正是八方名動中的排名第三潑墨王薛風楚的大弟子，潑墨王精於畫技，所以手下六名弟子分以六種顏色為名，人稱「六色春秋」，分別是夕陽紅、花淺粉、大漠黃、草原綠、淡紫藍與清漣白。手中的武器亦多是做畫工具，如畫筆、畫刷、畫板、印章、硯台等物，剛才擊中扶搖的正是潑墨王門中的獨門暗器，乃是一團凝固成各式形狀的墨汁。

潑墨王自詡一流畫技、二流風度、三流武功，夕陽紅身為六色春秋之首，武功高低不論，待人接物的風度倒是學個十足。聽何其狂問起，再深施一禮道：「晚輩在此遊玩，見到這鷹兒只當是野物，所以才貿然出手，務請何公子瞧在家師的面上，原諒晚輩。」

何其狂嘿嘿一笑：「清秋院之會中薛潑墨抱病缺席，我還只當他在絮雪樓中安心養病呢。想不到在京師幾派人人自危的時刻，你們倒有這份遊山玩水的閒心。」絮雪樓就是潑墨王在京師的住所。

小弦聽何其狂說到「薛潑墨」三字，才知道面前這位風度翩然的年輕人竟然是潑墨王的弟子。他聽許漠洋說起過潑墨王在笑望山莊引兵閣前挑唆「登萍王」顧清風搶奪偷天弓，從而造成杜四之死，顧清風亦被林青一箭射殺，十分反感他，不願意與夕陽紅多打交道，口中哼了一聲。

夕陽紅陪笑道：「何公子還不是一樣有這份閒情逸趣？晚輩不便打擾公子，這就告辭。」

「且慢。」何其狂輕喝一聲：「擊中鷹兒的暗器想必是貴師弟大漠黃的傑作吧，他為何不出來？」他對六色春秋的武功有所瞭解，看夕陽紅一副不欲生事的模樣，心中起疑，暗忖今日四大家族入京，恰好在這裡遇見潑墨王的弟子，莫非潑墨王也與御泠堂有關？所以要查個明白。

夕陽紅一窒，訕訕道：「三師弟不擅言辭，所以讓我這個大師兄出面道歉。」

何其狂凝神運功細聽，已查知枯林中絕不止一人，嘿然冷笑：「看來絮雪樓來了不少人，還不都給我出來。」言罷不理夕陽紅的勸阻，帶著小弦大步往林中走去。

一道白影閃出，橫在何其狂面前：「何公子……」正是六色春秋中最富計謀的末弟子清漣白。

何其狂大喝一聲：「誰敢攔我？」手按腰下黑布所包的「瘦柳鉤」，雖未加速，步伐卻絲毫不緩。

見到凌霄公子動怒，清漣白如何敢強阻，話說了一半急急側開身形避過何其狂的鋒芒，夕陽紅隨後追上幾步：「何公子留步，請聽晚輩一言。」

何其狂不為所動：「有話就說，不必留步。」

數道風聲響過，從林中、岩石邊又跳出幾人，各穿不同顏色的彩衣，一齊攔在何其狂身前，赫然正是六色春秋。一身綠袍的草原綠性格最為急躁，手中已擎出了獨門兵刃，卻是一柄大畫刷。

小弦看到那畫刷雖是鐵製，形狀卻與一般木刷並無二致，刷尖上竟然還有一顆泫然欲滴的墨汁，大覺有趣，縱然在雙方劍拔弓張的一刻，也忍不住笑了起來。

何其狂大笑：「就算薛潑墨親來，怕也不敢與我動手，你們倒真是吃了豹子膽。」臉上漸漸瀰漫起一股殺氣。他注意到扶搖仍是躁動不休，輕搧羽翼，鷹爪張揚，欲要往林中撲擊。聽到枯林中隱隱傳來異響，竟似還有一人，看來自己倒是冤枉了那身穿黃衣的大漠黃，用暗器擊傷扶搖之人尚未露面。

夕陽紅先對草原綠呵斥一聲，令他收起兵器。又對何其狂歎道：「何公子不要動怒，我師兄弟如此做實有苦衷，若是何公子就此停步，六色春秋必感大德。」他不愧是風度二流的潑墨王嫡傳大弟子，此刻依然不失禮數，只是語氣中已有哀求之意。

凌霄公子何其狂向來吃軟不吃硬，一時不便與六色春秋翻臉，微一沉吟，腳步已緩了下來。又注意到六人皆是衣衫凌亂，遠非往日的一絲不苟的裝束，莫非在密林中進行什麼見不得人的勾當，四大家族今日入京，六色春秋出現得太過巧合，若不查個清楚，實難甘休。

夕陽紅上前幾步：「請何公子不要讓晚輩為難。」給幾位師弟打個眼色，六人齊齊半跪於地。

何其狂吃了一驚，終於停下腳步：「男兒膝下有黃金，諸位快起來！」

夕陽紅道：「若是何公子不答應我們的條件，便跪死於此。」

何其狂冷笑：「你這是要脅我麼？」

「晚輩不敢。」夕陽紅朗聲道：「只是何公子若踏入密林一步，晚輩有辱師門，只好自盡以謝。」

何其狂聽夕陽紅說得堅決，吸一口氣，緩緩問道：「薛潑墨何在？」六人面面相覷，誰也沒有開口。

何其狂心念電轉，林中不知是何人，六色春秋竟然寧死也要維護他。夕陽紅既然提到什麼「有辱師門」，莫非此人與潑墨王大有關係？可潑墨王直到現在也不出場，難道六色春秋背著他行事，其中必然有什麼緣故。

雙方僵持一會兒，何其狂歎道：「也罷，給你們半個時辰，都回絮雪樓去吧。至於密林中的那人，也一併帶走，就當我未見過。」以他的心性，能如此說已是給了六色春秋十二分的面子，誰知六人互視一眼，皆是面有難色，似乎也無法接受何其狂這個提議。

「哈哈哈哈！」從密林中傳來幾聲大笑，然後再無聲息。六色春秋面色齊變，只是用哀求的目光望向何其狂。

何其狂冷喝一聲：「出來！」六色春秋以死相勸，若是林中人默不作聲，何其狂也就睜一隻眼閉一隻眼，可他卻故意發出大笑，頗有挑釁之意，凌霄公子又怎能咽下這口氣？

夕陽紅長歎一聲：「何公子……」

何其狂抬手止住夕陽紅的話：「我今日有事來此，也不想多生事端，如果此人與我無關，絕不會洩露你們的秘密。諸位若是信我一言，便請起身讓路。」

六色春秋無奈，夕陽紅道：「何公子一言九鼎，晚輩當然信得過你……」話音未落，六色春秋中唯的女弟子花淺粉搶先道：「不行，我絕不會讓別人看到師父……」說到一半驀然住口，似是自知失言。

何其狂何等精明，微微一怔。聽花淺粉的意思，林中人難道就是潑墨王本人？更是要查個水落石出，沉聲傲然道：「我若要見此人，天下有幾人能擋得住？念你們一片誠心，這才留些餘地，難道真要迫我動手麼？」

夕陽紅長歎一聲：「我等自知無法阻攔何公子，但請何公子發下重誓，今日所見絕不洩露第二個人知道。」又朝小弦苦笑一聲：「這位想必就是許少俠吧，也請你一併立下誓言。」

何其狂絲毫不為其所動，依舊故我：「何某做事從不自縛手腳，你等出手攔我也罷，自盡也罷，也不放在我心上。不過如果林中之人與我並無關係，我也不會行長舌婦人的行徑。」拉著小林大步入林。

面對驕狂如凌霄公子，六色春秋亦毫無辦法，只好隨他入林，面上皆是一份難言的痛苦之色。

入得林中，何其狂與小弦齊齊一怔。

枯林中有一片數尺闊的空地，一個白衣人散髮赤足，盤膝而坐，在他面前放了一副畫板，左手支頷，右手提著畫筆，呆呆地仰望天空，似乎是遇到什麼疑難處，正在沉思應該如何作畫。在他周圍，幾乎每一棵樹木上都貼滿了畫卷，有些畫卷更是已被撕得四分五裂，勉強用膠黏住。

何其狂吸一口氣：「薛兄，你搞什麼鬼？」原來這個悠然作畫之人，竟然就是八方名動中排名第二的潑墨王薛風楚。只不過此刻散髮披肩，容顏憔悴，不但一襲白衫上到處是斑斑點點的墨汁，臉上亦沾染了不少墨蹟，哪還有半分「二流風度」的樣子？

潑墨王對何其狂的問話渾如不覺，似是呆望天空，驀然一躍而起，手中畫筆在畫板上縱橫翻飛，不多時已出現了一個女子的身形輪廓。

但見畫中女子赤足佇立，穿著中原極難見到的短衣短裙，裙下露出半截小腿。左足點地，右足提及膝前，足尖指甲上各有一點嫣紅，五趾緊併，彷彿正欲踢出；衣短不遮腰腹，一條柔軟的流蘇纏在腰間，舞動中隱約可見細軟的腰肢；短衣上卻接有長長的兩條水雲長袖，凌空飛射而出，分搭在兩株大樹的樹椏上，看起來就似是被那長長的雲袖綁縛在兩棵樹間一般；而隨著長袖展至盡頭，半掩的衣衫中露出若隱若現的半片香肩，極盡誘惑……

潑墨王果不愧是「一流畫技」，不但將女子翩然起舞的風姿盡現無餘，渾圓如璞玉的腿肌充滿了力感，半遮半掩的香肩中那一弧柔美的曲線更是看得人心跳欲停。饒是何其狂有過縱情聲色、流連歡場的經歷，乍見畫中這集嬌弱與英烈於一體的女子，亦是覺得怦然心動。

潑墨王飛速畫完女子的肢體後，又在女子的面龐上畫下一雙彎眉與一對鳳眼，下筆速度越來越慢，好不容易勾勒出鼻子的輪廓，忽停筆不前，又恢復到剛才呆立的模樣，臉上神情陰晴不定，彷彿難以下筆描摹女子的相貌。看得小弦與何其狂心癢難熬，百般猜想這樣舞若天仙的女子會有何等令人驚豔的容貌？

周圍樹上所貼的畫卷，全都是這位女子起舞的情形，姿態各異，身材窈窕娉婷，舞姿風華絕代。或飛袖迎風、或自憐自艾、或如搖花擺柳，或似溺水浮萍，不一而足。然而每一幅畫皆半途而止，全沒有那女子的相貌，大多也只有眉眼，唯一一幅可窺全貌的就是那張被撕成碎片後勉強黏貼的畫卷，亦難看出究竟。何況既然撕毀，想必與原人相距甚遠，作不得數。

潑墨王呆望良久，臉色漸漸沮喪，忽然一聲大叫，雙手抱頭，口中發出「嗚嗚」的哀鳴之聲，似乎在歎息自己不能畫出那女子的神韻，雙目竟然流下淚來，喃喃自問：「我不行？我真的不行麼？」

潑墨王目光茫然，漸呈迷亂之色，又一躍而起，來到一株大樹前，怔怔望著貼在樹上的畫卷，撓姿弄首，竟模仿起畫中女子的舞姿來。潑墨王年近五十，卻依然是面白若玉，丰神俊朗，不然也不會有「二流風度」之稱，然而此刻模仿之態卻讓人哭笑不得，五縷長鬚沾著一團團的墨蹟，胡亂纏在脖頸間，還把長袍翻起，露出保養得很好的小腿，足趾上竟也照那女子之樣點起朱砂，再緊緊腰身，手上擺出蘭花形，渾如當自己亦是千古紅顏、對鏡自憐，實是令人作嘔。

何其狂與小弦瞧得目瞪口呆，他們從林青口中知道潑墨王心計深沉，口蜜腹劍，外表雖然儒雅，內心卻十分卑劣，當年為追求駱清幽無所不用其極，被駱清幽嚴詞拒絕後又暗中散佈流言菲語，毀壞駱清幽的名聲，原是頗鄙視此君，想不到他固然畫技超凡脫俗，竟然還癡狂至此。

何其狂與小弦滿臉驚訝，六色春秋面上皆是悲憤沉痛之色。八個人靜靜看著潑墨王，誰也沒有開口說話。

潑墨王忽發出幾聲大笑，好像又突生靈感，來到畫板前，先將前一幅未完成的畫取下，細心貼在一株大樹上，又拿出一張空白畫紙，重新提筆繪畫。這次主角依然是那女子，卻又換了一種舞姿，女子抬頭昂首，擰腰扭臀，左手平伸，右手放於胸前，一根蔥蔥玉指輕點胸口，似如西子捧心，又彷彿在對情人低訴衷腸……這個舞姿本來頗有挑逗之意，但在潑墨王的筆下，卻毫無半點色情的意味，而是令人生出對那女子的疼惜之意，恨不能上前將她柔弱身體抱於懷中，替她撫慰淒苦的愁思。

然而等畫到那女子的面目時，潑墨王再度滯筆，呆愣半晌，捶頭頓足，悔恨不已。忽臉現怒色，飛起一腳踢向畫板，腳至中途又驀然急停，好像生怕踢傷那畫中女子，這一下急停十分突然，連小弦這不通武功之人都聽到一聲因骨骼逆力發出的一聲脆響。

潑墨王神情懊悔，上前手撫畫板，口中喃喃道：「是我不好，可嚇壞了你麼？」看樣子竟把畫中女子當做活人，而他的手指雖似是撫摸畫中女子的衣衫，卻始終沒有接觸到畫板，生怕唐突佳人……

事到如今，何其狂與小弦都已知道：潑墨王薛風楚並不是因畫癡迷，而是真正的失心瘋了。而六色春秋在林外強行阻止，也正是不願意讓他們看到潑墨王這般不堪入目的模樣。

何其狂淡淡發問：「薛兄這般畫了多久了？」

夕陽紅黯然一歎：「那一日師父突然外出不歸，幾日不回絮雪樓，幸好我門中有一種特殊的跟蹤之法，才在這裡找到他。當時他只在泥地上以樹枝作畫不休，我們欲要接他回京，他卻勃然大怒，不容人近身。我看師父這個模樣，心想莫非是被敵人所害，而他所畫之人極有可能與此有關，便令師弟去絮雪樓中取來紙筆，誰知師父就此不眠不休地畫了下去，而且絕不讓我們動他的畫。實在饑渴難忍，方才胡亂吃些食物，我們六弟子就只好在此照顧師父，算來已有一個多月了。幸好此處少有人至，直到今日才被何公子發現這個秘密，唉。這個女子到底是誰？」說到最後一句，夕陽紅嘶啞的聲音裡充滿了壓抑不住的憤怒。

「一個多月?!」小弦看著形銷骨立的潑墨王，雖是一向反感此人，心中也不禁湧起同情之念。隨即恍然大悟，怪不得清秋院之會上只聽說潑墨王抱病不出，當時還以為他愧見林青，想不到竟是這個原因。

何其狂所想卻不似小弦那麼簡單，沉聲問道：「當日薛兄因何事外出？可是去見什麼人？」

六色春秋一齊搖頭，顯然不知潑墨王外出的目的。何其狂又問道：「唔，這應該是清秋院大會之前的事情，可記得具體是哪一日麼？」

夕陽紅道：「我記得很清楚，師父接到宮先生的請柬十分高興，那幾日都在準備赴宴。可就在大會前第六日突然外出……」

何其狂眼中一亮：「那麼你們找到薛兄是什麼時候，可是在清秋院大會之前嗎？」

夕陽紅搖頭道：「家師向來行蹤不定，我們做弟子的並不敢多過問。所以本以為家師無論有何事耽擱，必也會在清秋院之會前趕回來，誰知他一直不現身，覺出不對，方才出來找尋。找到他時已是清秋院之會後第三日，若是從他外出那日就已遇毒手，算來那時他已在這林中待了近十日了……」說到這裡，望一眼依舊呆怔的潑墨王，搖頭歎息，其餘幾人亦是眼眶發紅了，花淺粉更是落下淚來。看來六色春秋對潑墨王皆是情深義重，這些日子照顧神智不清的潑墨王也極是辛苦。

何其狂緊皺眉頭，緩緩道：「那麼當薛兄外出時，你們並不能確定他不能及時趕回京師赴約？既然如此，又是誰的主意對外宣稱薛兄抱病？」

夕陽紅回憶道：「清秋院大會前兩日，宮先生來訪絮雪樓，我就對他說及家師外出之事，宮先生便提議若是會期到時家師依然未歸，不妨託病踐約，免得引起京師各派的猜疑。我那時亦有些擔心家師發生意外，心緒大亂下也沒有什麼主意，便依從了宮先生的意見。」

「宮滌塵！」何其狂喃喃念著這個名字，目中閃過一絲光華，沉思不語。

小弦將這番對話聽在耳中，心裡猛然一震：當初宮滌塵說是運糧出京離開三日，直到清秋院大會前一天才回來，他怎麼有時間去絮雪樓拜訪潑墨王？再退一步講，就算是夕陽紅記憶失誤，或是宮滌塵提前一日回京師也還情有可原，但宮滌塵對自己根本未提及潑墨王抱病是他的託辭，難道這樣一件小事也需要對自己隱瞞嗎？是否這個大哥並不如自己想像的那麼信任自己？小弦想到這裡，不由有些心灰意冷，腦海裡又隱隱閃過一個可怕的念頭，卻拚命止住自己繼續想下去，不願意對宮滌塵有所懷疑……

何其狂當然不知宮滌塵曾對小弦說的這些話。林青入京後他一直住在白露院中，所以宮滌塵親自送來請柬時並未與之朝面，第一次見到宮滌塵就是在清秋院中，未見面先聞其聲，說的竟是那一句「除了將軍之手、清幽之雅、知寒之忍、泰王之斷、管平之策外，最後一絕當屬……凌霄之狂！」

凌霄公子驚訝之餘不免暗中留意著宮滌塵的一舉一動，總覺得此人清淡絕塵的容貌下有些說不清楚的古怪，更是直覺自己對他有一種極微妙的感應，僅是清秋院匆匆一晤，卻時時想到此人，所以後來還有意無意地向小弦打探情況。而經過與林青、駱清幽的一番分析，亦對宮滌塵的真實身分有所懷疑，此刻再度從夕陽紅口中聽到宮滌塵的名字，心頭百念叢生。

夕陽紅道：「何公子現在既已知此事，還請替家師隱瞞一下。」若是被人得知以絕佳風度自詡的潑墨王落到如此田地，只怕會成為京師的笑柄，六色春秋替師父的聲名考慮，所以剛才不惜以死相勸。

何其狂歎道：「如今可不是顧及顏面的時候，既然薛兄這般光景已有一月之久，只怕難以自癒，還是早請良醫診治為好。若是時間拖得久了，只怕後患無窮。」

夕陽紅面露難色：「可是家師堅持不肯離開此地，我們總不能冒犯恩師，點他穴道。」

身著紫衣，一直沒有開口的淡紫藍道：「晚輩稍通岐黃之術，趁家師勞累熟睡之際悄悄替他把過脈象，卻根本瞧不出是何怪病。看此症狀，倒像是鬼神作祟……」

何其狂沉聲道：「依我看，多半是中了什麼懾魂之術。」

六色春秋齊齊一震。事實上他們早就懷疑恩師中了此類邪功，但懾魂之術一般都是武功相差數倍才可使用，不然極有可能反噬自身，而潑墨王排名八方名動之二，好歹亦是京師中的成名人物，武技亦是不凡，實難相信會被人輕易制住，何況此事大傷顏面，所以寧可認定潑墨王是得了什麼怪病。如今被何其狂毫無顧忌地挑明，夕陽紅等人皆是面色訕然，不知所措。

小弦插言道：「薛，薛大叔既然執意留在此地，又一遍遍地畫畫，我看給他施功的多半與這畫中女子有關。」他本是不齒潑墨王的為人，可看到他的處境又頗為同情，這一聲「薛大叔」叫得十分不情願。

清漣白接口道：「以家師絕不願意離開此地的行為來看，這裡恐怕也就是對方下手毒害家師之處。但當我們趕來此地時，也根本瞧不出任何線索了。」潑墨王狂性大發下，就算有些蛛絲馬跡，亦早被他破壞。

夕陽紅沉吟道：「只可惜家師不記得這女子的相貌，只憑身形，無法推斷出她的真實身分。」

何其狂道：「就算薛兄真能畫出那女子的容貌，恐怕亦並不可信。我只是奇怪何方女子竟可神不知鬼不覺地制住潑墨王？」仰首望天思索一番，喃喃道：「江湖上能有此能耐的女子實不多見，算來也不過落花宮主趙星霜、靜塵齋主寂夢師太等寥寥幾人，而且這幾人皆遠在京師數里之外，莫非除了這畫中女子外，兇手還另有其人？」

夕陽紅小心翼翼地道：「我看家師對畫中女子極為看重，而且，咳咳，頗有愛慕之心，恐怕並非被她所害。」

何其狂淡然道：「也不盡然。這等懾魂之術正是利用人心的弱點，尋隙而入，一旦被其抓住心理上的破綻，生死皆不由己。嘿嘿，薛兄年紀雖大，卻是個多情之人，所以對方化身為他最欽慕的形象，從而牢牢控制他的心智，倒不一定真是他所鍾愛之人……」說到這裡忍不住冷笑一聲，自是想到了潑墨王追求駱清幽之事，又繼續道：「但此類懾魂之術講究虛實相間，真假難辨，最忌挑破那一層半遮半掩的夢幻感，想來那女子必是輕紗掩面，不讓他看到真實面容。」

經過何其狂這番分析，六色春秋與小弦皆有恍然大悟之感。凌霄公子人雖狂傲，確是有真材實學，不但憑一柄瘦柳鉤傲立京師，對天下各門各派的武功皆有所研究，這份見識遠在諸人之上。

小弦道：「就算那女子用輕紗掩面，總不能連眼睛也一併掩住吧。薛大叔既然能畫出來，想必這一雙眼睛應該不假。」湊到一株樹前，細細察看畫卷。

忽聽潑墨王一聲大吼，雙手箕張，朝小弦撲了過來。何其狂右手疾伸，出指若電，點向潑墨王脅下，潑墨王身體微側，手中畫筆筆峰回藏，斜刺何其狂掌心勞宮大穴，同時抬腳往小弦面門踢去。

潑墨王的成名兵刃便是形如畫筆的「勾魂筆」，此時雖是神智不清，看來武功卻是絲毫無損，認穴精準。何其狂輕哼一聲，變指為抓，五指撫琴般揮掃而下，將畫筆握在手中。但覺手心一燙，勾魂筆上傳來的內力雖然紊亂，卻是強勁如潮，竟然無法一舉奪下畫筆。何其狂面上青氣乍現，吐氣開聲，手腕一擰，再度化掌如刀，側砍在畫筆之上。那畫筆本就是尋常之物，如何經得起兩大高手的內力相博，「啪」地一聲輕響，斷為兩截，潑墨王力道用左，身體一個踉蹌，踢向小弦面門的一腳失了準頭，朝他肩膀掃去。

何其狂借斷筆之力縱身躍開，拎住小弦的衣領，硬生生將他朝後提開三尺，潑墨王這一腳踢空卻並不收招，弓步前衝，騰空躍起，右手棄去斷筆，一掌拍向小弦前胸。何其狂豈會讓他得逞，右手把小弦拉在身後，左掌在胸間劃個半圓，與潑墨王這一掌結結實實地對個正著。

砰得一聲大響，潑墨王身體在空中一滯，面上如飲酒般青紅迸現，復又大叫一聲，連退四五步方才穩住身形。

何其狂武功極其霸道，遇強愈強，這一下硬碰硬看似平常，卻是他自創的得意招式，名喚「潮浪」，手法並不出奇，講究的是內力運用。一掌內含三重內勁，就如大海潮浪般層迭湧來，第一重內勁化去潑墨王的掌力，第二重內勁將其震退數步。若非看在潑墨王神智不清，第三重內勁留而不發，這一掌已足以令其內腑受到重創。

凌霄公子能在高手如雲的京師中以武成名，豈是僥倖。

兩人過招極快，夕陽紅急迫的聲音這才傳來：「許少俠且慢……」說到一半，又急忙高喊：「何公子手下留情……啊！」這最後一聲驚呼卻是因為立在小弦肩頭的扶搖已朝潑墨王電射而出。

眾人只覺眼前一花，但見扶搖收肩凝羽，鐵喙直啄向潑墨王的右目。何其狂只恐扶搖受到潑墨王的反擊，連忙伸手去捉。不料扶搖雖尚年幼，卻是行動如電，何其狂這一捉竟然拿空。

潑墨王與何其狂硬碰一掌，胸口氣血翻騰不休，孰想這鷹兒身法如此之快，百忙中只來得及抬手遮在右眼上。

慘叫聲與鷹嘯聲同時響起，潑墨王右手被啄開一個血洞，而他彈指一擊亦正擊在鷹頸上。人鷹乍合即分，扶搖在空中盤旋一圈，又落在小弦的肩頭上，連聲嘶鳴，看來潑墨王這一指亦不輕。小弦又是驚喜又是心疼，抱住扶搖替牠撫摩脖頸，心中卻想扶搖雖是出其不意，但這小小的鷹兒竟然能傷了潑墨王，果然不愧是鷹中之帝。假以時日待其羽翼漸豐，有他護著自己，豈不是足可抵得上一位武林高手？開心至極只想大笑，可瞧著潑墨王血跡斑斑的手掌，終不敢太過放肆，只得苦忍。

六色春秋不料扶搖如此厲害，驚訝地望著牠。夕陽紅本想上前替潑墨王包紮傷口，卻知他神智糊塗，根本不分敵友，只好擋在何其狂身前，防他再度出手。口中道：「何公子不要見怪，家師絕不許別人碰他的畫。剛才這隻鷹兒就是因為飛來伸爪撕畫，才被家師出手擊傷……」

原來扶搖極有靈性，遠遠望見林中掛滿了畫卷，便飛來察看，卻被潑墨王擲出墨汁所傷。若非如此，何其狂與小弦一心聯絡四大家族，倒未必會注意到這片枯林。

何其狂冷冷一笑：「不過是幾張廢紙，碰了又能如何？」一伸手已從樹上取下畫卷。

潑墨王喉間發出一聲似狼嗥虎吼般的聲音，神智不清下雖認不出何其狂，卻知他武功犀利，不敢再貿然衝前，亦不點穴止血，一任手中傷口鮮血長流，眼中透出怨毒的神色，冷冷望著何其狂與小弦。

何其狂狂笑一聲，將手中畫卷對著潑墨王一抖：「就是她害了你，是不是？我現在就替你報仇。」指上用勁，畫卷凌空碎成幾片，隨風飄去。

潑墨王大叫一聲，起身去追飛舞於空中的碎紙，何其狂手法極快，隨即又撕下另一幅畫，依樣運勁震碎。潑墨王口中狂叫，徒勞地伸手在空中亂捉，彷彿在面對一個看不見的敵人。

夕陽紅大怒：「在下雖然武功粗陋，卻絕不容何公子相辱恩師！」抬手抽出一隻小畫筆，狀如瘋虎，朝何其狂撲來。其餘花淺粉、大漠黃、草原綠、淡紫藍四人亦是滿臉悲憤，紛紛拿出各式奇形兵刃，就要圍攻何其狂。

清漣白卻一把拉住夕陽紅：「大師兄不要莽撞，何公子此舉必有深意。」何其狂也不解釋，只是淡然一笑：「很好，很好！」既是讚夕陽紅等人不忘師門情義，亦讚清漣白心思敏捷。

夕陽紅終於反應過來，收起畫筆深施一禮：「多謝何公子出手相救！」

「你不必謝我。」何其狂歎道：「解鈴還需繫鈴人。此舉能否見效尚屬未知。」似這等中了懾魂之術之人，若無施術者解救，便只好以毒攻毒，繼續刺激他的神智，所以何其狂才故意毀畫，希望借此令潑墨王清醒。

不多時所有畫卷都已撕毀，潑墨王繞著圈子大叫大嚷地狂追良久，終於力竭，卻似乎激起了殘餘的一絲理智，自知難以阻止何其狂毀畫，只是把那畫板緊緊抱在懷裡，眼中流露出孩童被搶去心愛玩具般的哀求之色，事到如今，他也只能保護畫板上那唯一留下的畫卷了。

夕陽紅雙目淌下淚來，跪在潑墨王身前：「師父，隨弟子回家吧。」

「回家！」潑墨王喃喃重複著這兩個字，似已癡了。

與潑墨王同樣如癡如呆的還有小弦，他的手裡握著一片從空中落下的碎畫卷，畫面上只有一雙鳳目，彷佛正在靜靜地凝視著他。

此刻，小弦的腦中卻浮現起了那一幅自己永生難忘的畫面：在京師外的那溫泉邊，一位年輕人從潭中沖天而起，在空中旋轉不休，罩上一襲長衫，他長髮輕甩的水珠漾起了滿空的七彩……而在那個年輕人的臉上，亦有一雙同樣的眼睛！

剛才沉積在小弦胸中、堅持不去猜想的疑團再度躍入心間：宮滌塵在溫泉邊與自己相遇，當日帶自己先去將軍府，再至清秋院中住下，然後他便告訴自己是清秋院之會的第十九位客人。而在那個時候，宮滌塵又怎麼會知道五日後的潑墨王無法赴約？再聯想今日的所見所聞，只有一種推斷可以解釋：宮滌塵早就知曉潑墨王無法如約前往清秋院，而對潑墨王施術之人，極有可能就是宮滌塵！

可是，潑墨王畫中的女子怎麼有一雙與宮滌塵相同的眼睛呢？難道宮滌塵實是女子之身？又或是他的懾魂之術強烈到足以讓潑墨王誤會他的性別？回想那畫中女子的驚世舞姿，而宮滌塵又故意將原先清妍絕俗的容貌運功改變，再聯想到有幾次讓他陪自己同睡時的蹊蹺態度，小弦幾可肯定：自己認下的這位「宮大哥」確實是一位易釵而弁的女子！

這一剎，小弦心中轉過無數念頭，宮滌塵的秘密何其狂並不知情，而宮滌塵運功易容之後，雙眼的輪廓也稍有變化，何其狂縱然眼力高明，只怕也聯想不到他身上，自己是否應該如實說出來呢？這樣，算不算背叛了與「宮大哥」之間那份肝膽相照的「兄弟之情」？

何其狂感覺到小弦的變化，輕拍他的肩膀：「小弦，你怎麼了？」

小弦剎那間下了決斷，決意替宮滌塵隱瞞這個天大的秘密。畢竟潑墨王算不上什麼好人，就算宮滌塵出於某種原因對付他，也是潑墨王罪有應得，並不影響自己與宮滌塵之間的友情。小弦咳了幾聲：「沒什麼，我只是擔心扶搖受傷罷了。」

何其狂哪知小弦的心思，並不疑有他。轉眼看著漸漸寧定下來的潑墨王，對夕陽紅道：「薛兄如此留在山野間終不是辦法，若他能稍稍清醒，還是及早回絮雪樓將養才是。」夕陽紅這一個月拿瘋瘋癲癲的恩師毫無辦法，知道此刻潑墨王雖然看似安靜，恐怕不久後又會癡性大發，本想請何其狂點他穴道，但這等對師長不尊的請求實在難以啟齒，只得點頭應承，又與幾名師弟一併謝過何其狂。

何其狂又補充道：「你盡可放心，我絕非喜愛搬弄是非之人，此事自然不會告訴無關之人。」夕陽紅知道何其狂與林青、駱清幽的交情，想必不會對他們隱瞞，卻也奈何不得凌霄公子，暗歎一聲。

正說著話，忽見西邊天空綻起一朵煙花，煙花分紅、藍、黃、綠四色，升空數丈驀然炸開，呈水紋狀緩緩朝四周放射。

何其狂知道這是與四大家族約好的聯絡方法，不再耽擱，當即對六色春秋告辭。帶著小弦往那煙花方向走去。

誰知才剛出密林，一個渾厚的聲音從數步外傳來：「久仰凌霄公子之名，今日相見，萬分榮幸。」

一位年約四十餘歲的中年人衣袂飄風，漫步而來。但見他濃眉鳳目，寬額隆鼻，頷下五縷長髯，極有氣度。小弦眼中神色複雜，低低叫了一聲：「景大叔。」

來者正是四大家族盟主、點睛閣主景成像。

原來四大家族行蹤隱秘，景成像行事又極穩重，此次率眾入京將要與百世宿仇御泠堂一決勝負，不敢托大，縱然收到何其狂的消息，卻並不完全信任他，一面派人在遠處放起煙火，自己卻提前一步察看環境。隱隱聽到潑墨王的叫嚷之聲，便先來到了林外。恰好看見了小弦與何其狂並肩走出，方才出面相認。

景成像親手廢去小弦武功，對他一直有愧於心，此刻見到小弦不免略有些尷尬，又想起離望崖前死去的愛子景慕道，心頭鬱悶，加上聽到林中還有語聲，卻只當是何其狂帶來的人，暗自怪責年輕人行事太過張揚，與何其狂見禮後低聲說明了一下情況，更無多餘的話。又發出一朵煙花，等候四大家族的其餘人來此會合。

因小弦之事何其狂對景成像亦有些成見，見他言語不多，只道是持重身分，亦激起心中狂氣。不過大局當前，不願與之爭執，加上六色春秋就在附近，不便說話，索性閉口無言。

兩人心中各生誤會，就此靜立林邊。

小弦生性善良，反正事情已無可更改，倒也並不對景成像懷恨在心。他聽景成像對何其狂提到了愚大師、溫柔鄉主水柔梳、英雄塚主物天成都來到京師，唯有翩躚樓主花嗅香留守鳴佩峰。他本是最喜歡那個看似一個大男孩、卻是睿智多謀的四非公子花嗅香，極想聽他講那些充滿玄機的故事，聽他未來京師，不由稍有些失望。

小弦有所不知，其實此次花嗅香不來京師執意留守鳴佩峰，卻是為了他那個寶貝女兒花想容。花想容自從在涪陵城中與林青相識，一縷芳心早繫在這個桀驁不羈的英偉男子身上，不知不覺情根深種，難以自拔。但花嗅香卻久聞林青與駱清幽的關係，雖不辨真假，可自問女兒雖是容貌秀麗，性格溫婉，才識上卻難與馳名天下的才女一較高低，何況林青與駱清幽相識數年，花想容這番癡情多半多無望，只怕她入京受什麼刺激，索性自己也不來京師，以斷了女兒的念頭。花嗅香雖是風流倜儻，灑脫率性，自命「非醇酒不飲，非妙韻不聽，非佳詞不吟，非美人不看」但為了寶貝女兒的這一片苦心，卻與天下父母並無二致。

小弦又想問問景成像水柔清是否同行，忽湧起一份羞澀，只恐景成像誤會自己的意思，日後又要被何其狂取笑，話到嘴邊又咽回肚中。不知怎麼，心臟不爭氣地怦怦亂跳起來。

小弦腦中閃過水秀臨死前的片段，眼眶一熱，暗下決心：無論水柔清對自己是什麼態度，一定要忍這個「小對頭」的閒氣，好好對待她，方不負水秀對自己的拚死維護之情。

隔了一會兒，六色春秋扶著潑墨王從林中走出來。原來潑墨王這一個月幾乎不眠不休、飲食又極不規律，早已是元氣大傷。剛才先與何其狂對了一掌，又拚

力狂追那些畫卷碎片，一番折騰下來，已近油盡燈枯，癡坐一會暈迷過去，夕陽紅連忙與五位同門一起扶起潑墨王，打算立刻回絮雪樓中醫治。潑墨王雖是不願離開此地，但脫力之下連開口說話都不能，亦無力阻止弟子們的「強行請駕」。

景成像身為四大家族盟主，點睛閣獨門武功「浩然正氣」已修至最高境界，可謂江湖上的超一流高手，身法輕妙，六色春秋惶急之餘，根本不知他的到來，亦沒有留意何其狂與景成像的輕聲對話，此刻驀然發現另有人在場，想退回林中已是不及，只得硬著頭皮扶著潑墨王緩緩行路。四大家族少現江湖，景成像雖是第一次來京師，並不認得潑墨王，但看到六色春秋那招牌式的彩衣亦有所懷疑，眼中閃過一絲精芒。

夕陽紅見景成像面目陌生，並非京師之人，稍稍放心，一面對何其狂與小弦使勁打眼色，請求兩人不要說出潑墨王的身分。

四大家族的祖上本是唐朝女皇武則天的宮中內侍，各自精通琴棋書畫，景成像之祖景太淵便是名動四海的御醫，熟讀萬卷書的點睛閣主也向以醫術稱道。景成像一見潑墨王的如土面色、渙散雙瞳，已瞧出是被某種懾魂術所制。頗驚訝地望向何其狂，凌霄公子正沒好氣，聳聳肩膀，也懶得給景成像解釋。

雖說醫者仁義為懷，但景成像初來京師，不想多生事端，匆匆瞅一眼潑墨王後便移開視線，任由六色春秋等人離去。

夕陽紅等人剛走出幾步，林外又出現形貌各異的十餘人。小弦眼尖，已認出領頭的蒼髮老者正是上一代四大家族盟主愚大師物由蕭，亦是蟲大師與機關王白石的授業恩師，在愚大師身後，左邊是龍行虎步、氣勢沖天的英雄塚主物天成，右首則是丹髻如雲、影若柳絮的溫柔鄉主水柔梳。

小弦乍見愚大師，仿如見到了親人，大叫一聲撲到他懷裡。轉眼又看到人群最後赫然正是「死對頭」水柔清，不由一窒。但見那許多次在夢境中浮現的可愛俏面此刻卻寒沉似冰，再無昔日巧笑嫣然的模樣，粉嫩如花的面容依舊，腮旁兩個酒窩依舊，只是眉目間再無那若隱若現、略含譏諷的笑意，雪白的貝齒緊咬紅唇，明顯瘦削的臉容中流露出一份哀思，見到小弦時眼中似是一亮，旋即黯去，隱隱透來一份恨意。

小弦想起水柔清的父親莫斂鋒與母親水秀都因自己而死，知她無法原諒自己，心頭大慟，只能拚命抱緊愚大師，激動、傷感、委屈、懊悔諸般感覺紛湧而上，手邊正好抓住愚大師長長的白鬍子，下意識地發狠一揪。

愚大師在鳴佩峰後山上閉關五十年，其間除了曾收下蟲大師與白石兩名弟子外，幾乎不見外人。小弦的出現可謂是他晚年的唯一安慰，此刻重遇這活潑可愛的孩子，老懷大慰，竟然任由小弦拔下幾根鬍子，一面呵呵大笑，一面雪雪呼痛。

物天成依然是一張喜怒不形於色的黑面，不過望向小弦的目光中也有一絲乍現即隱的欣然；而水柔梳則是面蒙輕紗，眉眼間似笑非笑，遺世獨立般靜候原地。她那卓約不群的氣質在這空山幽林中極其醒目。

六色春秋被四大家族攔住去路，夕陽紅暗暗叫苦，雖不知愚大師等人的來歷，卻能看出皆是江湖上難得一見的高手，心想凌霄公子何其狂既然來到這荒山野嶺與這些人相見，必是大有來頭。他不願被對方知道潑墨王癡呆之事，當下給幾位師弟妹發出同門暗號，轉向往山谷中走去。

誰知原本脫力的潑墨王驀然一聲大叫，拚力掙開左右攙扶的兩名弟子，直往溫柔鄉主水柔梳撲去。原來他心神受制，唯存一絲掛念，此刻看到水柔梳盈淡體態、絕逸風姿，再加上那一方遮面的絲巾，恍惚間便以為是那畫中女子。

水柔梳略吃一驚，腳步不移，足尖輕旋，微微側過身，避開潑墨王這一撲。溫柔鄉的武功本就是由音樂中領悟，水柔梳這一下閃身行若流水，不帶絲毫煙火氣，就若花前月下避開一朵從枝頭上飄下的落花，舉手投足間更是隱含音律節拍，令人疑似仙子下凡。

可在潑墨王眼中，水柔梳這渾似舞蹈般的身形卻正是夢中所求，眼中魔意更勝，忽伏身貼地，匍匐幾步，伸頸欲以嘴親吻水柔梳的腳趾，口中還喃喃有詞地不停念叨著欽慕之語。

水柔梳如何會讓潑墨王近身，眉頭輕皺，飄開數尺。她本也以為潑墨王師徒與何其狂是一路，又不能出手傷人，一時不知如何應對。

何其狂又好氣又好笑，縱然內心裡瞧不起潑墨王，但說起來亦與自己同是京師成名人物，如此不堪的行為落在四大家族眼裡，令自己亦是顏面無光。跨前一步，右手食指點向潑墨王背上「風門」大穴，免得他出乖露醜。他知潑墨王神智混沌之餘，武功雖已大打折扣，但護體內力尚存，這一指用上了七成真力。

潑墨王喉間一聲低吼，欲要反身躍起還招。不過他早已精疲力盡，這一躍雖然閃開了「風門穴」受襲，卻不偏不倚地將腦後「大椎穴」湊向何其狂的手指。

大椎穴不比風門穴，乃是督脈要穴，位於後腦與脊柱接縫，亦是神經交匯之處，乃是人身要害之一。此處一旦中招，輕則癡傻癱瘓，重則送命。而潑墨王渾渾噩噩之下，根本不辨輕重，一旁的六色春秋同時失聲驚呼。

何其狂急忙收力變招，但仍有一縷指風餘勁刺在潑墨王「大椎穴」之上。然而令人驚訝的是，潑墨王要穴受襲，這一指卻似輕風拂體，竟然渾如不覺，實難相信他已練成金剛不壞之軀。

「咦！」愚大師與景成像同時驚呼，同時上前兩步向潑墨王出手。四大家族兩代盟主合力一擊，縱是天下第一高手明將軍怕也難攖其鋒，連凌霄公子何其狂亦不及阻止，潑墨王更難招架。僅僅一個照面，潑墨王身上數穴被制，再無還手之力。

六色春秋護師心切，正欲上前拚命，水柔梳與物天成及時上前攔住六人：「諸位放心，我們並無惡意。」卻見愚大師與景成像一左一右分執潑墨王雙手，似在替他察看脈象。六色春秋這才放下心來，夕陽紅更是暗暗心驚，不知從何處來了這許多高手，每一人的武功都絕不在恩師之下！

愚大師與景成像凝神屏息，面上皆是驚疑不定，良久後對視一眼，緩緩點頭，同時吐出三個字：「離魂舞！」

何其狂奇道：「離魂舞是什麼？可是此種懾魂術之名目嗎？」

愚大師眉頭緊皺，並未解答。景成像曼聲清吟道：「離魂之舞，傾城傾國，霓影墜紅，驚魂懾魄。」又反問道：「他被何人所傷？可是一位絕色女子？」

六色春秋面面相覷，若是據實回答，只怕隱瞞不住潑墨王的身分，只好望著何其狂，盼他解窘。

何其狂倒也信守諾言，並不挑破潑墨王的身分，對景成像道：「還請兄台出手救治，其中緣由容我日後詳述。」

夕陽紅一咬牙，對愚大師與景成像倒身下拜：「既然前輩知道這妖術的來歷，想必有法解救，若能治癒家師，我師兄弟齊感大德。」其餘六色春秋弟子亦一併跪倒。

景成像望著如癡如呆的潑墨王，緩緩搖頭：「可惜時日耽擱太久，此人神魂皆散，在下實在有心無力。」

夕陽紅一怔：「難道竟無法解救？」

景成像正色道：「此法極其霸道，一旦受制，必須在七日內施救，否則雖無性命之憂，卻是癲狂一生，沉痾難癒。」

六色春秋如遭雷炙，看景成像說得斬釘截鐵，應非虛言。他們本來見潑墨王雖然行事瘋狂，卻武功不失，想必中術不深，誰知竟是無法解救。夕陽紅大哭道：「還請前輩指點是何人下的毒手，弟子必盡全力替恩師報仇。」

愚大師瞋目大喝：「只有心術不正之人，方會被此術所惑。既然能保得性命，就此癲狂一生，亦未必不是好事。還談什麼報仇？」夕陽紅一震，不知如何替潑墨王開脫，只是叩首不休。

何其狂勸道：「既然如此，你們六人不如帶著師父早些離開京師這是非之地，任他頤養天年，亦算盡了一份孝道。」他雖不齒潑墨王為人，畢竟同在京師相處，見他落到如此境地，縱然是咎由自取，亦感惻然。信守承諾，也不提潑墨王的名字。

六色春秋無奈，只好扶著潑墨王蹣跚離去。景成像與愚大師本想再問夕陽紅一些情況，卻見何其狂打個眼色，心知有所蹊蹺，也不再追究。

潑墨王薛風楚名列八方名動之二，處事圓滑，儘管金玉其外，卑劣齷齪，在京師中亦算頗有口碑，卻從此在江湖上除名。

小弦對潑墨王向無好感，此刻目睹他如此下場，既覺快意，又生同情，不免心潮翻湧。

等六色春秋走遠，景成像方沉聲道：「何兄可見過那施術之兇手麼？」

何其狂便把自己與小弦來此迎接四大家族，扶搖無意間撞破在林間發狂畫畫的潑墨王之事說了出來，只是未提及潑墨王的身分：「卻不知那位畫中女子是何來歷？景兄所說的『離魂舞』又是什麼？」

「想不到離魂舞終於又重現江湖了，我雖不知那畫中女子是何人……」景成像輕歎一聲，一字一句道：「但離魂舞卻是御泠堂的不傳之秘！」

「御泠堂！」小弦低聲驚呼，一顆心幾乎跳出胸腔。難道宮滌塵也是御泠堂之人？結結巴巴問道：「景大叔，你能肯定麼？」

「身中此術之人關元渙亂，督脈要穴移位，剛才那人『大椎穴』受何兄一指而絲毫無傷已令我起疑，細察其脈絡正是身中離魂舞的症狀。」景成像緩緩解釋道：「我雖未親眼見過離魂舞，但從家族的記載中，知道此舞僅可由絕色女子施展，飄風舞袖、緩歌妖麗，動人心魄至極，一旦被其所惑，神智盡喪，僅殘存一絲苦苦愛慕之情，糾纏一世。若是中術者七日內由我點睛閣的浩然正氣救治，尚可望復原，七日之後，神仙難救。如此看來，莫非御泠堂又出了一個女子高手麼？」說到最後一句，景成像臉色已變得陰晴不定。御泠堂野心極大，不知暗中還培植了多少高手，嗚佩峰一役雖令御泠堂元氣大傷，卻依然毀諾禍亂江湖，看此情景，其真正的實力尚未顯露出來。

愚大師接口道：「御泠堂與我四大家族爭鬥近千年，自然對他們的武功底數十分清楚。帷幕刀網、屈人劍法、忘憂之步與離魂之舞乃是御泠堂四項絕技，另外據說還有個堂中聖物青霜令，上面記載著十九句誰也參詳不透的武學口訣。青霜令使既已出現，青霜令想必已找回，或許他們已悟出什麼驚世駭俗的武功，方才有恃無恐，不惜與我四大家族毀諾一戰！」

物天成冷笑道：「既然少主已決意對御泠堂反目，有昊空門的支持，就算御泠堂高手再多，我們也絕不會輸。」當年天后訂下四大家族與御泠堂六十年一度的決戰時，只恐一方毀諾，所以立昊空門為雙方決戰護法。如今昊空門雖然僅餘明將軍一人，但憑將軍府的雄厚實力，加上四大家族精英齊出，御泠堂實是敗面居多。

小弦震驚於宮滌塵的身分，對雙方的對話聽如不聞。又想到在流星堂的地下石室中，青霜令使曾說胖和尚談歌奉命把他從追捕王手中救出，不由猜想當日在京城外溫泉遇見宮滌塵是否也是御泠堂計畫的一部份……越想越是心驚膽戰，一顆心早已飛到九宵雲外，恨不能立刻趕往吐蕃，朝自己敬愛的「宮大哥」問個明白。

溫泉邊與宮滌塵勾指為誓的溫暖恍如昨天，移顏指點在身上的刺痛仿若重溫，同去將軍府、清秋院中打罵笑謔的種種情形歷歷在目……在小弦的心目中，宮滌塵是好是壞、是否是御泠堂中人都不重要，但若是從一開始就對自己有所利用，一切的「兄弟」情誼都會在剎那間化為虛無，那才是他無論如何不能接受的。

愚大師、景成像與何其狂互通情況，此次四大家族除了三大門主外，另帶來十五名精英弟子，當即按計劃化整為零，愚大師與景成像先潛入將軍府拜見明將軍，物天成率幾名弟子在城外安頓以做接應，其餘人則記下聯絡之法，在京師分頭隱匿，等待號令。

四大家族門規森嚴，不多時眾人散去，各自取道入京。愚大師臨走前還特意對小弦囑咐幾句，關切之情溢於言表，景成像、物天成望向小弦的目光則十分複雜，隱含內疚與惶惑，小弦滿懷心事，只是隨口應承愚大師。何其狂將這一幕看在眼裡，也不點破。

想到宮滌塵神秘莫測的身分，小弦腦中一片紛亂，忽聽一個熟悉的聲音在耳邊響起：「何叔叔，我請你做一件事情可好？」小弦乍然清醒，抬頭看去，其餘四大家族之人已然離去，溫柔鄉主水柔梳立於何其狂身旁，而發話之人，正是在她身後的水柔清。水柔清感應到小弦的目光，板起一張俏臉，冷哼一聲，扭過頭給他一個不理不睬。

何其狂呵呵一笑：「水姑娘有話請講。」

水柔清頓了一下，低聲道：「我想去見母親。」

水柔梳幾不可聞地輕歎一聲，輕笑道：「此事先放在一邊吧，我倒是急於拜訪名動天下的駱才女，還是先去白露院再做打算吧。」言罷朝小弦擠了一下眼睛：「小弦，這些日子我們都會住在白露院，你這個小主人可要好好招待，不許欺負清妹。」

小弦何等聰明，看到一向矜持的水柔梳擠眉弄眼，霎時明白水柔清還不知道水秀已死之事，定然是四大家族憐她孤苦，有意隱瞞了這消息。小弦呆呆望著水柔清的側面，那份期待之情清晰可辨，霎時腦中一片空白，不知該如何應對這局面。

幸好何其狂接口道：「哈哈，水鄉主光臨白露院，小弟大有機會聽到你與清幽簫琴合奏，亦是急不可耐，這便請吧。」

水柔梳淡淡道：「久聞駱姑娘簫藝豔驚江湖，柔梳何敢與之並論。能一睹才女芳容，於願已足，何公子還不快快帶路？」又對水柔清道：「清妹不是也想見見駱才女麼，今日便可如願了。」彷彿全然忘了水柔清想見水秀的請求。

何其狂倒是配合無間，大笑著當先往前行去。水柔清無奈，只好暫時按下對母親的思念之情。

小弦與水柔清隨後而行，聽著何其狂與水柔梳談笑風生，有心想對水柔清問候幾句，卻不知應該如何開口。偷偷瞅她臉色，水柔清卻總有預兆般圓瞪雙眸回望過來，小弦只得連聲咳嗽，把頭望向別處，只覺得這幾里山路真是漫長無休。

水柔梳心細，聽得身後兩個孩子默然無語，有意開解，轉頭對小弦笑道：「幾個月不見，小弦又長高了些。」

小弦正滿懷心事，脫口道：「水、水姐姐也越來越漂亮了。」他本想稱呼「姑姑」，忽想到水柔清乃是水柔梳的堂妹，同是「柔」字輩，可不能讓「對頭」憑空大了自己一輩，臨時改稱「姐姐」。

四大家族經過上千年代代相傳，各族班輩已有偏差，水柔梳本是溫柔鄉二代弟子，因琴瑟王水秀出走京師，所以才接管溫柔鄉主之位，比景成像、花嗅香與物天成等人都晚了一輩，只因身為溫柔鄉主，方才平輩論交。她雖剛剛年過三十，看起來卻不過二十許人，舉手投足間更是身姿綽約，風華絕代，盡顯成熟女子的大方與嫵媚，小弦這一聲「姐姐」確是未喚錯輩份。

何其狂嘿嘿一笑：「小小年紀便會討女孩子歡心，果然是後生可畏，頗有我的風範，乾脆收你為弟子吧。」

小弦臉上微微一紅，對何其狂倒是不必客氣：「你很能討女孩子歡心嗎？為什麼現在還不成婚？」

何其狂佯怒：「好小子，我的私事你也敢管？」

水柔梳替何其狂解窘，輕笑道：「何公子眼高於頂，尋常脂粉自然不會放在眼中。小妹很好奇何公子心中的紅顏到底是何等模樣呢。」

何其狂一愣，他一向狂放不羈，亦常去青樓紅院廝混，見慣了妍歌豔舞，柳妒纖腰，雖是覽麗天下，卻還從未有令他怦然心動的佳人。或許是與駱清幽這樣天下少有的奇女子接觸多了，一般女子全然不放在眼裡。此刻聽到水柔梳無意笑言，這一剎那，生平所結交的環肥燕瘦、青螺翠裙盡躍入凌霄公子腦海中，終如浮雲淡霧般隱去，最後的印象，卻是潑墨王畫中那不辨相貌、冰姿雪豔般的舞袖女子。

開著何其狂的玩笑，不多時四人已來到山下。水柔梳望向何其狂，略有些猶豫道：「我們就這般入京麼？」要知溫柔鄉主縱以輕紗遮面，亦難掩其風華，若是惹得路人側目，不免露了痕跡。

何其狂一笑：「且看我給你們變個戲法。」打聲呼哨，一輛馬車忽從林邊駛出，停在四人身邊。趕車的車夫是個相貌普通的漢子，也不多話，只是朝何其狂微微點頭。

何其狂十分誇張地一舉手：「請水鄉主入轎。」看他似笑非笑的神情，彷彿面前不是馬車，而是八抬大轎。

水柔梳心知何其狂早有安排，那馬車外表看起來破舊不堪，自是避人耳目，車廂裡卻都是新鋪的座墊，十分清爽潔淨，暗讚何其狂細心，當先落座。

何其狂朝小弦和水柔清眨眨眼睛：「你們兩個快上車吧。」

水柔清猶豫一下，終於與小弦一前一後上了車。小弦猜她大概不願與自己同座，只是不便違逆何其狂，心頭沮喪，上車後亦是一言不發，只是撫摸手中緊抱著的扶搖，水柔清好奇地望一眼小鷹兒，欲言又止。

何其狂與水柔梳一左一右將兩個「小冤家」夾在中間。凌霄公子向來不拘俗禮，在水柔梳面前亦無收斂之跡，隔著小弦開水柔清的玩笑，又提到小弦智鬥追捕王、賭坊大勝等「光輝事蹟」；水柔梳亦是一改平日矜持，笑語嫣然朝小弦問個不休，看來兩人都有意化解兩個孩子間的「恩怨」。反而弄得小弦與水柔清百般不自在，加上道路顛簸，彼此不免略有碰觸，又閃電般分開……兩個孩子雖是並肩而座，卻盡力保持著一線肉眼難辨的距離。

何其狂與水柔梳見狀，亦只得暗歎一聲，不再言語，氣氛顯得十分微妙。

小弦耐不得與水柔清之間的沉默，想起自己在水秀墓前暗暗立下的誓言，數度想開口說話，腦海中卻是一片紊亂，翻來覆去湧上嘴邊的只有一句「對不起」，奈何礙於何其狂與水柔梳在旁，話到唇邊終又咽了回去。這一路上心思百轉千徊，耳中似乎只聽到水柔清輕緩的呼吸與自己忐忑不安的心跳聲。

馬車入京，並不直接駛往白露院大門，而是來到後牆一條小巷中。趁四周無人，何其狂抱著小弦躍牆而上，水柔梳不緊不慢地隨在其後，小弦看到水柔清亦毫不費力地翻越牆頭，落地時稍有不穩，下意識地伸手去扶，誰知水柔清一抿小嘴，如避蛇蠍般跳開一旁，又飛快地望一眼小弦，垂下了頭。

小弦大怒，這一路小心翼翼已讓他滿腹委屈，心頭湧上一股傲氣：自己何必非要求得她原諒？反正也不差這樣一個朋友，權當從未認識過她。

又想到水柔清身為溫柔鄉弟子，武功高強，有四大家族長輩撐腰，恐怕根本瞧不起自己。雖在水秀墓前立下照顧她的誓言，其實自己的本事遠遠比不上她，誓言形同虛話。日後她怨恨自己也罷，原諒自己也罷，其實也沒有多大分別……

想到這裡，小弦又是自卑，又是難過，他本就是心高氣傲的性子，若非莫斂鋒與水秀之故，早不肯受這份閒氣。此時橫下心來，故意高高昂起頭顱，看也不看水柔清一眼。

牆後正是白露院的後花園，何其狂忽然定下身形，望著水柔梳緩緩道：「水鄉主想必知道當年苦慧大師留下的遺言，可否告訴小弟？」

小弦萬萬未料到何其狂突然問出這問題，剛剛鬆弛的心情再度繃緊。

水柔梳怔了一下，輕聲歎道：「並非小妹不願告訴何公子，而是此事在小妹心中難辨真偽，實不知是否應該說出來。」見何其狂還要追問，又緩緩續道：「其實謀事在人，成事在天，此等玄妙天機原非我輩所能臆度，與其刨根問底，不如順其自然。無論有沒有苦慧大師的那幾句讖語，至少我對小弦的態度絕不會改變！」

小弦腦中一熱，以水柔梳的身分與個性，能說出這樣的話已令他倍覺感激，咬牙道：「水姐姐不要說了，我也不想知道。」

水柔梳眼中神色複雜，微微頷首，何其狂慨然長歎，亦住口不語。

四人來到「無想小築」中見駱清幽與林青。駱清幽與水柔梳一個是馳名天下的才女，一個是江湖人口中最神秘的女子，聞名已久，卻還是第一次見面，起初還話藏機鋒，彼此試探，幾番言語下來，各自敬重，漸覺投契。

四大家族初至京師，水柔梳還有許多事情需要安排，匆匆安頓好住處後，朝駱清幽借件平常的衣服，易容入城聯絡其餘同門。

水柔清留在白露院中，她以往性情頑皮，古怪精靈，父親莫斂鋒死後卻是心性大變，有一種不合年紀的沉靜。見過林青、駱清幽後也不多言，藉口散步一個人去了後花園。何其狂對小弦直打眼色，示意他跟去說說話，小弦卻依然生著悶氣，對何其狂的暗示視如不見。

何其狂又說起潑墨王中了御泠堂高手離魂舞癡瘋之事，林青與駱清幽這才知潑墨王缺席清秋院之會的緣故，他們雖不屑潑墨王為人，但知他落得如此下場，亦是頗有感慨。

不知有意無意，何其狂並未提及宮滌塵的名字。只是將愚大師的一番分析說了出來，林青沉吟道：「御泠堂四使已現其三，還有一個碧葉使不知是何人，莫非就是這個神秘女子？」

駱清幽卻是另有思考：「說起懾魂之術，江湖上最有名的當屬厲輕笙的揪神哭與照魂大法，但面對潑墨王如此高手，怕也難以一舉奏效。這個女子當真不可小覷。」

「你們也莫要長敵人志氣。」何其狂笑道：「懾魂術尋人心弱點而入，若非薛潑墨貪色，加上對清幽苦追不遂的心結被引發，也不致於落得如此下場。厲老鬼的揪神哭縱然厲害，在薛潑墨面前舞上一天一夜恐怕也難有這等效果。」林青撫掌大笑。敵暗我明，面對御泠堂層出不窮的強敵，反而更加激發了兩人的鬥志。

駱清幽提醒道：「你們可莫要托大。紫陌使白石離京，青霜使簡公子身分挑明，這可都是對方主動給我們呈現的情報，而暗中的佈置我們根本沒有掌握，或許御泠堂的真正實力遠比我們想像得更為強大。」

林青點點頭：「此言有理。或許青霜令使洩露身分只是調虎離山之計，御泠堂主身分不明，儘管白石說他已然失蹤數年，卻未必可信。或許他才是我們最大的敵人。」

何其狂嘿嘿一笑：「動腦筋的事情交給你們，動手的事就交給我吧。雖說逍遙一派不沾京師權利之爭，但我好久不與人動手，可真是閑得快發瘋了。哼哼，若不是這次要聯合太子府對付泰親王，真想好好教訓一下管平。」

駱清幽調侃道：「何公子好威風，要麼泰山絕頂之戰也交給你好了。」無意中說起與明將軍的戰約，駱清幽神色漸漸有些不安，聲音也放低了些。

何其狂大笑：「我可不敢搶小林的對手，那個吐蕃的蒙泊國師如果真來京師，倒是可以稱稱他的斤兩。」

駱清幽想起一事：「對了，我今晨接到線報，蒙泊國師與其弟子宮滌塵已離開吐蕃國都，一路西行，卻並不急於趕往京師，沿途每經一地皆停留數日，大做法事。也不知打的什麼主意。」

聽到宮滌塵的名字，小弦抬起頭來。一時好不矛盾，既盼宮滌塵早日入京，又怕相見時問出難以接受的真相。這一刹，忽覺除了林青、駱清幽等人外，僅有的兩個好朋友都離自己越來越遠了。想到水柔清與自己近在咫尺，偏偏形同陌路，不捨之念再度佔據胸口，心底對自己說：「許驚弦啊許驚弦，你已經長大了，男子漢大丈夫自當有氣量，為何不能容讓一個無父無母的女孩子？和她賭氣又算得了什麼？」

小弦猛然起身，像是給自己打氣一般咬牙切齒大聲道：「我去找清兒。」不顧林青驚訝的神色，一溜煙跑了出去。

林青與駱清幽對視，彼此眼中都閃過一絲猝不及防的柔情。他與她，不也曾經歷過這一場萌動的少年情懷麼？

何其狂咧嘴一笑，喃喃念著蒙泊國師的名字：「嘿嘿，『試問天下』，先來試試我的瘦柳鉤吧……」

小弦來到後花園中，遠遠看到水柔清坐在石桌前，一手放在膝前，一手支在頷下，呆呆地不知在想著什麼。

小弦胸中怦怦亂跳，踮足躡步來到水柔清身後，還未想好要說些什麼，扶搖感應到主人混亂的心緒，低鳴一聲。

水柔清身體微微一顫，卻沒有回頭。小弦知她已發現自己，愣在原地，好不容易鼓起的勇氣一下子又消散殆盡。

水柔清忽長歎一聲，似是自言自語，聲音卻足夠小弦聽清楚：「其實我們也算是同病相憐，自小都沒有母親陪在身邊，如今，父親也都離開了我們。說起來你比我更不幸，好歹我還有母親，而你，唉……」

小弦心裡一緊：水柔清還不知道她母親也死在青霜令使手中。他以為經歷鳴佩峰棋戰後，水柔清一定恨透了自己，從未想過她還能對自己這般和顏悅色，難道她終於也想通了，莫斂鋒之死原不應該全怪在自己頭上。可是，如果再得知她母親亦是因維護自己而死，又會如何呢？

事實上縱然那一夜小弦沒有遇見水秀，青霜令使也必會出手毒害。只不過小弦自幼命運多舛，自艾自憐下認定一切禍端皆由自己而起，只道若非水秀為了救自己與高德言周旋，青霜令使那一掌未必會令她送命……

水柔清自顧自地道：「父親死後，我好像一下子長大了，再不似以前那般任性，許多事情也想得開。其實我知道並不應該怪你，可是一看到你就會想到父親，想到那段令我絕望的日子，所以，我很怕見你……」她的語音越來越低，肩膀微微抽動著，無聲的淚水順著臉頰緩緩流下，滴在石桌上，形成一瓣瓣的浮水印。

水秀身中數傷，死狀極慘，那淒慘的一幕在小弦心中留下難以磨滅的印象，此刻悲從中來，真想一把抱住水柔清，陪她痛痛快快地大哭一場。

水柔清續道：「景大叔、花三叔和柔梳姐姐都勸過我，我知道我應該面對無力改變的現實。此次來京師的路上，我也曾想過應該怎麼面對你，本以為可以像從前一樣與你玩鬧，和你下棋，就像什麼事情也沒有發生過……可是，當真的見到你後，才明白許多事情我根本無法逃避，無法忘記。我不想做一個軟弱的女孩子，我真的很想堅強起來……」她始終壓抑著，沒有失聲痛哭，但那抽搐不已的肩頭卻比任何嚎啕大哭更令人心碎。

小弦靜靜地聽著，胸中有一團火在燃燒。他多想像一個真正的男子漢一樣告訴水柔清：「你放心，我一定會替你報仇，殺了青霜令使！」可是，他知道根本無法完成自己的承諾，他只能咬住牙關，緊緊捏著拳頭，一任水柔清在眼前無聲的哭泣著。如果可以練武功，用自己的力量去報仇，他願意付出任何代價！

不知過了多久，水柔清飛快地拭拭雙眼，回過頭來望著小弦：「小弦，你還當我是朋友嗎？」

原以為已經失去的友誼意外地重新來臨，小弦心潮起伏，激動地說不出話來，只能重重點頭。

水柔清的嘴角慢慢擠出一個笑容，緩緩伸出手來，目光中寫滿一份信任，期待而又興奮地道：「小弦，你陪我一齊去看母親，好嗎？」

小弦呆住了，沸騰的心緒再度跌至谷底。當清兒知道她母親也是因為自己而死，還會原諒自己嗎？

這一刻，小弦心頭湧上無窮無盡的恨意。恨透了殺死水柔清父母的青霜令使、恨透了令自己無法習武報仇的景成像，恨透了人與人之間無法化解的種種恩怨……

或者說：他恨透了這無常的命運！

水秀的死訊終於未能瞞過水柔清，當何其狂、駱清幽與小弦陪著水柔清來到水秀墓邊時，水柔清卻意外地沒有流一滴眼淚，或許心思敏感的她早已從四大家族各長輩蹊蹺的態度中猜出了真相，當平靜地聽完小弦斷斷續續地訴說、又得知青霜令使的真正身分後，她只是在水秀的墓前磕足了九個頭，然後頭也不回地離去。

這之後，水柔清把自己鎖在房間裡整整三天，不飲不食。直到第四天，愚大師和景成像亦被驚動，親自來白露院中相勸。水柔清終於走出房門，卻跪在四大家族兩代盟主膝下，靜靜地道：「請盟主答應我一件事情。若不然，清兒寧可隨父母於九泉之下！」

愚大師性情中人，老彌心性，在鳴佩峰後山閉關五十年，卻依然不能修至心平如鏡，此刻已是老淚縱橫，扶起水柔清：「你說吧，無論什麼事，縱然拚掉這條老命，老夫也一定替你做到！」

水柔清一字一句道：「五年之內，請不要殺青霜令使！」她發出這樣的請求，無疑是決意親手報仇。

愚大師與景成像對視一眼，他們都知道以青霜令使簡歌的狠辣心計，多活一天就會對四大家族多一分威脅。但想到離望崖前毅然赴死的莫斂鋒、為了家族使命潛入京師十年的水秀，他們又怎麼能不答應水柔清的要求？

愚大師握拳道：「好，為了讓你這女娃娃親自報仇，就留青霜令使多活五年！」景成像心中頗有異議，他深知四大家族與御泠堂在京師將是一場生死之戰，本就勝負未知，一旦己方再有所保留，只怕會多有折損。但見愚大師慨然承諾，亦只好暗歎一聲。

水柔清緩緩起身。五年的時光，或許還不足以讓她練成驚世駭俗、可匹敵青霜令使的武功，但對於一個身懷血海深仇的女子來說，武功並不一定是最有效的武器！她的目光掃過在場所有人驚愕的表情，最後停留在小弦身上，緊緊抿著的嘴角慢慢浮出了一抹笑意……

那淡淡一笑在小弦的眼裡，顯得如此悽楚，亦如此冷酷。他寧可看到水柔清如小女孩一樣放聲大哭，那樣他至少還可以去試著安慰她。他能夠體會到水柔清的悲傷，也能夠承受她的怨恨，哪怕受她的白眼，哪怕被她當做不共戴天的仇敵……可是，這漠然而決絕的一笑，卻令小弦手足無措，眼前這個還不到十五歲的女孩子突然如同千里之外的陌生人。

三香閣的相遇、困龍山莊燭火映照下清秀的容顏、舟中互相容讓的爭棋、往日的打鬧玩笑……過去無數的回憶全因這一笑盡成空白！

這一年的春天來得特別早，最後一場冬雪才過，溫暖的春風已迫不及待地君臨京師，融化了窗櫺邊沿的霜花，催開了柳絲嫩黃色的新芽。

遠山霜重，嵐影浮春，岸花初萌，牆燕銜泥。

依以往的慣例，京師的新春佳節總是最熱鬧的。皇恩浩蕩大赦天下，王公府第張燈結綵、朝廷官員相互走訪、世家子弟夜不閉戶、布衣百姓共享天倫、商販趁此機會多賺些銀兩、就連走江湖的雜耍藝人亦拿出壓箱底的絕活……

然而，這一次新年卻有著特別不同尋常的氣氛。

明將軍與暗器王決戰的消息已然傳遍江湖，無數武林人士懷著各種目的齊聚京師，尋仇械鬥之事時有發生，屢禁不止。朝廷調動三萬禁軍嚴陣以待，全城戒嚴，每日都會收繳大量兵器，關押犯人的獄中人滿為患；富戶紛紛攜帶妻小遠離京師避禍，貧民則緊閉大門，唯恐惹禍上身。

兩大高手遠在泰山絕頂的驚天一戰，卻引起了京師前所未有的混亂。

正月十四，夜。

暗器王林青一身勁裝，背負偷天神弓，手牽駿馬，目射光華，靜立在白露院外。今夜，他就將啟程趕往泰山，送行的只有凌霄公子何其狂與小弦。

小弦抱著扶搖，又是興奮又是緊張，幾乎語無倫次，好不容易才想出一句話來，咽一口唾沫潤潤嗓子：「林叔叔，我祝你旗開得勝，馬到成功，擊敗明將軍。」

林青含笑點頭。經過兩個月的靜心調整，他的精、氣、神都已到達頂點，可謂是出道以來的最佳狀態。此次泰山之約是他挑戰武道巔峰的唯一機會，若是還不能敵住明將軍的流轉神功，受挫之餘武功再難寸近，以後絕無可能扳回均勢。

何其狂臉上亦是難得的鄭重：「小林，你要記住。無論勝負如何，都有一個好兄弟在等著你。」

林青一哂：「聽你說這樣的喪氣話，似乎我已輸定了。」

何其狂大笑：「我只是要你放心一戰，無論京師形勢如何惡劣，只要我還有一口氣，清幽和小弦都不會有任何事情。」

林青頷首微笑，兩人彼此互望，四手緊緊相握，一切盡在不言中。

小弦一副魂不守舍的模樣，不時回頭往白露院中望去，口中還喃喃道：「明將軍是四大家族的少主，林叔叔與他決戰，水姐姐不露面還情有可原，怎麼連駱姑姑也不出來送行？」其實在他心底還藏著一個念頭：想趁機見一面水柔清。這一個月水柔清對小弦避不見面，他也不敢去找她，也不知如今她是否還恨自己，是否還會那麼冷漠，形同陌路。

何其狂笑道：「你這小傢伙操心的事情倒蠻多，小林和清幽早就單獨告別了，哪會像我們效此俗禮？」

林青笑道：「小弦不要聽他胡說八道，我可沒有去見清幽。」

何其狂搖頭苦笑：「你們兩人一個逍遙事外，一個玲瓏心思，可真讓我猜不透。」

林青笑而不答。或許駱清幽只怕影響林青的心情，所以在他與明將軍決戰之前避而不見，而對於林青來說，也正是知道駱清幽的這份心思，所以才沒有特意去找她告別。

這，既是一種彼此珍惜、所以強抑情懷的忍耐，亦是一種河漢迢迢、依然靈犀相通的默契。

小弦亦是一愣，心想駱清幽這幾日緊閉「無想小築」不出，連自己見她一面都難，而今日林青先後與水柔梳、容笑風等人辭行，卻偏偏避開了駱清幽，兩人分明是有意如此，真不知他們是怎麼想的？眼前忽閃過水柔清的面容，林青是故意不見駱清幽，自己卻是欲見水柔清而不得……

小弦想到這裡，不由啞然失笑。自己與水柔清的關係豈能與林、駱二人相比？自己如此掛念她，到底是因為對她有愧於心，還是當真捨不得這個曾經的「好朋友」？一念至此，忽又覺得臉上有些發燒，幸好夜色深沉，林青與何其狂都沒有發現小弦的異樣。

一陣風襲來，馳逐的浮雲好似懸於空中的紗帳，漸漸沉澱在頭頂上，遮住了飽滿月色與嵌滿廣袤天空的星子。天色驀然黑了下來，令人感覺到一絲莫名的陰冷。

簫聲就在此時傳來，起初若隱若現，似斷似續，漸漸連成一線，調轉高昂，越來越響。這簫聲循序而來，隱含某種奇異的韻律，一呼一吸都可感應到音樂節拍的逐漸加強，終於充斥天地間每一處空隙，填滿了那星、月、雲、野之間溫柔的黑暗，彷彿令星子的光芒亦明亮起來，從沉淪的暗夜中喚醒了一絲光明。

林青、何其狂與小弦剎時靜了下來，閉目凝神，捕捉那蕩飄空中的音符。

「錚錚」數響，卻是溫柔鄉主水柔梳亦撫琴以賀，卻並不喧賓奪主，只是扣著簫聲的節奏發出一個個的單音。

駱清幽感應到水柔梳琴中的敬意，簫聲幾個起伏後，忽起燦華之調，彷彿春意襲來，一朵朵鮮花競相綻放，而琴音叮咚清脆，一如綠葉上滴落晶瑩的露珠；簫聲轉而延綿，猶若江水奔騰，千帆鼓蕩，琴音玲瓏有致，一如平堤雨急，驚鳧自語；簫聲漸入幽遠，似遠方遊者且行且吟，舒卷自如，琴音間關錯落，一如木屐踏步，草屐掠風；簫聲隱起風雷，若千軍待發，俠客持戈，琴音急切鏗鏘，一如金刃破空、劍芒交鋒……簫琴配合無間，似高手過招般密切挈合，若演繹著一場場紅塵故事，悲喜世情。

琴音越彈越低，終於不聞。而越拔越高的簫聲卻在疑似斷絕的一剎驀然沉落，就如仙子飛瓊舞罷，從九天之上落於凡塵。音調宛轉，悠揚不絕，似佳人倚窗，眼望情人漸去漸遠，依依難捨、期盼牽掛之意盡在其中……

簫聲漸漸低沉，就在聽者都以為將會結束之際，突又發出一聲高亢入雲之調，就如劍客按不住滿腹雄志，嘯天長問，拔劍將那蒼茫前途破開一線。

林青心知駱清幽以簫明志，既表明心跡，亦勸自己不必看重兒女情長。有此紅顏知己，夫復何求？胸中湧起蓋天豪情，隨著那曳然而止的簫音發聲長嘯，聲震全城。

何其狂與小弦如癡如醉，臉露悵然之色，似乎還在側耳細聽那嫋嫋未散的餘音。而駱清幽從頭至尾未發一言，一管長簫已說出了她心中所有的話語。

良久的寂靜後，何其狂長歎一聲，對林青低聲道：「小林可有什麼話要我轉告清幽麼？」

小弦望著豪氣盡露的林青，想像著駱清幽憑窗撫簫，崇拜之情溢滿面容。這一刻，他忽然明白了林青與駱清幽之間看似淡薄、實則深濃的感情：「林叔叔，你把要對駱姑姑說的話悄悄告訴我，我保證等你回來後再當著你的面告訴她。」

何其狂一愣，隨即拍手叫好。在生死未卜的情況下，如果林青能夠坦白自己的感情，日後再由小弦當面轉告駱清幽，無疑會讓兩人感情有一個質的飛躍。小弦這個想法雖然不免有些孩子氣，卻是他心目中給林、駱二人最特別的一份禮物。

林青神情平靜，目光遙望黑絲緞般的夜空，心中卻是百念叢生。這一刻，他突然開始懷疑自己的做法：如果早早對她表明心跡，甚至在決戰之前明媒正娶，是否會讓兩個人更快樂？

可是，明將軍就如一座大山一樣橫在他面前，他沒有把握一戰功成，所以他不願「自私」地先享受一份幸福。雖然他知道，那其實也是駱清幽最期盼的幸福。即使，這份幸福並沒有一個固定的未來！

或許，從駱清幽的角度來說，林青的「無私」恰恰是一種「自私」。

這一刻，林青外表如常，思潮起伏，心裡忽湧出無數想要對駱清幽說的話兒，積蓄了數年的如火情懷在胸中噴薄欲出。

如果說林青那英俊剛毅的外表如同風雨不能侵蝕的岩石，那麼，他心底對駱清幽的柔情就似那被山石草林所掩蓋的一彎水潭，平日從不輕易碰觸的禁地因那娓娓低訴的簫聲琴韻、因何其狂毫無遮掩的友情、因小弦流露的依依之情、因此時此景……而投下一枚小石，激起了千重浪。

林青終於深吸一口氣，望著何其狂輕輕搖頭：「小何，我再提醒你幾句話：留得青山在，不怕沒柴燒。京師大變將至，明哲保身雖然消極，卻是目前最明智的做法。」

當前形勢下，京師四派中將軍府、太子、泰親王各自儲蓄力量，準備給政敵致命一擊，四大家族與御泠堂一觸即發，這對千年宿仇之間的對決或許才將決定未來的天下大勢。而隨著機關王離京、潑墨王瘋癡、亂雲公子袖手事外、林青遠赴戰約，逍遙一派僅餘凌霄公子與駱清幽，實力反而最為薄弱。在這等情況下，所以林青才特意囑咐何其狂收起性子，保存實力，儘量遠離這場是非。

何其狂漫不在乎的聳聳肩膀：「小林放心吧，我自然懂得輕重緩急，這幾日絕不會去惹事生非，就在白露院中擺下酒宴，等你歸來罷了。」凌霄公子神態雖然看似輕鬆，眼中神色卻極其鄭重。

小弦猶難釋懷：「林叔叔，難道你真的沒有話兒對駱姑姑說？」

林青微笑，拍拍小弦的肩：「傻孩子，我不必給她留話。因為我想說的，她都知道。」彷彿是怕改變主意，林青一語言罷，更不遲疑，上馬飛馳而去。

小弦與何其狂目送著林青的身影消失在夜色中，同時歎了一口氣。

「何公子，你會不會擔心林叔叔？」小弦喃喃道，這句話他可不敢在林青面前問出來。

「面對明將軍流轉神功，誰又能不擔心呢？不過，雖然擔心小林，但我也替他開心。因為……」何其狂停頓了一下，眼中閃爍著奮悅的光芒，淡淡道：「因為，他做了他最想做的事情！」

第五章

卿本佳人

小弦聽宮滌塵說得鄭重，吃了一驚：

「宮大哥，我沒有怪你啊。潑墨王反正也不是什麼好人，

你就算打死他，我也不會不認你做兄弟。」

說到這裡方才醒悟，如果潑墨王畫的那名女子果然就是宮滌塵，

那麼自己這個「大哥」實是女扮男裝之身，確實是無法再做「兄弟」。

正月十五，元宵佳節。

依照慣例，元宵節是聖上與民同樂的日子，皇城內宮前的幾條大街旁早早站滿了禁軍。幾聲炮響，車輦魚貫則出，領頭者金盔金甲，手持丈二鐵槍，胯下白馬神駿非常，正是朝中大將軍明宗越，四品以上的文武大臣按官職大小依次而行，隨之是皇室宗親王侯，太子殿下，然後是內宮嬪妃，最後則是當今皇帝御駕巡城，安撫軍民。

天晴如洗，明日當空。這樣一個好天氣，似乎也讓沉寂許久的京城沾上了一份喜慶之意。寶馬香車絡繹不絕，珠環翠繞笑語嘩喧，平民百姓們手挑花燈，夾道相迎，一派普天同樂之象。

明將軍一身戎裝，神威凜凜，金盔遮住了他大半面目，只露出一對精光四射的眼睛，冷冷掃視著周圍的禁衛。

在即將趕往泰山赴暗器王的戰約之前，他必須把離京之後的所有計劃周詳考慮，絕不允許稍有差遲。

這兩個多月來，在泰親王不露聲色的暗中調度下，禁衛中當年隨明將軍揮軍北上、平定四海的官兵皆被調換，更用幾名泰親王的親信將領負責京師幾處戰略要點，僅此一項，就足可保證泰親王在即將到來的巨變中立於不敗之地。

只是泰親王根本想不到，這一切早已在明將軍的意料之中，若非如此，又怎能誘他謀反，從而一舉滅之？

明將軍暗自沉思，心頭忽生感應，策騎緩行，回頭望去，只見太子與內宮總管葛公公正在低頭交談。而在他們身後不遠處，乃是一身華服、騎在一匹黃馬上的泰親王，太子與葛公公並未抬頭，而泰親王則是對明將軍遙遙揮手，面上擺出一副笑容。

明將軍微微一凜，三日前他就得到通報，泰親王深夜入宮面聖，與皇上秘密商議了近兩個時辰，不知又有何陰謀。葛公公最得皇上信任，此事絕瞞不住他，但太子府並未派人及時給將軍府通報消息，這一點已令他生疑。何況剛才感應到兩道凝視在自己脊背上的目光，分明正是太子與葛公公，可他們為何又要故意避開自己的視線？這又意味著什麼？

雖然明將軍在泰親王府中安插有內應，但也僅僅能從人馬調動中瞧出幾日內必有異動，無法清楚地知道泰親王的計畫，一切只能隨機應變。

太子御師管平定計、將軍府總管水知寒坐鎮、再加上四大家族暗中牽扯御泠堂，按理說本已是萬無一失。但明將軍此刻仍覺得不能完全放心，至少太子府的態度曖昧難言。或許這一場看似兩利的「合作」絕非表面上那麼簡單。對於京師中最為勢弱的太子一系來說，如果能在除掉泰親王的同時削減將軍府的實力，才是最好的結果。以管平的謀略，這一點不可不防。

明將軍心中思索，已有定計。他還有留下了一枚足可左右全域的棋子，早在兩個月前就已安排妥當，這一點甚至連水知寒亦不知情。明將軍喚來一名心腹士兵，從懷中取出一物交給他，低低命令幾句，然後遙遙對御駕方向欠身一禮，一聲長嘯，打馬揚鞭往城外衝去。

「砰」的幾聲巨響傳來，幾朵煙花升上半空，在空中炸開。周圍官兵百姓齊呼萬歲，聲震雲霄。

已然出城的明將軍並未停馬，只是被金盔掩住的唇邊露出冷冷一笑。他知道，隨著他離開京師前往泰山，那股潛藏著的暗流，將在這看似繁華錦繡的背後澎湃洶湧。

午後，駱清幽獨坐窗前，望著牆頭那一株濃綠若碧的迎春花，欲放的花苞在風中輕輕顫抖，一如她昨夜撫簫送別林青的心情。

她沒有勸阻林青，並不代表不為他擔心，昨夜放下玉簫的一剎，駱清幽忽然覺得無比疲倦。早在意料之中的離別，到頭來竟依然有始料不及的傷感。當年匆匆一別，六年後才重又相見，這一次又會如何呢？如韶華年，究竟可以揮霍幾個「六年」？

熟讀詩書、身懷武功的駱清幽，或許比那些目不識丁、手無縛雞之力的女子幸運，但也因此有了更多的責任。有時她甚至想，做一個平凡女子，相夫教子的一生，未必不比現在的自己更快樂。至少，當敏感地從林青時而閃爍的目光中看出一份欲說還休的感情時，她可以拋棄一切驕傲和矜持，釋放心底深處的那份溫柔，小鳥依人般撲入他的懷裡，努力去掌握一份幸福。

「我不必給她留話。因為我想說的，她都知道……」想到林青昨夜臨別前對小弦說的最後一句話，一抹苦澀的笑意浮上嘴角。

是的，他想說的話她都知道，可是，她的心事，他又知道多少呢？

「傲雪難陪，履劍千江水。欺霜無伴，撫鞍萬屏山。」曾經走遍千山萬水尋找他，矜傲的詞句還刻在腦海中，那份心緒卻似已有了微妙的變化。

做為京師三大掌門之蒹葭門主，駱清幽當然能理解林青挑戰明將軍的心情，也正是被他那不甘強勢、百折不屈的霸氣深深打動。可是，縱然明知這是一份無法自拔的感情，她卻不願輕易交付。

如果林青敗給了明將軍，她會放下一切尊貴的生活，好好守住他，讓自己做他身邊不離不棄的小女人。但，若是林青勝了這一場決戰，她卻不願做他那傲視天下身影後的點綴？做他頭頂閃耀光環上的一顆明珠？

或許，這才是自己意欲阻止林青挑戰明將軍的真正目的吧！

輕輕的腳步聲在「無想小築」前停下，打斷了駱清幽的浮想。何其狂的聲音傳來：「明將軍前腳離京，泰親王便借元宵節之名大宴，請皇上與太子與一眾文武今晚去泰親王府上赴宴，皇上、太子與水知寒皆藉故婉拒，我與你自然也不會去，但大多官員都不敢得罪泰親王。聽說泰親王還特意從天南海北請來數個戲班，依我看這裡面大有文章，那些戲子恐怕都是在江湖上搜羅的高手，或許今晚泰親王就要行動。」

駱清幽沉吟道：「簡公子赴宴麼？」

何其狂道：「水鄉主傳訊說潛入京師的四大家族弟子皆已暗中佈置好，卻並未發現御泠堂有何異動，而簡歌這幾日藉口給亡母做法事超渡，閉門不見外人，還請來了一幫和尚念經說法，依我看多半是為了掩飾無念九僧的身分，我這就去清秋院邀上郭亂雲，然後一起去簡府探望，倒要看看簡歌到底打什麼主意。」

駱清幽一怔，何其狂又笑道：「以往逢年過節，亂雲公子也還罷了，我與簡公子都喜愛熱鬧，要出席許多宴會，今年豈可破例？嘿嘿，新春佳節，三大公子不妨聚會一下……」

駱清幽一想也是道理，何況她知道何其狂的性子，勸也勸不住他，只是低聲一歎：「你小心一些，最好置身於這場是非之外。」

何其狂一哂：「你放心，愚大師不是答應清兒姑娘放過簡歌麼？我自不會與他撕破臉皮。」又補充道：「對了，水鄉主今早去聯絡同門，臨行前請你這幾日照顧清兒姑娘，看來暫時也不會回白露院了。」言罷飄然離去。

駱清幽想到水秀之死，心中如墜鉛石。她與水秀並稱京師雙姝，雖交往不多，偶爾琴蕭合奏，曲通心音，暗暗引為知己。若非怕引起京中勢力的爭鬥，定要找簡歌討一個公道。愚大師雖答應水柔清五年內不殺簡歌，但若在四大家族與御泠堂的混戰中，自然絕不會對簡歌容情。不過御泠堂目的不明，如果簡歌全力支持太子，四大家族亦不敢貿然開戰，以免引起局勢混亂。事到如今，也只有好好對待水柔清，以慰水秀在天之靈。

正思忖間，小弦抱著扶搖敲門而入，怯怯地道：「駱姑姑，你幾天都沒有出門了，今天是元宵節，我們要不要出去看花燈？」原來小弦聽到城中煙火齊鳴，再也按捺不住，硬著頭皮來找駱清幽。

駱清幽笑道：「我們在後花園裡自己做花燈好不好？」

小弦眨眨眼睛：「我看駱姑姑這幾天似乎心情不好，出去散散心吧。」

駱清幽微怔：「我哪有心情不好，你可不要亂說話。」她這幾日足不出戶，看似不願惹起事端，真正的原因卻只為避開林青，連小弦都瞧出她心緒不佳，不由暗自歎息一聲。看到小弦滿臉期待，又想起水秀遺孤，心頭一軟，微微笑道：「也好，我們叫上清兒一起去。」

小弦心中一跳，雖然有些怕見到水柔清，又想借機與她說些話兒，忐忑不安地隨駱清幽去找水柔清。

水柔清這些日子沉默寡言，有時溫柔鄉主水柔梳於百忙中抽空陪她，水柔清也僅是討教武功，沒有多餘的話兒。這個心性倔強的小女孩已決意親手替父母報仇，自知以往學藝雜而不精，開始發奮苦練。京城裡雖是熱鬧無比，卻對她似乎沒有絲毫影響。勉強隨駱清幽出門，依然滿臉嚴肅，更是看也不看小弦一眼。

三人在街上走走停停，大致逛了一圈後已是傍晚時分，盛大的巡行儀式已結束，人潮漸散。街頭賣藝者、各式小商販大多早早收攤不虞生事，居民亦是行色匆匆，急於歸家。反倒是來往巡查的禁軍人數遠遠多於百姓，令喜慶的節日中生

出一份沉凝的氣氛。

駱清幽以輕紗掩面，隨口指點景物，小弦與水柔清左右相隨。小弦見城中並沒有自己想像中的熱鬧，已是興趣大減，偶爾偷眼望去，只見水柔清垂頭瞼目，眉頭輕鎖，對周圍景色視如不見，也不知是懷念父母還是想著武功上的什麼難題。只顧著與駱清幽說話，對自己根本不予理睬，更覺沮喪。

恰好看到一個賣糖葫蘆的小販正在收攤，小弦想到自己懷中還有幾錢銀子，興奮地道：「駱姑姑，我請你吃糖葫蘆。」對那小販道：「給我來三串大的。」一串交給駱清幽，一串遞給水柔清。

水柔清卻不接，搖頭冷冷道：「我不吃。」

小弦好不容易聽水柔清開口，咬了一口糖葫蘆，裝腔作勢嘖嘖而讚：「清兒，這糖葫蘆真好吃，你可不要後悔……」

小弦話音未落，水柔清哼了一聲：「清兒是你叫的麼？」

小弦一窒，半句話夾著冷凜的空氣全都吞回肚中，糖葫蘆幾乎卡在喉嚨上，只覺滿腹委屈不知向誰訴說。更可氣的是水柔清從頭到尾都沒有看他一眼，那份不屑之意更令他難以接受。

其實水柔清四歲時水秀就離開鳴佩峰入京，她甚至已記不清母親的相貌，但那份血濃於水的親情一直藏於心中，本以為可以到京師相會，在想像中勾勒出無數母女重逢的情形，誰知又再聞噩耗……而目前又並無能力找簡歌報仇，只好把一腔憤怨都發洩在小弦身上。

駱清幽見勢不妙，正要岔開話題，旁邊閃過一人，拱手一笑：「駱才女好啊。嘿嘿，『清幽之雅』冠絕京師，在別人眼中都當駱才女是不食五穀雜糧的仙子，想不到竟還有吃糖葫蘆的興致。」來者一身藍袍便服，不是別人，正是刑部總管、關睢門主洪修羅。這番看似恭維的話，暗中卻有一絲諷刺之意。恐怕是對自己未能排名京師六絕中心生不忿。

駱清幽心頭暗凜，昔日京師神留門一分為關睢、黍離、蒹葭三派，千年來明爭暗鬥，表面安然共處，暗中卻是彼此掣肘。若無要事，洪修羅必不會找上自己。她臉上不動聲色，微微一笑：「人皆有兩面，又豈獨清幽？似堂堂刑部總管剛剛陪御駕巡城，洪兄立刻又更衣私訪，亦有異曲同工之妙。」

洪修羅一時語塞，仰天打個哈哈，目光移到小弦身上：「許少俠過年好啊。唔，這位小姑娘是何人，洪修羅這廂有禮了。」一面說著話，一面分別給兩人遞來一封紅包。

小弦看著那封紅包，不知應該接還是不接。水柔清自然不會洩露身分，漠然道：「素昧生平，小女子受之有愧。」她雖是第一次見洪修羅，但聽到「洪總管」三個字，自然已知他身分，想到母親之死與高德言亦有關，多半是出於泰親王的授意，對洪修羅亦是不假辭色。

洪修羅面上有些掛不住：「好個伶牙利齒的小姑娘，大叔可不敢難為你。裡面不過是幾兩銀子，許少俠務請收下。」

小弦見水柔清不收，心想自己可不能「輸」給她。靈機一動：「為什麼不給駱姑姑，那我也不要。」過年都是小孩子討紅包，他此刻卻拿駱清幽來做擋箭牌，令駱清幽哭笑不得。不過她看到洪修羅早早準備好兩封紅包，顯然有備而來，絕非巧遇。

果然洪修羅呵呵一笑：「駱才女自然也有份。」言罷從懷裡摸出一張大紅請柬，恭恭敬敬雙手遞給駱清幽：「今夜元宵佳節，八千歲請駱掌門去王府赴宴。」

駱清幽側身不接：「小妹今晚另有要事，無法分身，還請洪兄轉告八千歲。」

洪修羅卻並不收回請柬，淡然道：「任何宴會若無駱才女到場，無疑會失色不少。八千歲本要親自相請，奈何諸事纏身，只好命在下前來，我知駱才女不喜熱鬧，只不過八千歲特意吩咐過，一定要請來駱才女，看在我的面子上，駱才女莫讓我為難……」

駱清幽毫不客氣地打斷洪修羅的話：「小妹與洪兄似乎並無太深的交情，這份面子可擔待不起。」

洪修羅緩緩道：「卻不知駱才女給不給八千歲面子？」

駱清幽漠然道：「煩請洪兄轉告八千歲，小妹改日登門道歉。」

洪修羅嘿嘿一笑：「既然如此，王命在身，洪某只好得罪了。」他慢慢將請柬放入懷中，退開半步，雙手籠起縮入袖中，眼中閃過一道精光。

駱清幽俏臉生寒，盯住洪修羅籠在袍中的手，冷笑一聲：「卻不知洪兄想如何得罪？」

洪修羅不動聲色：「駱才女若是現在改變主意，洪某自然不敢稍有冒犯。」隨著他的說話聲，周圍房舍巷道邊已悄悄閃出幾條黑影，分別堵在駱清幽的的退路。

駱清幽認出右首那條黑影正是刑部五捕中的左飛霆，心中暗驚，刑部實力盡出，竟然不惜一戰。洪修羅絕不會有這麼大膽子，定是奉泰親王的命令。

要知駱清幽雖無官職，卻可謂是京師中極有影響力的人物。泰親王恃她在手，可令各方勢力投鼠忌器。由此看來，恐怕泰親王謀反在即，所以才不惜兵刃相見。

刑部五捕分別是：郭滄海、左飛霆、余收言、齊百川與高德言。除了余收言擊殺貪官魯秋道後遠遁江湖（詳見將軍系列之《竊魂影》）、高德言死於小弦之手外，餘下三人都已到場，郭滄海於左，左飛霆於右，齊百川則守住後退之路，加上洪修羅在前，務令駱清幽不能脫身。

駱清幽吸一口氣，把小弦與水柔清擋在身後，淡然道：「原來洪兄縱然除下官服，也不忘擺出刑部總管的架子。」

洪修羅聽到駱清幽諷刺之話，臉上微微一紅，長聲歎道：「洪某亦是迫不得已，駱才女當知我的難處。」臉上雖有些許歉意，神情卻仍是陰惻無比。

駱清幽腦中思索應變之計：她深知一入泰親王府絕難脫身，而洪修羅有備而來，硬拚也無把握。單憑洪修羅一人並不足懼，加上刑部三捕自己就落於下風，或能勉強自保，卻無法照應到小弦與水柔清。但洪修羅縱然身為刑部總管，畢竟不能隻手遮天，公然拿人，只要引起京師其餘勢力的注意，便可借機脫身。

想到這裡，駱清幽淡然一笑：「看來若是小妹不走一趟泰親王府，洪總管就要動粗了？」

洪修羅漠然一笑：「以駱才女的聰明，想必不願意造成那樣尷尬的局面。」

水柔清冷哼一聲，正要開口，卻聽駱清幽低聲道：「不到萬不得已，不要出手，伺機帶著小弦走……」四大家族入京之事極其隱秘，刑部總管洪修羅雖然未必見過溫柔鄉的纏思索法，但他見多識廣，為求慎重，駱清幽才特別囑咐水柔清。

水柔清白一眼小弦，默然點頭。小弦恨得咬牙切齒，自己也分不出是這恨意是針對洪修羅，還是恨自己在這緊要關頭竟要靠水柔清的庇護。

駱清幽歎道：「洪總管說得是，元宵佳節動手過招大煞風景？小妹就隨你走一趟吧。」又對小弦與水柔清吩咐道：「你們兩個先回白露院，不用等我了。」她留心觀察周圍，但見此地僻靜，行人無多，對方並不顧忌動手，所以用話語穩住洪修羅，好讓小弦與水柔清先脫身。

洪修羅自然猜出駱清幽有用意，呵呵一笑：「許少俠與這位姑娘也請一併去王府。」

水柔清遭逢大變，早非昔日蠻不講理的性子，心知硬拚不是善策，淡然道：「我們年紀還小，登不起親王府這大雅之堂。」拉著小弦就走。

洪修羅道：「既然如此，就讓郭捕頭送一程許少俠吧。」

駱清幽知道郭滄海名列刑部五捕之首，水柔清雖是溫柔鄉嫡傳弟子，纏思索法已頗有火候，畢竟年齡太小，氣力不足，難以抵擋郭滄海那一對子母鋼環。雖然郭滄海未必敢加害小弦與水柔清，卻足可令他們不能及時回白露院報信。駱清幽豈會令敵人得逞，跨前一步攔住郭滄海，左手輕攬秀髮，右手已按在腰間玉簫，眉頭微微一挑：「許少俠認得道路，不勞郭捕頭相送。」

郭滄海久聞駱清幽兵器是簫中短劍，蒹葭門的劍法名為「登韻」，暗合音律，配合飄逸靈動的「流音步法」，十分難纏，而蒹葭門的內力喚做「愁凝眉」，功力越高，眉前煞氣越重。看駱清幽外貌如常，那一道彎彎蛾眉卻已蹙緊，顯然已暗運內力，不敢硬闖，回頭看一眼洪修羅，待他號令。

洪修羅似是毫不介懷地一揮手，郭滄海當即止步，洪修羅打聲呼哨，巷角邊一輛馬車緩緩駛來，側身舉手相請：「請駱才女上車。」趁機給一旁的左飛霆打個眼色，示意馬車一開，立刻去追小弦與水柔清。

駱清幽卻並不登車：「既要赴宴，容我先行梳裝。」自顧自取出一面小鏡子，竟當街梳理秀髮，塗脂抹紅。

洪修羅奇道：「想不到堂堂駱才女，也要效此俗禮？」

駱清幽嫣然一笑：「八千歲相請，豈可容顏不整？」她早已看破洪修羅的用意，此舉只不過是拖延時間，好讓兩個小孩子從容離去。

洪修羅無奈苦笑，雖然他臨行前得到泰親王秘令，今夜花任何代價也要請駱清幽入王府。但洪修羅久涉官場，深明保身之道，能不起衝突自然最好不過，所以儘管刑部總管加上三大名捕的實力遠勝孤身一人的蒹葭掌門，亦只好由她。

雖在大庭廣眾之下，駱清幽舉手投足卻無絲毫羞澀，對眼前的刑部眾人視而不見，口中還斷斷續續地哼起了小曲。那旁若無人的神態不但沒有輕佻之感，反而更增一份絕代風情，令在場諸人瞧得目瞪口呆。起初洪修羅還稍有些不耐煩，漸漸眼中亦流露出欣賞之色。

過了一柱香時分，駱清幽估計小弦與水柔清已走遠，這才收鏡入懷。

看到馳名天下的才女梳裝打扮的一幕，洪修羅臉上不變，聲音亦現出一份少見的溫柔：「駱才女，請。」

駱清幽做勢登車，卻又皺眉停步：「洪兄請回，小妹突然不想去了。」

洪修羅一驚，沉聲道：「駱才女何故出爾反爾？」

駱清幽眉間愁色更深，悠然道：「天底下最易變的，就是女人的心。洪總管審過那麼多女犯，莫非還不知道這個道理麼？」

洪修羅臉上忽現青氣：「原來駱才女是調侃洪某。」

駱清幽輕輕一笑：「大家都知道今晚鴻門之宴的真正含義。既然洪總管先要迫小妹蹚這渾水，小妹也只好調侃一下洪總管了。」

話音未落，洪修羅猛喝一聲，袖中右掌劃道弧線，往駱清幽肩頭拍來。他只恐夜長夢多，意在速戰速決，心知駱清幽的武功未必在自己之下，此舉已與偷襲無異。京師三派皆以《詩經》詩詞為名，武功皆出於典故，這一掌名為「君子好逑」，看似風寒露重，謙謙君子解衣披於女子肩頭，招至中途化掌為爪，一旦被他擒住肩膀，立時便是分筋錯骨之禍，乃是關睢門中十分厲害的招式。

駱清幽早有防備，清叱一聲，足下穿花，衣裙迎風，飄然退開數步，並不硬接洪修羅這一招。正欲借力脫身，忽覺身後風起，無暇思索，右手疾探腰側，玉簫已擎於手中，反手劃出……

「叮」的一聲輕響，駱清幽玉簫格住郭滄海的鋼環，順勢上撩，一柄明晃晃的長劍方至駱清幽眉間三寸，玉簫及時迎上，長劍不偏不倚地刺入簫管。原來左飛霆趁機發劍，他亦怕傷及駱清幽，本只想以劍尖封住她的穴道，只用了五成功力，不料長劍被玉簫鎖住，不但預留的諸多後著竟無以為繼，連長劍都無法脫出，微一錯愕間，駱清幽右手擰腕，長劍劍尖已被簫管拗斷。

此招名為「在水中央」，乃是蒹葭門「登韻劍法」中最為精妙的一式，以巧勝拙的，最講究出招的眼力、判斷、角度與時機。在那電光火石的一剎，只要玉簫稍遲半分，這猝不及防的一劍必將點在眉心上。

捕頭擒拿犯人並不講求江湖規矩，彼此配合無間，互補破綻。聽到洪修羅一聲怒喝，刑部三捕已一擁而上，駱清幽才化解郭滄海與左飛霆之招，齊百川的右掌已將至她的後心。齊百川出身華北金剛門，外門硬功少遇敵手，這一掌足可擊散駱清幽的護體神功。

說時遲、那時快，但見駱清幽苗條的身影一扭一滑，如蝴蝶穿花般在掌風及體的剎那間脫出。齊百川滿以為手到擒來，誰知眼前一花，一道劍光已疾如閃電般直刺胸前……

蒹葭門的「流音步法」最擅長打亂對方的節奏，刑部四大高手中齊百川武功最差，出手不免慢了一線，駱清幽抓住瞬間即逝的機會，先以絕妙身法脫出對方的包圍圈，手腕一抖，玉簫帶著半截劍尖擲向洪修羅面門，同時已抽出簫中短劍反攻齊百川。

齊百川一招出手，力道用老，駱清幽這一劍蓄勢已久，竟不及閃避。百忙中齊百川大喝一聲，左右雙掌一合，意欲夾住短劍。忽覺掌邊寒意沁膚，知道駱清幽簫中短劍絕非凡品，自己雖有一身橫練的外門功夫，一對肉掌卻如何抵得住？然而此刻已難以變招，心中一橫，聚起全身內力，低頭朝駱清幽猛撞過去。他雖是生得瘦削精幹，這一撞卻勢不可當，激起風雷之聲，欲與駱清幽拚個兩敗俱傷……

恰好郭滄海右手鋼環已至，擋在駱清幽的短劍之上，而齊百川已撞至駱清幽身前，他方才為保性命，這鐵頭功運足了十二成的功力，一旦撞實，就算是石碑亦會撞為兩截，何況是駱清幽那看似嬌柔的身子。無奈齊百川縱有憐香惜玉之意亦收勢不及，郭滄海與左飛霆皆忍不住驚呼出聲。

兩人一觸即分，駱清幽的身體似被撞飛，而齊百川餘勢未盡，再跨出幾步，撞在旁邊一堵高牆上。只聽「轟隆隆」一聲大響，土石飛揚，牆壁上竟被他的鐵頭功撞出了一個大洞……

洪修羅接住駱清幽擲來的玉簫，大喝一聲：「哪裡走?!」提氣縱躍而起，迎上半空中的駱清幽，只聽如鍋中炒豆般「劈劈啪啪」一陣脆響，玉簫與短劍連續十餘下碰擊，洪修羅一聲悶哼，落回地面，手中玉簫僅餘半截，一截衣袖亦被絞碎，而駱清幽輕盈地彈落在牆頭上，微一踉蹌後立穩身形，斜睨著洪修羅輕輕一歎：「此簫名為『聞鶯』，陪我多年，想不到今日卻毀在了洪兄手裡。」她的左肩衣衫已裂，露出白皙的肌膚，嘴角亦滲出了幾縷血絲，但瞧她面上惋惜的神色，似乎對方才狂風暴雨般的攻擊根本未放在眼裡，只是心痛玉簫被毀。

隨著駱清幽的說話聲，纖腰搖擺，一根散開的衣帶倏然收回，姿式輕柔瀟脫，彷彿臨高而舞，又何曾有半分受傷的模樣？

原來剛才千鈞一髮之際，駱清幽腰間衣帶驀然彈起，在齊百川面上纏帶而過，借力打力將鐵頭功的勁道移開。看似齊百川結結實實地撞入駱清幽懷中，其實卻差了肉眼難辨的一絲距離。她巧招迭出，虛實相間，總算擺脫刑部三捕之圍，本欲趁勢脫身，誰知仍被洪修羅纏住，雖迫退洪修羅的這一輪急攻，但左肩亦被爪風所傷，幾乎提不起來。

齊百川搖搖晃晃地扶牆站起身，鐵頭並無損傷，左頰上卻有一道寸許長的血口，巨痛無比，被駱清幽柔軟的衣帶掃過面門，竟如中鐵鞭，鼻中尚殘留著一縷幽香，此刻方知「繡鞭倚陌」之來歷。

五人兔起鶻落，乍合即分。事實上除了洪修羅全力出手外，刑部三捕皆留有餘力，不敢真的傷及駱清幽，無奈駱清幽變招極快，「登韻劍法」一出手就是攻敵必救，才迫使齊百川不得不以命相博。這番交手雖不過眨眼功夫，駱清幽、洪修羅與齊百川各受不同程度輕傷，其中凶險之處實難盡述。

洪修羅仄聲怪笑：「不過是小小一管玉簫，泰親王府中應有盡有，可任憑駱才女挑選。」

駱清幽淡然一笑：「那些都是搜刮來的民脂民膏，小妹不敢讓其汙手。」她居高臨下，注意到四周人影幢幢，恐怕都是刑部伏兵。何況剛才洪修羅出手毫不留情，對自己勢在必得，以此判斷泰親王謀反已成定局，所以說話亦不客氣。吸一口氣定下心神，短劍橫胸，靜等對方再度出手。

洪修羅冷哼一聲，緩步上前：「既然駱才女敬酒不吃吃罰酒，洪某也只好再領教一下蒹葭門的絕技了。郭大、左二、齊四給我掠陣，若是讓她跑了，八千歲面前可無法交代。」他右臂不過是皮外之傷，而駱清幽中左肩受傷頗重，已不懼與之單打獨鬥。

洪修羅距離駱清幽所處高牆不過七八步之遙，卻走得極慢，每一步間都有明顯頓挫。起初出腳極重，第一步跨出地面石板皆裂，漫塵甚囂，留下一個大坑，第二步卻聲勢不復，第三步又輕了一些，邁到第四步時腳印已淺淡若無……

此乃關睢門中秘傳「山重九勝」功法，腳印越淺內力越深，威力亦倍增。一如人處山谷中極目眺望，眼前雖有重嶺疊壘，那隱約於虛渺霧靄中的才是山峰最高之處。

刑部總管洪修羅身經百戰，對敵經驗極其豐富。駱清幽雖搶佔高處，但敵眾我寡，無法先行出擊，只好暗自調息，靜待洪修羅的腳印由淺至淡、由淡至無後……全力出手。

洪修羅踏出第六步，腳印淡若鴻泥，已至牆邊，下一步就將要沖天而起，全力搏殺駱清幽。

就在這關頭，那堵牆突然無聲無息地裂開一個人形缺口，一人猶如閒庭信步般施施然走出，出現在洪修羅面前：「洪兄好。」他的語氣沉靜，不帶絲毫張惶，彷彿只是穿過了一面紙糊的牆壁，然後對一個許久不見的老友打了一聲招呼。

洪修羅驀然一震，此人出現得不早不晚，正是「山重九勝」功法剛剛運足十成，欲罷不能之際。這蓄勢良久一擊的目標卻是頭頂上的駱清幽，一旦洪修羅騰身躍起，下盤破綻就全落在對方眼裡。

洪修羅悶喝一聲，驟然急轉小半個圈子，斜斜衝出，總算避開與來人正面相對。這一下迫得他把欲發未發的力道盡數收回，內力乍放逆停，震得胸口隱隱作痛，喉間一腥，幾乎噴出一口血來，竟已受了不輕的內傷。澀聲道：「水知寒！」

來人一襲青衫，手攬頷下長鬚，正是將軍府大總管水知寒。水知寒面無表情，眼神卻如電光般凜冽：「聽說泰親王府窖藏罰酒若干，我也很想分一杯嘗嘗，不知洪兄意下如何？」這句冷冰冰地話一出口，縱然他那名動天下的寒浸掌並未發出，已足令在場刑部諸人膽戰心驚。

駱清幽輕舒一口氣，微笑道：「小妹不勝酒力，水總管來得正巧。」

洪修羅面上陰狠之色一閃而逝，哈哈大笑：「既然如此，還請總管一同去見八千歲。」

水知寒長歎一聲：「水某本有此意，奈何將軍已離京去泰山赴暗器王之約，將軍府中諸事繁多，分身無術啊……」

洪修羅強按怒意：「那麼水兄又怎麼有空來此？」

水知寒呵呵一笑：「蒙泊國師遠道入京，水某特率『星星漫天』弟子前去迎接，無意間路過此處罷了。」

「星星漫天」乃是鬼失驚手下二十八名弟子，皆是訓練有素的殺手，可謂是將軍府中最為神出鬼沒的實力。洪修羅與郭滄海等人心中暗驚，只憑水知寒與駱清幽兩人，便足可匹敵的刑部諸人，若再加上數名「星星漫天」，就算洪修羅身上無傷，亦全無勝機。

水知寒又抬頭望向駱清幽：「蒙泊國師曾借座下大弟子宮滌塵之口品評京師六絕，水某與駱姑娘都在其列，何不同去一見？」

駱清幽含笑點頭：「小妹正有此意。」

水知寒大笑：「駱姑娘，請！」朝洪修羅略顯倨傲地點點頭，對郭滄海等人則視如不見，轉身從那牆壁上的人形缺口中走出。

洪修羅等人面面相覷，不敢阻攔。任憑由駱清幽跳下牆頭，隨水知寒揚長而去。

「星星漫天」亦並無一人在場，剛才不過是水知寒的疑兵之計。

「駱姑娘肩傷可重？」水知寒腳步不停，徑奔京城南門。

駱清幽淡淡謝過水知寒：「些許小傷，並不妨事。」

水知寒沉聲道：「你不必謝我，是將軍特意囑咐我保護駱姑娘的安全。」

駱清幽一怔：「明將軍為何如此？」

「我不願意猜測將軍的意圖……」水知寒嘿嘿一笑，又補充一句：「或許因為將軍知道，江山與美人都是泰親王最想得到的東西吧。」

駱清幽沒有說話，只是不置可否地搖搖頭。她從不低估自己的魅力，亦不會自信到盲目。回想洪修羅剛才狠辣的出手根本不顧自己的死活，恐怕在泰親王的心目中，江山遠遠比美人更重要！

駱清幽忽然停步不前：「小妹也聽說蒙泊國師將至京師。但他一路西來，水總管為何帶我往南門而行？」

水知寒低聲道：「我們不去見蒙泊，若是駱姑娘相信我，便隨我出城後再詳說。」

駱清幽看水知寒神情鄭重，心裡起疑。不多時兩人到了南門，已有將軍府的弟子備下兩匹快馬。

水知寒飛身上馬，望定駱清幽，一字一句道：「我現在就將趕往泰山，駱姑娘可願同行？」

駱清幽沉聲道：「除非，水總管有更好的理由。」且不論明將軍嚴令泰山一戰任何人不得旁觀，在這京師形勢一觸即發的緊要關頭，水知寒也不應該匆匆離開。

水知寒馳馬至城外無人處，方才緩緩道：「京師內一切都安排妥當，只怕泰親王不反，所以我離開京城，可令他更加肆無忌憚……這是將軍府給泰親王設下的一個局。可是，或許我們之前都忽略了一個問題：泰山之戰，亦是一個局，無論將軍與暗器王誰勝誰負，有人都不願意讓他們活著回到京師。」

駱清幽沉吟道：「當前形勢可謂是彼此鬥智的一盤棋，泰親王想必也給明將軍設下了局。不過泰山各條通路已被五千官兵封鎖，除了明將軍與暗器王任何人都不許入山，泰親王在京中自顧不及，又有何能力設伏？」

水知寒長歎一聲：「我們都漏算了一個人，這個局雖因泰親王而起，卻非他所設。」

駱清幽奇道：「水總管所指何人？」水知寒卻不回答，眼中透出一份無奈。

駱清幽一震，剎那間已掌握到了關鍵。事實上剛才她還以為水知寒危言聳聽，在沒有徹底擊潰將軍府的實力前，無論泰親王還是太子，抑或是御泠堂，都不敢對明將軍下手，但這個人，卻是有足夠的理由對明將軍下手，也有足夠的能力調開封鎖泰山的五千官兵！

水知寒冷笑一聲：「將軍離京三個時辰後，我才收到太子府中的線報。嘿嘿，既可引我出京，順便接管部份將軍府的實力，又可置身事外，管平之策，果然厲害。」

駱清幽不語，只是用力一挾座騎。這一刻，她的心裡突然湧起對林青的強烈思念，只想用最快的速度趕至泰山，與那個生命中最重要的男子在一起，無論他勝也好、敗也好，一切結果都不會再讓她的感情退縮，她只要他能活著回到自己身邊！

小弦與水柔清離開駱清幽，匆匆趕往白露院找何其狂報信。

夜色已降臨，街上行人稀少。兩人路途不熟，本想抄近路，誰知轉來轉去卻入了一條死胡同，返身回頭，卻見一道黑影已端然立在胡同口：「小弦，這麼晚要去哪兒？」正是追捕王梁辰。

小弦暗暗叫苦，怪不得洪修羅不派人跟蹤自己，原來追捕王早已守株待兔。

臉上卻擺出笑容：「梁大叔，好久不見，過年好啊。」

追捕王呵呵一笑：「既然巧遇，不如來陪大叔說幾句話。」

小弦哪有心情與追捕王說話，低聲對水柔清道：「這人與我有仇，我纏住他，你快翻牆逃跑。」

水柔清卻並不從小弦之言，咬住嘴唇，纏思索已執在手中。小弦大急：「他武功很高，你不是對手……」忽想到以水柔清的性格，這樣說只會更糟糕，又改口道：「救駱姑姑要緊，不要管我。」

水柔清自言自語般道：「我才不會管你。」卻不移步。她並不知面前這個看似瘦小卻沉穩如山的黑影與小弦有何仇怨，只是忽然覺得在這危急時刻不能離開他，雖然，若不是他，自己也不會失去敬愛的父母。

追捕王輕輕一歎：「小弦不要怕，你我畢竟相識一場，我絕不會害你。」他得到泰親王密令擒拿小弦，知道一入王府必然九死一生，此刻面對這頑皮可愛的孩子，想起入京路上時的種種情形，心情複雜，既恨又愛，竟然下不了狠心，暗自打定主意守住街口半個時辰後就放他走。只要洪修羅把駱清幽請入王府，泰親王也不會太過在意這身無武功的小孩子。

小弦眼珠一轉，計上心來：「梁大叔還記得我們初見的情形麼？在汶河小城裡，我跑不過你，於是就要賴皮，在街上大叫：『救命啊，救命啊』……」他起初話音低沉，說到「救命」一時忽然放聲高喊起來。

追捕王又好氣又好笑，這小鬼頭果然詭計多端，看似重演當日情景，無疑是想趁機引來救兵。隨手彈出一記小石子，從小弦耳邊擦過。

小弦嚇了一跳，那小小石子雖未擊中自己，但發出的勁風之聲卻激得耳中嗡嗡作響，追捕王顯然手下留情，一時不敢再叫。

水柔清可不管三七二十一，纏思索借著夜色的掩護悄然出手，貼地前行，到追捕王面前二尺處驀然揚起，疾點他雙目。追捕王咦了一聲：「小姑娘功夫不錯，可惜你遇見的人是我。」說話間雙指凌空急剪，挾向纏思索頭。

水柔清經過這一個月的苦練，索法已大有長進，纏思索在空中折、彎、轉、抹，如靈蛇吐信，數度轉換方向斜進側擊，並不與追捕王硬拚。

追捕王身形端坐不動，僅靠手腕的變化封住纏思索，雙方無聲無息地交手十餘招，纏思索已被追捕王挾在指縫間。

水柔清又氣又急，用勁回扯。追捕王冷哼一聲，原本在空中繃直的纏思索詭異地沿他手指蕩起一道彎弧，疾速朝水柔清反捲而去。追捕王志在立威，這是他數十年精純內力的反擊，料想水柔清雖然招法精妙，內力卻遠遠不及，這一擊管教她立刻脫手。

小弦不知厲害，嘻嘻一笑：「梁大叔玩跳繩麼？」同仇敵愾，一把抓住纏思索幫水柔清回奪，手指剛剛碰到軟索，那道彎弧已至，頓時觸電般鬆手，口中慘叫不休。其實追捕王知小弦並無武功，已然收力，這一擊雖然沉重，倒也不必叫得驚天動地，自然還希望趁機引起別人注意。

追捕王大笑，如法炮製，又是一波內力沿索傳來。水柔清眼光較小弦高明，心知此人武功遠在自己之上，強提一口氣不放纏思索，拚力苦撐……

小弦耳中忽聽到一個熟悉的聲音：「不要怕他，去抓索。」雙肩一震，彷彿有一道熱流注入身體中，大喜上前，再度握住纏思索。

水柔清只道小弦拚死來救，又是感動，又是擔心，急叫一聲：「你快閃開。」追捕王冷笑道：「剛才的苦頭還未吃夠麼？」這一次用上了三成內力，不再容情，至少要震得小弦手臂酸麻。

誰知小弦觸及索身，纏思索輕輕一顫，那道彎弧距離他右手尚有半尺時驟然放緩，終於停下，隨即倒攻向追捕王，竟比來勢更急數倍。

追捕王但覺五指如被針刺，一股陰沉古怪的內力逆沖腕關，不由鬆手放開纏思索。索端昂揚而起，反點他喉頭，追捕王措手不及，再也無法端坐原地，一躍而起，不理拍手歡呼的小弦與水柔清，目光如箭盯向巷道深處：「什麼人？」

「不過開個小小玩笑，梁兄莫要見怪。」與這平淡聲音一同出現的，正是吐蕃蒙泊國師的嫡傳大弟子宮滌塵。

宮滌塵緩緩從巷道暗處走出，衣衫純白依舊，神情謙恭依舊，面上笑容依舊，眼神卻明亮如星，隱隱閃過一絲鋒芒。他曾在京城外給小弦施展移顏指法，深悉他體內經脈與眾不同之處，剛才暗中渡功入體，一舉挫敗追捕王。

追捕王吸一口氣：「宮兄不是去拜見八千歲麼，何以來此？」

宮滌塵淡然道：「王府前匆匆一見，久聞梁兄追蹤之術天下無雙，小弟忍不住班門弄斧，倒叫梁兄見笑了。」

追捕王一怔，原來他離開泰親王府時，正好與登門拜訪泰親王的宮滌塵打個照面。想不到宮滌塵竟不去見泰親王，反而暗中跟上了他。追捕王雖對泰親王謀反計畫知之不詳，但亦看出不少蹊蹺之處，加上並不情願對付小弦，這一路上心事重重，竟然沒有發覺。

宮滌塵低頭望著小弦眨眨眼：「我說過我們還會在京師見面，宮大哥沒有騙你吧。」

小弦雖然對宮滌塵有許多懷疑，此刻乍見不免又驚又喜：「嘻嘻，梁大叔是我的福星，每次一見他，就會遇著宮大哥。」

宮滌塵哈哈大笑，望向追捕王：「小弟好奇心最重，見梁兄心思不屬，所以隨行於後看個究竟，想不到竟與我這小兄弟有關。能否看在小弟的面子上，放他一馬？」

追捕王本有此意，趁機賣個人情：「宮先生言重了，我與小弦亦算有些交情，自不會為難他，只是留他說會話罷了。」

宮滌塵臉上又浮現出那彷彿洞悉一切的笑容：「梁兄放心，家師要見許少俠，他與這位姑娘暫時都不回白露院，絕不會壞了八千歲的大事。」此言一出，追捕王心頭閃過一絲懼意，聽宮滌塵的語意，似乎知道洪修羅強請駱清幽之事，這個年輕人剛入京不久，他又從何得知此秘密？

「蒙泊國師為什麼要見我？」小弦吃了一驚：「我又沒有解開那道題……」

水柔清看著面前白衣勝雪，氣度脫俗的宮滌塵：「我什麼人也不見。」

宮滌塵聳聳肩：「那你就陪著梁兄說話吧。」他行事亦正亦邪，看來只想救小弦脫困，對水柔清安危卻不放在心上。

小弦大急，結結巴巴地道：「她，她就是我對你提過的清兒，宮大哥可不能不管她。」

水柔清哼道：「小鬼頭住嘴，才不要你幫我求情。」小弦神情尷尬，又不能拋下水柔清不管，只好拚命朝宮滌塵遞眼色。

宮滌塵奇怪地看著小弦與水柔清，猜不透兩個小孩子間的關係。

追捕王望著水柔清，眼中忽然精光一閃，長歎道：「這位姑娘恐怕亦與梁某故人有關，不便為難，這便告辭，宮兄盡可帶他們走。」他眼神銳利，已從水柔清神態中瞧出一絲水秀的影子。水秀失蹤兩月，凶多吉少，但泰親王卻對此不聞不問，已令追捕王心生芥蒂，懷疑是泰親王派人秘密加害。暗忖泰親王一向重用洪修羅和黑山，自己和水秀皆不算其心腹，眼看泰親王府暗中集結實力，蠢蠢欲動，多半有謀反之意，一旦事敗不免受連累，就算泰親王大權在握，自己也保不準日後落得與琴瑟王同樣下場，一念至此，頓覺心灰意冷。這也是他不願意附耳聽命、強擄小弦的真正原因。

宮滌塵略一沉吟，正色道：「京師形勢已非，梁兄能否聽小弟一句肺腑之言。」

追捕王卻擺擺手：「有些話宮兄不必講出來，我自有打算。嘿嘿，梁某除了會捉拿逃犯，亦懂得一些在官場上的自保之術。」言罷揮手而去。

等追捕王走遠，小弦拉著宮滌塵的手道：「駱姑姑被洪修羅逼著去見泰親王，我們快去救她……」

宮滌塵卻搖頭道：「放心吧，駱姑娘絕無危險。」

小弦看宮滌塵胸有成竹的模樣，猶豫道：「原來宮大哥已先救了駱姑姑麼？」

宮滌塵不置可否一笑：「駱姑娘吉人天相，自有貴人相救。」

小弦放下心來，早懷疑宮滌塵喜歡駱清幽，想必不會聽任她涉險。可想到潑墨王瘋癡後畫下的那位起舞女子，不由仔細朝宮滌塵打量，心道如果她真是女子，自然談不上對駱清幽的傾慕……當著水柔清的面又不好詳細過問，轉念又想到萬一宮滌塵果真與御泠堂有關，水柔清定是不依不饒，後果大大不妙，急得額上冒汗。

其實宮滌塵武功遠在水柔清之上，雙方動手吃虧的必定是水柔清。可小弦卻似乎認定水柔清性格嬌蠻，不懂變通；宮滌塵溫文爾雅，處處給人留有餘地，這份微妙的心理連他自己也沒有意識到。

宮滌塵道：「小弦快隨我去見師父吧。」

小弦神思不屬：「已經很晚了，過兩天再去吧。」

宮滌塵加重語氣道：「師父馬上就會離開，而且此事十分緊急，與你的林叔叔也有關。」

小弦看宮滌塵說得鄭重，半信半疑。轉頭對水柔清道：「我陪宮大哥去見蒙泊國師，你就先回白露院吧。」

水柔清卻道：「我為什麼聽你的話？我也要去。」

宮滌塵目光閃爍：「清兒姑娘同去也好。」小弦本是生怕宮滌塵與水柔清起衝突，誰知水柔清成心與他作對，適得其反。

三人從西門出城，走了三四里，遠遠望見前方小山下燈火閃耀，一大群人圍在一起，卻是不聞喧嘩吵嚷，頗不合情理。

宮滌塵解釋道：「師父由吐蕃入京，給沿途百姓說法講經，不必見怪。」

果然隱隱聽到一個語聲從人群中傳來：「應如是生清淨心，不應住色生心，不應住聲、香、味、觸、法生心，應無所住而生其心……」那聲音並不大，卻顯得淳厚平正，聽在耳中有一份莫名的靜穆之感。

走得近了，只見在山腳下的一片竹林前，數百人垂手肅立，有些人還跪了下來，人群圍得嚴實，根本看不到蒙泊國師的影子。

小弦對那佛經聽得似懂非懂，也無興趣。留意到竹林邊有四間新搭建精巧的小竹屋，每一間竹屋上都掛著一個大字，合起來是：佛法無邊。

小弦頗覺好笑，心道莫非這蒙泊大師酷愛書法？先以「試問天下」四字考較京師英雄，現在又在竹屋上掛起了「佛法無邊」。何況聽宮滌塵之語，此次僅有蒙泊國師與他同來京師，兩個人住四間竹屋似乎也太浪費了。

小弦正胡思亂想著，心頭忽生感應，抬頭望去，前面水泄不通的人群忽起一陣躁動。只見一個光頭和尚盤膝坐在人群中央的蒲團上，但見他面貌圓潤通朗，白淨無鬚，瞧不出多大年紀。正在閉目誦經。奇怪的是他口中一直誦經不休，並沒有發出什麼號令，周圍的百姓卻都好像得到了什麼暗示，紛紛讓開一條通路。

小弦視線到處，蒙泊國師也正好睜開眼望來，雙方四目相對片刻。蒙泊國師的臉上似乎露出一絲笑意，旋即隱去，重又閉目恢復老僧入定狀，彷佛什麼事情也沒有發生過。

然而，小弦卻覺得這寧和而淡定的一撇充注著慈愛與悲憫之色，竟不能確定蒙泊國師這一道目光到底是望向自己還是身邊的水柔清或宮滌塵，或是穿越過自己，落在身後某個不知名處……

這一刻的感覺十分玄妙，好像清楚地知道蒙泊國師正在觀察自己，眼中所見卻又分明是他閉目誦經的模樣。

在擒天堡見過那好色貪財的扎風喇嘛後，小弦一直都認定其師蒙泊定是一個浪得虛名之輩；遇見宮滌塵、再經過清秋院那難倒諸人的「試問天下」的考題後，印象已大有改觀，深信蒙泊國師若沒有些真材實學，斷然調教不出宮滌塵這樣的弟子。然而直到今日親眼見到蒙泊國師，才能真正體會他身上不平凡之處。

那是一種並沒有任何威脅、卻也令任何人不能輕視的感覺。就如面對著一座大山、一朵浮雲，彼此的存在並不能對對方有絲毫影響，卻又因為大自然中某種神秘莫測的力量而聯繫在一起。

宮滌塵一指那四間竹屋，輕聲道：「師父還要講一會經，不妨先去哪裡等他。不過，按師父的意思……」他微微一頓，語中大有深意：「小弦與清兒姑娘必須單獨選一間竹屋。」

水柔清看著那「佛法無邊」四個字，猶豫道：「這四間竹屋可有什麼不同？」

宮滌塵神秘一笑：「世間萬物都講求一個『緣』字，不同的選擇就有不同的答案。當然，如果不做選擇，或許亦是一種答案。」

小弦與水柔清面面相覷，感覺到宮滌塵並無惡意，水柔清搶先道：「那我選這一個『佛』字吧。」當先走入第一間掛著「佛」字的小屋。

小弦滿腹疑團，本想趁機拉著宮滌塵詢問一番，宮滌塵卻向他眨眨眼睛，輕聲囑咐道：「每一間竹屋內都大有玄機，好自領悟吧。」竟隨水柔清走入第一間竹屋中。

小弦只怕宮滌塵與水柔清起衝突，本欲跟上看個究竟，又怕惹兩人不快。轉念想宮滌塵做事穩重，就算是御泠堂中人也絕不會對水柔清輕易吐露身分，何況有蒙泊國師在場，水柔清亦不敢胡鬧。強忍著衝動，轉身踏入那間掛有「法」字的竹屋。

竹屋裡密不透風，亦不設窗戶，隔音甚好，屋外的人聲幾乎不聞，彷彿一下子來到全新的環境中。竹屋僅有五尺大小，裡面空無一物，只在中央點著一盞油燈，隱約可見牆上掛著兩幅畫。

小弦呆了一會兒，拿起油燈去看牆上的畫，這一看卻吃驚不小。第一幅畫面是一名渾身赤裸的男子，雙手高高吊起，身體懸空，兩個腳綁在一起，只有腳趾可以微微著地，後跟至少離地兩寸，那男子身上雖無傷痕，但從他臉上痛苦的神情已可以想像這個姿式是如何地折磨著他；第二幅畫也是一名赤裸男子，場面則更加血腥，只見他平躺於地，四肢都被一根根鐵籤釘住，鮮血淋漓而出，小腹被一張漁網緊緊箍住，露出一塊塊隆起的肌肉，那網線極為鋒利，將肌肉割離身體，僅留著一絲筋皮相連，令人目不忍睹……

小弦看得膽戰心驚，這麼殘忍的場面絕非佛經裡的故事，恐怕只有在刑獄大牢中才能一見，實不知為何會出現在這小竹屋中，蒙泊國師此舉有何深意？正疑惑間，一個聲音緩緩送入耳際：「這兩名男子一人犯入室盜竊之罪，一人犯搶劫殺人之罪，所以受此酷刑……」

這說話聲雖不辨來路，卻極像蒙泊國師的聲音，只是稍有些沉滯。小弦隱隱聽到竹屋外蒙泊國師講經聲音猶在，心中大奇：「你是誰？」

那聲音道：「許施主好，老衲蒙泊。」

小弦一呆：「那講經的和尚又是誰？」旋即醒悟過來：「你會腹語術？」

蒙泊國師道：「老衲那不肖徒兒曾說起許施主聰敏過人，今日一晤，果然不假。」他語氣平緩，彷佛只是在訴說一件事實，何況蒙泊國師人在竹屋外，小弦根本看不到他說話的表情，但小弦卻能十分清晰地感應到他對自己的褒贊誇獎，彷佛能親眼看到蒙泊國師唇邊的一縷笑容，這份體驗不但從未經歷，更是聞所未聞。

小弦笑道：「大師說的是扎風喇嘛吧，嘻嘻，那時在擒天堡對他多有得罪，想必狠狠告了我一狀。他可還好嗎？」

蒙泊國師卻道：「扎風從擒天堡回吐蕃後就被罰面壁思過，至今仍在閉關。老衲是從滌塵的口裡第一次聽到了你的名字，才對許施主動心一見。」

小弦一呆：「宮大哥，他，他如何不肖了？」

「老衲五名弟子中，本來唯有潹塵最合吾心，可承衣缽，只可惜……」說到這裡，蒙泊國師忽然吐出一句抑揚頓挫的藏語，而他一慣平實的語氣中似也有一份歎息。

小弦聽不懂那句藏語，忽想到初遇宮潹塵時他曾喚自己「楊驚弦」，並說是聽了扎風喇嘛的描述。但聽蒙泊語意，扎風根本沒有機會提到自己就被罰面壁，以宮潹塵的高傲心性自然也不會特意去問扎風，他又是從何處聽說自己從前的名字？難道果真是與御泠堂有關？

蒙泊國師又道：「許施主可知這屋中兩幅畫是何意麼？」

小弦思索道：「大師說一人犯盜竊之罪，一人犯殺人之罪。嗯，這個吊起的男子想必是盜竊錢財的小偷，另一個定是殺人之徒。這兩幅畫莫非說的是善有善報，惡有惡報的道理？」

蒙泊國師道：「施主錯了。」

小弦奇道：「怎麼錯了？」

蒙泊國師簡短道：「鐵籤刺體、千刀萬剮者犯的才是盜竊之罪。」

小弦一怔，蒙泊國師續道：「許施主想來已可見到門口那個『法』字了吧？」

從頭至尾，他的語氣始終平緩如一，甚至都沒有發過一次笑聲，但小弦依然可以從那不辨來路的語聲感應到對方的神情百態。

小弦呆了一下，忽然醒悟過來：「我明白了，表面上盜竊雖比不上殺人罪重，卻要看所盜是何物，所殺是何人？」

「殺人者雖窮凶極惡，一命償一命即可；而那盜者雖不過竊幾十銀兩，卻令一家數口貧困至死。其中罪孽輕重，自不可同日而語。」蒙泊國師依然不動聲色，淡然道：「所以殺人越貨，不過害一人之命，盜國竊權者，害的卻是天下百姓！」

小弦沉思，蒙泊國師自此再無言語。

且說水柔清走入第一間掛著「佛」字的竹屋裡，進屋首先看到的是一張大大的圍棋譜。棋譜足有五六尺方圓，佔據了整整一面牆壁，棋已至中盤，黑子所占之位亦隱隱組成了一個大大的「佛」字。

宮滌塵隨之入屋，立在水柔清身後：「清兒姑娘可懂圍棋麼？」

水柔清並不回身，略點點頭：「稍知一二。」

宮滌塵笑道：「不知清兒姑娘棋力如何？這盤棋現輪黑下，可有起死回生之術？」

水柔清定下心神看譜。四大家族雜學極多，她在圍棋上的造詣雖不比象棋，卻也不弱於普通棋士。但見譜中黑白縱橫，數條大龍糾結在一處，雙方都無迴旋之機，局勢極為複雜。黑棋稍落下風，如今最關鍵處應該是將中腹棋筋作活，才可以繼續對週邊白棋保持攻勢，可這塊棋筋雖可兩眼苦活，但勢必將白棋週邊撞厚，影響其餘幾條黑龍。只要一招落子不慎，便可能前功盡棄，再無翻盤的餘地。水柔清思考良久，也沒有想出萬全之策，一時沉吟難決。忽聽宮滌塵淡然道：「清兒姑娘可知為何這盤棋以『佛』為名嗎？」

水柔清亦是極聰明，一時心裡隱有所悟，卻不肯在宮滌塵面前示弱，冷哼一聲。宮滌塵也不以為意，自顧自道：「佛法講究捨身成仁。一局棋有捨有棄，為了最後的勝利，原本無須看重幾枚殘子。只不過若是將這棋局換成了人間塵世，便有許多恩仇情怨夾雜在其中，欲棄無從，欲捨無力……」

水柔情猛然一震：對於四大家族與御泠堂的千年恩怨來說，每一個人都是一枚棋子，只要能求得最後勝利，捨棄原不足惜。只不過因為這被捨棄的棋子換成了自己的父母親人，才變得如此的難以接受嗎？喃喃道：「可我，應該怎麼辦才好？」這一刻，連她自己也不知道問的是應該如何著手這一殘局，還是問日後自己應該如何去報這血海深仇。

宮滌塵篤定一笑：「對於棋者來說，勝固欣然，敗亦可喜，大可收拾殘局再戰山河；但對於陷於世情的凡夫俗子來說，恩怨紛擾原沒有什麼解決方法談得上是『最好』。所以，這一局說的並不是棋理，而是佛道！」

水柔清腦中一片紊亂：「那又如何？」

宮滌塵不語，上前雙手輕拂，將那一張棋譜捲入袖中，轉身出門而去。只留下呆立在竹屋中、忽然流下兩行淚水的水柔清。

「宮大哥，清兒在哪裡？」一看到宮滌塵走入竹屋，小弦急忙發問。

「你放心，我可不敢對你的清兒姑娘有絲毫不敬。」宮滌塵的目光中似乎有一份揶揄的笑意。

小弦臉微微一紅，望定宮滌塵，一字一句道：「宮大哥，你會騙我嗎？」

宮滌塵一愣，面對小弦真誠的目光，急智如他，一時竟也不知應該如何回答。許久後才勉強點點頭：「你想問我什麼，我一定如實回答。」

小弦知道蒙泊國師會聽到這一番對話，只好語含隱誨：「我與何公子見過潑墨王了。」

宮滌塵一震，冷笑一聲：「他還好嗎？」

小弦道：「他瘋了，不停地畫一個女子的像。而且，我知道⋯⋯」

宮滌塵忽然抬手止住小弦的話：「你還記得我們第一次見面的情景嗎？」

小弦眼中又浮現出那溫泉邊上永生難忘的一幕，重重點頭。宮滌塵長歎一聲，緩緩道：「那一日，我之所以去溫泉洗浴，就是因為⋯⋯他的眼睛汙了我的身子！」

小弦忽然大叫一聲，眼中湧上一層朦朦的淚光，上前兩步捂住宮滌塵的口：「宮大哥，你不要說了，我們是好兄弟，永遠是！」事實上他的心中雖有無數懷疑，卻也未想過宮滌塵果然直承其事。這一刻，既被他對自己毫無保留的信任所感動，亦害怕再問出什麼更難接受的真相。

宮滌塵輕輕撥開小弦的手：「我早告訴過你，有些事情當時不必對你說，但日後總會讓你知道。只是，一旦到了這一天，我們卻無法做兄弟了。」

小弦聽宮滌塵說得鄭重，吃了一驚：「宮大哥，我沒有怪你啊。潑墨王反正也不是什麼好人，你就算打死他，我也不會不認你做兄弟。」說到這裡方才醒悟，如果潑墨王畫的那名女子果然就是宮滌塵，那麼自己這個「大哥」實是女扮男裝之身，確實是無法再做「兄弟」。

想到這裡，小弦不由鬆開抓緊宮滌塵的手，低聲道：「難道，你，你真是個女子？」

宮滌塵苦苦一笑：「除了我的家人，你是第三個知道此事之人。」

聽宮滌塵承認此事，小弦心中百般滋味湧上，一時不知是喜是憂，只是呆呆地問：「還有兩人是誰？」

宮滌塵長歎一聲：「一個是我師父，一個就是那已瘋的薛潑墨。」

原來宮滌塵初入京師結交各方人物，並無人懷疑她女扮男裝的身分。而宮滌塵身懷蒙泊國師那「試問天下」之題，對學富五車的亂雲公子、書法極佳的潑墨王等人刻意結識，亂雲公子也還罷了，偏偏潑墨王薛風楚擅於繪畫，對人物的形象神態把握細緻入微，竟被他從宮滌塵平日的舉止中瞧出蹊蹺。不過潑墨王心計深沉，見宮滌塵淡吐不俗，更有蒙泊國師這個大靠山，不由見色起意，一面邀其遊山玩水，一面百般挑逗，被拒後竟以宮滌塵女子身分要脅，宮滌塵一怒之下，方用離魂之舞將潑墨王迫瘋。

也正因如此，才有了那日在溫泉中洗浴，與小弦相識之緣份。

小弦聽到蒙泊國師早知此事，登時去了顧忌：「好哇，宮大哥你瞞得我好苦，怎麼賠我？」他「宮大哥」叫得順口，一時也改不過來。而說到「賠」字時，兩人都想到小弦當初不明就理，一意要宮滌塵「陪」他睡覺之事，又一齊哈哈大笑起來。

宮滌塵輕笑道：「我欠你一首詩，還不夠麼？」

小弦噘著小嘴：「不夠不夠！我好不容易才有一個肝膽相照的好兄弟，你把他還給我。」說到一半，忽覺悲傷，自己從小就希望有這樣一個大哥，誰知現在卻變成了「姐姐」，可又想到以後再也不必擔心宮滌塵與林青做「情敵」，一時又覺得放下一番心事，眼中淚光盈盈，嘴角卻又露出笑容來。

宮滌塵何曾想到小弦這許多心思，只是感動他對自己的一番誠摯之情，正色道：「只要你不嫌棄，我永遠做你的大哥也無妨。」

「好，我們一言為定！」小弦伸出小指。

宮滌塵亦是心情起伏，她自幼女扮男裝，諸多不便唯有故做冷漠保持距離，並無什麼朋友。與小弦相識，一方面對方是個小孩子無須防備，一方面小弦的坦蕩純樸確實也令她心喜莫名。當下勾住他的小指，一字一句：「今生是兄弟，一世是兄弟！」

兩人各自心情激蕩，良久方休。

蒙泊國師那不緊不慢的語聲忽然傳來：「滌塵去吧，小弦和我也該走了。」

宮滌塵的態度一下子恢復平靜，應了一聲。轉頭對小弦道：「小弦，今夜你必須隨我師父走，過幾日我再與你聯絡。」

「為什麼？我不和他走。」小弦話音未落，宮滌塵已出指點在他胸口。小弦根本未想過剛剛對自己信誓旦旦的宮滌塵竟會突然出手，眼中閃過驚訝與不解，卻無忿怒。他相信宮滌塵如此做必有原因。

竹屋一開，蒙泊國師大步走入。宮滌塵拜伏於地：「弟子不肖，只請師父答應一件事情。」

蒙泊國師似是看破宮滌塵所想，淡然道：「滌塵放心，就算為師性命不在，也必會護得許小施主的安全。」

宮滌塵不再說話，叩了幾個頭，轉身離去。

小弦滿腹疑慮卻問不出口，蒙泊國師已將他抱入懷中，大步往門外走去。

門外百姓已散，蒙泊大師更不停留，連四間竹屋也不望一眼，徑直南行。小弦耳邊風聲呼呼作響，其勢迅快至極，又覺得蒙泊雙手中有一股溫暖的力量托著自己，幾乎就要沉睡去，迷糊中心底勉強浮起一句疑問：「蒙泊國師要帶自己去什麼地方？」

蒙泊國師忽然低頭望定小弦，緩緩吐出幾個字：「不要怕，滌塵自會送那個小姑娘回京。而我們，去泰山絕頂！」

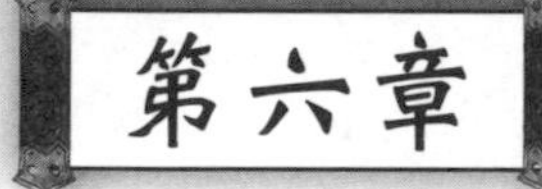

會凌絕頂

小弦聽到「暗器王未必會死」幾個字時，腦中一眩，
蒙泊國師後面的話全都聽而不聞，雙膝一軟，跪倒在地：
「林叔叔……」林青英俊的面容與親切的微笑在眼前閃動，
眼淚如斷線珍珠般流了出來，
心臟彷彿被一雙看不見的大手握住，疼得小弦幾乎窒息。
這一切，原來不是夢！

正月十八，傍晚。

寂靜的泰山腳下，卻有一騎白馬沿山道如飛馳來。馬上之人身材高大，一身勁服，目光冷竣，唇邊卻掛著一絲若有若無、意味深長的笑容。正是當朝大將軍明宗越。

山道前立著一塊丈許見方的大石碑，上刻四個大字：岱嶽千秋。

白馬來到石碑前，長嘶而起。明將軍飛身下馬，將白馬栓在石碑上，同時以掌拍碑，陡然發聲長嘯。這一嘯直震得夜鳥齊飛，松針雨落，山谷迴響，良久方歇。

兩大高手絕頂一戰震驚朝野，早在半月前，朝庭五千官兵就在半里之外駐紮，先驅散山中獵戶樵子，再封鎖所有通往泰山的道路，整個泰山再無人跡，靜等明將軍與暗器王林青兩大高手。雖然泰山方圓數十里，武學高手足有能力悄悄突破封鎖潛入山中，但那樣無疑將成為明將軍與暗器王之公敵。

普天之下，只怕並無幾人有此膽量！

但此刻，明將軍嘯聲方停，那石碑頂端卻移開一條裂縫，一隻手慢慢探了出來，將一張紙卷插入明將軍落在石碑上的手掌下。

此情此景本是奇詭至極，明將軍臉色卻是平靜如常，並無驚疑之色，抬掌之時紙卷已黏在掌心，看似手撫額髮，卻已就著朦朦夜色將紙卷上的話看得清清楚楚……

就算有人從遠方山峰高處看去，也只能見到明將軍拍碑長嘯，以壯行色，根本不會有人想到在那石碑中會另藏有人，竟用如此方法與明將軍暗通消息。

看畢紙卷，明將軍略一沉吟，手入懷中，亦取出一物，輕輕放在石碑頂端，低聲淡然道：「三日內，若是水總管至此，攔住他，並將此物交給他。」

石碑內並無應承之聲，但那雙手卻再度探出，把明將軍留下的東西握住，正欲縮回，明將軍忽又道：「且慢，另外傳我一句話給水總管……」說到這裡，明將軍忽然停下聲音，仰天思索，似乎在考慮措辭。半晌後口唇輕動，卻無半分語聲泄出，顯然正在傳音給碑中之人。

石碑上的那雙手一震，明將軍的信物幾乎脫手。碑中人乃是明將軍早早安排下的心腹，他既然能暗藏於泰山腳下碑身之中，又能避開五千官兵的搜索，無疑身懷不凡武功，更有一份定力，但聽到明將軍這一句話時，竟然亦失神至此，由此已可見此話的份量。

何況以流轉神功之威力，明將軍自然能確定周圍半里內再無他人，所以才不怕對碑中人低聲說話，但這最後一句轉交給水知寒的話卻寧可暗中傳音，足見鄭重。

碑中人停頓片刻，手指在石碑上輕敲數下，示意已收到命令，然後緩緩收回，石碑上的裂口亦再度封起，看起來再無一絲縫隙。

山頂上亦傳來一記長嘯聲，並無明將軍震落林葉之沖天氣勢，卻是清朗激越，彷彿隨大自然的山風而至。明將軍心知是林青發聲相邀，暗運神功，掌中紙卷已剎那間化為無數碎片，從掌指間落下。抬頭望著黑沉沉的峰頂，似是自嘲一笑，自言自語般道：「林青啊林青，想不到你我這一戰，竟會如此多磨！」

「啊，這一定是林叔叔的嘯聲。」一前一後兩聲長嘯把小弦從睡夢中驚醒，只覺得身下空空蕩蕩，寒風掠體，禁不住打個冷戰。茫然四顧，嚇了一跳，原來他正平躺在一棵大松樹的枝椏間，扶搖在他懷中發出一聲低鳴。

這是一株百年松樹，枝葉茂密，挺拔高大，小弦離地面足有一丈多高，以他的爬樹本領或可下來，但稍有失手，必會摔得頭破血流。連忙抓緊樹椏，又以雙腳盤穩身體，雖然一時尚無掉落樹下之憂，背上的冷汗卻已止不住流了下來。

蒙泊國師的聲音從樹下傳來：「許小施主不必驚慌，老衲在此。」

小弦望著樹下盤膝閉目打坐的蒙泊國師，心神稍定：「這是什麼地方？」

蒙泊國師道：「此地名為十八盤，再往上走半個時辰，就是泰山絕頂了。」

原來三日前蒙泊國師帶著小弦離開京師，一路上晝夜急行，於今日午後來到了泰安府。稍做休息後，蒙泊國師避開官兵大隊人馬，偶遇巡哨，便以「明心慧照」之法惑敵而行，神不知鬼不覺地從小路上山。

這裡名為十八盤，乃是泰山登山道路中最為險峻的一段，共有石階一千六百餘級，兩邊崖壁如削，陡峭的盤路鑲嵌其中，遠遠望去，仿似天門雲梯。因其傾斜旋繞，曲折多彎，故得此名。

一路上小弦昏昏沉沉，直至到了此地，蒙泊國師方才解開禁制，將小弦放在大樹頂上，自己則在樹下運功調息。

小弦聽到此處已近頂峰，大喜道：「那我們還等什麼，快上山找林叔叔吧。剛才那一聲長嘯一定是他發出來的。」

蒙泊國師動也不動一下，淡淡道：「老衲便在此處等候明將軍！」

小弦一呆：「大師等明將軍做什麼？難道……」他恍然大悟：「你也要找明將軍比武嗎？」

蒙泊國師卻輕聲道：「老衲早就沒有什麼爭強鬥勝之心了。」

小弦奇道：「那你為什麼要帶我來泰山？何公子想看林叔叔與明將軍比武，林叔叔都不同意……」

蒙泊國師卻是答非所問：「有些事情，到最後也只好用武力解決。」

小弦不明所以，隨口道：「大師把我放下來吧，我保證乖乖的不亂跑。」

蒙泊國師道：「聽剛才明將軍的嘯聲在山腳下，以他的武功，算來大概無需一個時辰就可趕到此處。為免誤傷，小施主還是留在樹上為好。」

小弦一驚，聽起來蒙泊國師確實有與明將軍動手的意思，不知是什麼原因。他這一路上除了吃東西與方便的時候，都被蒙泊國師點了穴道昏然沉睡，連話也未說幾句，只是直覺他對自己並無惡意。又想到與宮滌塵在京師重遇的情形，心裡許多疑問都不及詢問，蒙泊國師既然與明將軍為敵，就應該是自己的朋友：「那我們現在說說話吧，晚輩有許多問題想請教大師。」

蒙泊國師不語，只是微微頷首。小弦本想問關於宮滌塵之事，但不知怎麼，得知她是女子身分，一時竟有些不好意思，轉轉眼珠，思索著應該如何把話題繞到宮滌塵身上。

「大師，你可知道御泠堂麼？」小弦終於開口。

蒙泊國師的回答只有兩個字：「知道。」

小弦只怕蒙泊國師不理自己，心想只要你回答問題，不怕問不出來：「大師遠在吐蕃，又如何知道中原武林十分隱秘的御泠堂呢？」

蒙泊國師回答更是簡明：「天下原無不透風之牆。」

小弦不得要領，心想宮滌塵提及蒙泊國師亦知她身分，嘻嘻一笑：「大師可收女弟子麼？」

蒙泊國師沉聲道：「滌塵曾對老衲說過，許施主若是問關於她的事情，無需隱瞞。」

小弦想不到蒙泊國師如此回答，暗自搖頭失笑。或許面對這位精通佛理、大智若愚的高僧，任何心機都無用處，倒不如開門見山，直接切入主題：「大師明知宮，宮大哥是女孩子，為何還要收她為徒？」

蒙泊國師竟然破天荒般歎了一口氣：「老衲曾欠她父親一個人情，所以明知她身世複雜，仍是傾力教誨。」

「宮大哥有什麼身世？」

「許施主既然提到了御泠堂，難道不知南宮世家麼？」

「啊！」小弦大吃一驚，幾乎從樹上摔下來：「難道宮、宮大哥是南宮世家的後人？她的父親就是御泠堂主？」

「不錯。」蒙泊國師道：「滌塵本是複姓『南宮』，為避人耳目，所以才以

『宮』為姓。」

小弦早就懷疑宮滌塵與御泠堂有關，卻從未想過宮滌塵來歷如此驚人。忽又想起一事：「大師曾說宮大哥是不肖弟子，莫非就是因為這緣故？」

蒙泊搖搖頭：「人之出世原是身不由己，倒也無可怪責。老衲只是惱她經過這許多年的清修，仍是堪悟不破，非要執意做那堂主之位！」

「宮大哥就是御泠堂主！」小弦瞠目結舌，只覺得天底下最荒謬的事情無過於此。難道鳴佩峰前那一場慘烈的棋局都是宮滌塵一手操縱的？水秀之死也出於她的授意？如果真是這樣，他寧可從來沒有聽到這個驚人的秘密。

然而，看著蒙泊國師沉穩的神態，不由小弦不信。良久後，小弦才結結巴巴地繼續問道：「那她父親就不做堂主了？」

蒙泊國師道：「南宮先生為尋御泠堂聖物『青霜令』，十二年前遠赴西域，雖找回青霜令，卻已身中奇毒，自知命不長久，臨終前才托孤老衲。而這十幾年來，御泠堂主本是滌塵之兄南宮逸痕，但他已失蹤三年，活不見人、死不見屍，多半亦出了意外……」

小弦急道：「難道這三年御泠堂主就是宮大哥？你可知在入京之前，她是否還去過其他什麼地方？」

蒙泊國師道：「這些年滌塵一直陪我在吐蕃，偶有外出，幾日就歸。」

小弦鬆了口氣，至少鳴佩峰之事與宮滌塵無關，又問道：「那麼宮大哥可與御泠堂四使有什麼聯繫？」

蒙泊國師緩緩道：「滌塵曾告訴老衲她並不知曉御泠堂詳情，如有選擇也並不願意摻與其中。只是，以目前的情形來看，她已是南宮世家的唯一傳人，這個堂主的位置也非她莫屬。」

小弦喃喃道：「可她到底想領著御泠堂做什麼呢？」

蒙泊國師垂首合什：「老衲只知三年前她曾得到過兄長南宮逸痕所留下的一件信物，據說與那青霜令頗有關連，三日前留在京中便是為此。其餘事情，老衲皆不知情。」

小弦心念電轉：怪不得宮滌塵雖然初次入京亦須易容更裝，想必因為簡歌、白石等人曾見過她兄長南宮逸痕，只怕從相貌上瞧出兄妹相似之處。簡歌簡公子既然名列青霜令使，青霜令多半就在他手裡，難道宮滌塵只是意在奪回青霜令？

蒙泊國師似是瞧出小弦心中所想：「許施主盡可寬心，老衲十分瞭解滌塵，她若無慧心，絕不可能將『虛空大法』修至『疏影』之境。所以雖有離奇身世，卻絕不會無緣無故惹來江湖風波，更不會妄害他人。」

小弦勉強一笑：「晚輩自然相信大師識人之能，若無慧眼，亦不會品評出京師六絕。」

蒙泊國師不緊不慢地道：「老衲確實曾對滌塵提及過京師人物裡只看重五人，卻不知許施主所說『京師六絕』為何？」

小弦奇道：「將軍之手、清幽之雅、知寒之忍、凌霄之狂、管平之策、泰王之斷，這難道不是大師所說的『京師六絕』麼？」

蒙泊國師搖頭道：「前五人不錯，泰王之斷是什麼？」

小弦一驚，如果蒙泊國師只提到過「五絕」，宮滌塵又為何要把泰親王加在其中？宮滌塵也不至於用這樣的方法討好泰親王，那麼她刻意召開清秋院之會的目的到底是什麼，看起來絕不僅僅為了解答蒙泊國師的那一道「試門天下」的難題……剎那間，小弦恍然大悟：清秋院之會讓明將軍與林青訂下了戰約，泰親王也有機會在京師中翻江倒海，而宮滌塵正是要激起泰親王的驕傲自得之情，從而誘其謀反。

枕戈乾坤，唯恐天下不亂。——這正是御泠堂的一貫作風！宮滌塵身為堂主，果然深諳其道。她究竟是要助明將軍登基，還是趁亂奪回青霜令，抑或另有目的？

一念至此，小弦恨不能背生雙翅，立即飛回京師，朝宮滌塵問個明白。

這一刻，小弦心底已產生了無數對宮滌塵的懷疑。她曾親口答應過自己，絕不會與林青為難。如果宮滌塵連這一點也無法做到，那麼再也無法堅持對她的最後一絲信任。

想到這裡，小弦雙目赤紅，大聲問道：「蒙泊大師，是不是宮大哥讓你來泰山的？」

蒙泊國師的回答卻大出小弦意外：「此事與滌塵無關。早在一年前，老衲就在為今天做準備。」

「大師，你到底要做什麼？」

蒙泊國師面容肅穆，抬首望月，一字一句道：「改變氣運！」

小弦被蒙泊國師神情所懾，略微一窒：「大師說的是什麼氣運？」

「萬物、眾生、國家、民族……皆有氣運。」蒙泊國師眼中射出一道似可刺破暗夜的光芒：「也包括名動天下、今晚決戰的兩大高手。」

小弦一愣：「大師是說林叔叔和明將軍嗎？奇怪，你又不是神仙，憑什麼知道那些鬼神難測的氣運。難道能算出林叔叔和明將軍的勝負？」

蒙泊國師深深吸了一口氣：「老衲早知，泰山絕頂之戰，明將軍必敗！」這輕聲吐出的一句話，卻幾乎震破了小弦的耳膜。

小弦愣了一下，他反應極快，立刻想到如果蒙泊國師真能算出明將軍必敗，那麼他改變氣運之舉豈不就是要對付林青，喘著粗氣大聲叫道：「你怎麼能這樣，快放我下來……」小弦才一開口，蒙泊國師袍袖輕拂，語聲頓時中斷。

當初在汶河小城時，追捕王亦曾用上乘內力迫得小弦無法呼吸，講不出話來。但蒙泊國師的做法卻不相同，小弦不停地說著話，聲音卻無法傳出，周圍彷彿立起了一道看不見的厚牆。他清楚地知道自己正在說著什麼，甚至可以感應到喉間與胸腔中的顫動，卻無法用耳朵聽到口中傳出的每一個字，這種奇特的感覺，就如同被一雙看不見的手緊緊捂住耳朵，每一句話僅在腦中迴響不休，根本不似從口中發出。

蒙泊國師淡然道：「許施主不必叫嚷，老衲絕不會對暗器王不利，只要你平心靜氣，老衲立刻收功。」看小弦點頭應承，又解釋道：「明將軍即將來此，被他聽到有人在此原也無妨，但就怕他一意與暗器王決戰，刻意避開老衲，那就不好了。」

小弦身邊的壓力霎時移去，拍拍胸口，放低聲音：「大師想要怎麼改變氣運？」

蒙泊國師反問道：「老衲自幼出家，原不過是光明寺中一個普通的僧人，許施主可知老衲為何有目前的成就？」此言雖有自傲之意，他卻說得不慍不火，似乎只是在陳述人人皆知的事實。

小弦惑然搖頭。蒙泊國師續道：「瞽者善聽，聾者善視，這世間每一個人、每一種生靈都有自己最特別的能力。而對於老衲來說，則是可以在夢中預知一些未來即將發生的事情。這種感覺由生而來，起初還不以為意，只當是湊巧，夢境時有時無，預測的事件或大或小，大多並無差遲。隨著年齡漸長，反令老衲心生惶惑，恐遭天遣，寧可將所感應之事封存胸中不對人言，直至老衲三十歲，精研了吐蕃黃教七卷十五經後，悟知世上萬物皆有其存在的道理與機緣，才明白這能力對於老衲來說雖是福禍難辨，但若能以此渡化世人移凶避禍，卻不失為一件功德。於是老衲潛心修習佛理，並借入定參禪之機充分體驗自身異能，亦因此而創出『虛空大法』……」

小弦半信半疑，喃喃道：「莫非那些未卜先知的神仙就是這樣？」

蒙泊國師道：「老衲仍是凡夫俗子之身，或許是冥冥中的真神借我之體喻示世人罷了。而且這預測並非隨心所欲，只是偶爾令老衲靈光乍現。」

小弦見蒙泊國師說得有板有眼，漸漸信之不疑，忽又興奮起來：「難道你夢見了明將軍敗給了林叔叔？林叔叔可是用偷天弓打敗他嗎？」

蒙泊國師沉聲道：「那只是一種隱隱懸於腦中玄妙的提示，可意會不可言傳。正如我們看見了遠處的一座山，相信其後定然還會有更高的山峰，卻不知那更高的山峰是何模樣。所以，老衲可以感覺到明將軍的失敗，卻並不知因何而敗。」

小弦撓撓頭：「可大師剛才說要改變氣運，難道你不希望明將軍失敗？」

「那是因為一年前，老衲忽生出一個感應。數年內明將軍將再度興兵征戰，血流成河，屍骸積山，而這一次的目標，卻是我吐蕃境內的幾十萬子民。明將軍與暗器王之勝敗與老衲無關，老衲所關心的，只是那些無辜百姓的命運與天下蒼生的氣運。」說到這裡，蒙泊國師少見地一聲歎息：「天意難測，有些事情或許根本無可更改，但老衲仍想勉力一試。」

小弦本就痛恨人與人之間殘忍的戰爭，此刻對悲天憫人的蒙泊國師既敬且佩：「大師想點化明將軍麼？」

蒙泊國師搖搖頭：「中原第一高手、朝中大將軍豈能被老衲隻言片語點化？或許只能憑武力解決。」

小弦猶豫一下：「明將軍被譽為近二十年來天下第一高手，大師可有把握制住他的流轉神功？」

蒙泊國師抬手在地上劃了一條線，他並未用上內力，線條入地不深：「如果許施主不用手擦除，有何方法能令這條線變短？」

小弦腦筋急轉，一時雖想出了無數花樣，比如吹口氣引來塵埃遮蓋等等，但看蒙泊大師法相端嚴，心知必另有巧妙的方法，不敢胡亂開口。

蒙泊國師指尖一揮，又劃了一條略長數分的線，一長一短的兩線並行。小弦醒悟過來，拍手笑道：「對了，這樣看起來原先那條線似乎就短了一些。」

蒙泊國師淡淡道：「比武爭勝也是一樣，根本無需顧忌對方有多強，只要能比他做得更好，便足夠了。」做為被吐蕃子民敬為天人的大國師，他無疑有著一份強烈的自信。

小弦心潮起伏，蒙泊國師有意無意的一句話，卻令他有一份難言的領悟。

蒙泊國師徐徐道：「不過，此事事關重大，老衲亦十分推崇『將軍之手』，唯恐失手反而會引起更大的災禍。所以雖然一年前就有此感應，卻還是等到現在方才入京。」

小弦問道：「難道這一年大師武功大進，足有能力擊敗明將軍？」

「老衲執意要替吐蕃子民消除這一場彌天大禍，任何手段也在所不惜。只恐力有不逮，所以還要借助兩個人的力量。」蒙泊國師面無表情，目光盯住小弦：

「一個是許施主，一個是暗器王。」

小弦一臉詫異：「我？我能做什麼？」難道蒙泊國師這樣的高僧也相信自己是明將軍的「命中剋星」？所以才特意帶自己來到泰山……而聽蒙泊國師的語意，既然明將軍失敗已命中註定，又何談改變氣運？難道蒙泊國師打算與林青聯手殺了明將軍？小弦越想越驚，脫口叫道：「大師想要如何？林叔叔要公平勝過明將軍，你可不能亂幫忙……」

蒙泊國師口中低低吐出一句藏語。小弦依稀記得在京城外那掛有「法」字的竹屋聽到的是同一句話，尚不及開口詢問，蒙泊國師忽然出指遙遙一點小弦，然後垂首閉目，就此入定。

小弦中指，剎時口不能言、全身動彈不得。他懷中的扶搖發覺主人有異，亦是輕輕一震。但不知是因為那愈來愈黑沉的夜色、還是因為那瀰漫的幽曠之氣，小雷鷹似乎也感應到了一份凝重的氣氛，老老實實地伏在小弦懷裡，一聲不出。只是用一雙鷹目盯著主人不停眨動的雙眸，鷹喙時而輕觸一下他緊張而興奮的臉容……

泰山最高處名為玉皇頂，從山腳下沿山道直上，途經岱宗坊、鬥母宮、壺天閣、中天門、雲步橋等數處各有情趣的風景。但明將軍一路上並不停留，不過一個時辰，已來到了泰山十八盤。

堪堪走完數百台階，明將軍心中忽起警覺，抬頭望去，但見夜霧深鎖的山腰，眼前上千石階不見盡頭，彷彿直通雲霄。而在距離他約六十步外，在那陡峭的石階邊，赫然有一位盤膝而坐、雙掌合什的老僧人。

對於明將軍這樣的高手來說，既使有人暗藏一側，至少也可令他早早感應到山風拂衣的聲響、目光遙望的灼熱、甚至包括毛孔皮膚的呼吸……但這一次，老僧出現得如此突兀，就如憑空變出來一般，而在相遇之前，那老僧彷彿已化為這山景、夜風、松濤、雲海的一部份，令人根本無從察覺。

明將軍出道近三十年來，第一次有人距離如此之近方被他發覺，

山風吹拂老僧寬大的僧袍，隱顯高大魁梧的身材。但他肅穆的面容卻在明將軍出現的剎那有一絲扭曲，依然閉目合什，忽緩緩開口道：「你來了！」簡簡單單的三個字聽在耳中，卻如同三柄鐵錘，重重擊在明將軍的心裡。

明將軍臉色不變，朗然大笑：「蒙泊國師，名不虛傳。」

蒙泊國師驟然睜眼，雙目開闔間閃過一絲奇異的紅光，迎上明將軍冷如刀鋒的眼神。

就在兩人對視的一刻，明將軍突然產生了一種錯覺：橫掠的山風中另有一股向上的浮力，將蒙泊國師的身體托於半空……隨即他就真的發現，蒙泊國師姿式不變，依舊是盤膝合什的模樣，但他的身體已然騰躍入半空，往自己疾速撲來。縱然是天下第一高手明將軍，此刻亦有一分猝不及防的恍惚，竟分不清這到底是因為眼中所見而得來的印象，還是因為自己的想像才引發了對方的行動。

令對方不知不覺中產生時間與空間的誤差，從而一擊功成。這正是「虛空大法」之無上奧義！

最奇怪的是蒙泊國師這凌空一躍氣勢驚人，卻並沒有激起半分勁風，彷彿他那高大的身形已化夜色中的一片虛無，無聲無息地掩近明將軍。

就算明將軍身經百戰，也絕未想過蒙泊國師乍一見面便先行出手。此舉雖談不上偷襲，無疑大不合吐蕃國師的身分。此刻明將軍身處石階之上，左右皆是崖壁，根本無從閃躲，除非往後急退以避鋒芒。但他心知蒙泊國師居高臨下，可將武功發揮至頂峰，自己稍有怯戰之意必令對方氣勢高漲，縱然能無恙閃過第一招，卻再也無法搶得先機。

明將軍雖驚不亂，神情鎮靜，腳步急停，曲膝沉腰，微微下蹲數寸，雙手由內而外翻為陽掌，十指交叉，虛按胸前半尺空處，手臂似曲似張，懷抱若馳若閉，全身肌肉盡數綳緊，卻在力道將泄體的一剎強自收縮，那情形就彷佛有一道看不見的線拉扯住他即將凌空飛起的身體，只要再稍加一分外力，便可脫開綁束，沖天而出。

這瞬息間，明將軍的面色由青至白至紅急變，流轉神功已彙聚雙掌。面對出道以來少見的大敵，他不得不盡出全力一戰。

蒙泊國師來勢極快，在空中卻一直保持著盤膝而坐的姿式，飛臨明將軍身前五尺時，方才發出一聲低沉的佛號，身體驀然舒展，四肢箕張，彷佛在突然伸了一個懶腰，而他空門盡露的胸膛，則正對著明將軍蓄勢待發的雙掌。

難道蒙泊國師竟敢用血肉之軀抵擋明將軍的流轉神功？

就在明將軍雙掌快要接觸到蒙泊國師胸口千鈞一髮之際，蒙泊國師一聲狂嘯，張開的四肢閃電般彈回，身體在空中不可思議地一滯，驀然縮成一個圓球，而彈回的雙手雙腿則不偏不倚地封在明將軍雙掌進擊的路線上。

與此同時，一道厚重沉凝的氣牆後發先至，帶著山崩海嘯般的撕裂之聲，撞在明將軍的護體神功上。彷佛剛才蒙泊國師從石階上縱躍而起後帶起的勁風，直到此刻方才趕至對戰者身畔。

明將軍亦在同時發出一聲大喝，鬚髮皆揚，橫於胸前的雙手左掌緩收、右掌疾發，閃電般擊出。這一掌沒有任何花巧，偏偏卻劃出一道詭異的弧線，那是因為右掌在行進過程中以肉眼難辨的節奏不停揮擺，引起周圍空氣的急速顫動，乍看之下才令人生出這樣的錯覺。

明將軍的單掌，是否能接下蒙泊國師的四肢齊至？中原與吐蕃兩大絕頂高手在泰山十八盤上全力交手，會否立判生死？

「砰」地一聲巨震，蒙泊國師左手與雙腿皆擊在空處，卻迫得明將軍的右掌再無變招餘地，兩人右掌結結實實地硬碰一招。蒙泊國師的身體彈起一丈餘高，堪堪撞在崖壁上。蒙泊國師雙手齊出，在空中抓住一根垂下的藤蔓，腰腹用力，身體不停上下翻騰著，越升越高。

而明將軍面色慘白如雪，呼吸短而急促，目光望著崖壁上的蒙泊國師，既不追擊，亦無退縮，冷然道：「想不到初次相見，國師就送上如此大禮！」

蒙泊國師沒有回答，竟就此消失在夜色中。

在明將軍的腳下，幾級石階盡碎。而距離他前方幾步處，殷紅的鮮血斑斑點點，映在青色的石階上，觸目驚心。

小弦人在樹頂，雖然眼可視物，卻根本未看清明將軍與蒙泊國師剛才那驚天動地的交手。但隨著這一招擊實，扶搖兀然振羽高飛，復又匆匆鑽回小弦的懷中，神態竟是前所未有的惶急。而小弦則是口鼻一窒，周圍的空氣似乎一下子被抽乾，全身忽然酸麻難耐，彷彿被無數把鋒利的小刀輕輕刺中。若非他被點穴道口不能言，定會叫喊出聲……

明將軍靜立片刻，再度沿石階緩緩前行，當經過小弦藏身的樹下時微微一停。小弦心中一緊，知道已被明將軍發覺。雖然前幾次遇見明將軍時他都是和顏悅色，但此等情形下相見，誰知道他會如何對待自己？

明將軍卻僅僅停頓了一下，並沒有什麼異常之舉，再深吸一口氣，面色如舊，緩緩拾階上山而去。

小弦稍稍放下心來，只覺眼睛酸澀無比，明明望著空氣中無塵無埃，卻又能感應到有許多細小的、看不見的顆粒從空中悠悠落下，彷彿依然在延續剛才那驚心動魄的一幕。

明將軍與蒙泊國師這番交手雖然如眨眼般短暫，但在小弦的感覺裡，竟是如此漫長無休。

小弦正胡思亂想間，忽然身體一輕，穴道已被解開，蒙泊國師不知何時已悄然來到他身邊。

「若非老衲親身嘗試，無論如何想不到天底下竟有這般霸道的內力。好一個流轉神功，好一個明將軍！」蒙泊國師自言自語般喃喃道，略帶懊惱的神情中似乎還有一份被對手激發的鬥志。

小弦聽著蒙泊國師粗重的喘息聲，望著石階上的血跡，猜測這一戰只怕是蒙泊國師敗了，輕聲問道：「大師傷得重麼？」

蒙泊國師卻道：「許施主不必擔心，流轉神功雖然厲害，卻未必能傷得了老衲。只是因為老衲強運『虛空大法』之第四重『陵虛』，才被自身功力反挫，儘管現在只餘七成功力，並且絕不能與人動手過招，但只要休息十日，便可無礙。」一言未畢，又是幾聲輕咳，嘴角流下一絲血線。

小弦本對蒙泊國師不無敬意，但聽他明明咳血負傷，更是只餘七成功力，口中卻還如此強硬，心裡反而隱隱生出不屑之意。蒙泊國師把小弦臉上的神色盡收眼底，也不多做解釋，指著遠處一座小山峰道：「那裡應該可以看到明將軍與暗器王決戰的情景，久聞暗器王的偷天弓之名，卻不知是否真有傳聞中令鬼神皆懼的威力？」

小弦大喜：「原來我們還可以親眼看到他們決戰啊，現在就去吧。」

蒙泊國師道：「明將軍武功如此厲害，為何你卻不為暗器王擔心？」

小弦嘻嘻一笑：「大師你不是說此戰林叔叔必勝嗎，我當然相信你。」話雖如此說，但見到蒙泊國師一招內敗給明將軍，似乎並沒有自己想像中的本事，對他的預測也不免產生了一點懷疑。

蒙泊國師眼望蒼穹，眉稍糾結，不知在想著什麼。兩人各懷心事，靜默一會兒，蒙泊國師忽生感應，伸指按在小弦唇邊。

小弦知機，立刻將呼吸放輕，凝神往樹下看去……

只見一道黑影鬼魅般從樹下飄過，投入一片密林中，再無任何動靜。若非蒙泊國師耳目極好，只怕會當做是什麼山中野獸。

「他是誰？不是只有林叔叔和明將軍能進入泰山麼？」等那道黑影去遠後，小弦在蒙泊國師耳邊輕聲詢問道。

蒙泊國師臉上現出一種恍然大悟的神情：「看來，想要明將軍性命的人，並不止老衲一個。」

明將軍緩步走過十八盤、南天門，再行一柱香時分，山道已盡，眼前豁然開朗，林木插天，潺溪靜淌，已至東嶽泰山最高峰——玉皇頂。

峰頂上一片寂靜，一位藍衣人懶洋洋地靠倚在一棵大樹邊，英俊的面容上掛著一份似有似無的笑容，令人心生親近，正是暗器王林青。

「明兄終於來了。」林青望見明將軍，含笑相迎，但見到明將軍的神態略顯萎頓，似已負有內傷，愕然止步發問：「半山腰是何人？」

林青早聽到山腰之聲，知道來者孤身一人與明將軍交手一招，卻未想到竟可令明將軍負傷。要知明將軍一路上山準備與林青決戰，已臻至最佳狀態，縱然數名武學高手蓄勢偷襲，也未必能抵擋住流轉神功反擊之力，由此來看，對方武功亦達到了超一流的境界，普天之下，有如此能耐者屈指可數。

明將軍苦笑一聲：「是吐蕃的蒙泊國師，他也未能討到便宜，三五天內，應該絕無能力再與人過招。」

林青明亮如星的雙眸微微一瞇，就像兩把鋒銳的寶劍：「既然如此，我可以再等幾天。」雖然早在兩月前就訂下了戰約，但堂堂暗器王當然不會趁明將軍負傷之際出手。

明將軍眼中閃過一絲欣賞：「林兄不必如此，早定好的時間豈能不遵？現在離子時尚有近一個時辰，已足夠我回氣了。」

林青微微一笑：「明兄未免太自信了吧。此戰小弟已等了六年，自然不在乎多等幾天，即便正月十九之約無可更改，卻也未必非要是子時……」他目光精準，瞧出明將軍之傷並非表面上的若無其事，恐怕有一日的時間也不一定能復原，故有此言。

明將軍哈哈大笑：「林兄勿急，在交手之前，我還要先說明兩件事情。」

「明兄請講。」

「第一，京師形勢早已在我掌控之中，無論明某此戰勝負如何，都不會影響大局，林兄盡可全力出手，無須有任何顧忌。」

林青長吸一口氣，臉現肅容，只說了一個字：「謝！」

明將軍繼續道：「第二，雖有五千官兵封山，但此刻的泰山之中，絕不僅僅有你我二人，除了蒙泊國師，另外還藏有數名高手。雖然我們現在感應不到他們的存在，但我可保證，待你我戰罷，下山途中必會遭遇意想不到的伏擊！」

林青眉梢一挑：「泰山方圓數里，將軍今夜初至，如何能知道得如此詳細？」

明將軍歎道：「實不相瞞，泰山之中亦早留有眼線，不會放過任何上山之人的蹤跡。並非明某信不過林兄，而是迫於京師形勢，不得不如此。事實上這兩個月中表面看來將軍府毫無行動，任憑泰親王佈置，其實暗地裡博虎團精兵早已分別混編在禁軍之中……」以往明將軍率軍出征，帳下有一支二百人的親兵，皆是武功高強、智勇雙全的忠誠死士，人稱「博虎團」。明將軍回京為防當朝皇帝之忌，特意下令解散博虎團，而實際上這二百人卻是化整為零，安插在京師與全國各處，只需明將軍一聲號令，便可集結起來。隨著泰親王謀反之意漸濃，這二百死士亦成為明將軍扭轉京師形勢的潛在力量。

而山腳下藏身石碑中的那人，也正是博虎團中一名精通縮骨之術、心志堅毅的死士。

林青一擺手：「事關將軍府之機密，明兄不必多言，小弟信得過你，也無意沾染京師權利之爭。」

「可惜林兄雖是浮雲野鶴的性子，偏偏有人卻不想讓你逍遙。」明將軍呵呵一笑：「在山腳下我接到心腹密報，這五日內他已見到七名高手潛入泰山之中，估計總共至少應該有十餘人，林兄可知他們是何來歷，有何動機？」

林青冷笑：「這些人好大的膽子。按理說泰親王與太子在京師自顧無暇，應無可能再派人來此，莫非是江湖上的高手？」

明將軍道：「我本亦是如此想。但從京師臨行前卻發現了不少蛛絲馬跡，綜合考慮，已大致猜出一些端倪。」他沉沉一歎：「京師三派之爭愈演愈烈，大家只顧著擴充自己的實力打壓對方，卻都忽略了一個人。而這個人，才是最不希望我活著回到京師之人。」

林青一震，思索道：「山下五千官兵絕非擺設，偶爾一兩個高手潛入還情有可原，斷無可能十餘人齊至不被察覺，多半是官兵有意放行，由此看來……」說到這裡，明將軍已是緩緩撫掌，兩人彼此對視一眼，更加肯定了這個判斷，林青輕輕一歎，沒有繼續說下去。

明將軍沉吟道：「所以，你我一戰後，敗者固然元氣大傷，勝者也絕不會輕鬆。而等到那時，這十餘名高手再擇險地一齊出手……嘿嘿，只怕過不了幾天，你我在泰山絕頂之上同歸於盡的傳聞就將傳遍江湖。」

林青劍眉一揚，手指左方不遠處一座小山峰：「那裡名為觀日峰，據說可見到東海日出之景。小弟先行告辭，今夜明兄好好休息，明晨五更你我便在觀日峰相見，不知明兄意下如何？」

明將軍先是一怔，立刻明白了林青的意思：「久聞泰山日出奇觀，若能在觀日峰頭與林兄一戰，於願已足。」又淡淡一笑，悠然道：「不過明某還要提醒一下林兄，殺人容易，留活口無疑會耗費更多的體力，可莫不等我出手，林兄就先行倒下了。」

林青哈哈大笑：「小弟從不自命俠義，生死關頭亦不會有婦人之仁。」手撫偷天弓，頭也不回地下山而去。

蒙泊國師自知內傷頗重，不宜與人動手，帶著小弦小心翼翼地避開山中暗藏之人，等來到那座無名山峰上時，已近初更。

兩人找個山洞，剛剛坐定，就有一聲慘叫從山下遙遙傳來。小弦聽得真切，一驚：「這是什麼聲音？」

蒙泊國師頗為讚賞地點點頭：「暗器王果然是個英雄！」

小弦睜大眼睛往山下望去，黑沉沉的什麼也瞧不清楚：「是林叔叔嗎，他在和什麼人交手？」

一道亮光從山中傳來，似是寶劍寶刀反映月光所致，旋即又聽到幾聲慘叫。小弦大奇：「這些人到底是誰？林叔叔為什麼要和他們動手？難道是將軍府的人？」

蒙泊國師道：「許施主恐怕猜錯了，這些人非但不是來自將軍府，反而是對付明將軍的。」

小弦驚道：「難道是泰親王的人？」

蒙泊國師搖搖頭，緩緩道：「京師之中，最忌明將軍之人並不是泰親王與太子，而是當今天子！若是老衲所料不錯，這些人都是大內高手。」

這句話登時震醒小弦。京師三派之間的矛盾說到底就是權利之爭，而無論誰總攬大權，都是當今皇帝最不願意看到的一幕。所以趁明將軍與暗器王泰山決戰之機，另派大內高手暗中行刺。當局者迷，旁觀者清，京師諸人沉陷於彼此爭鬥中難以自拔，反倒是來自吐蕃的蒙泊國師將其中的關鍵看得一清二楚。

小弦依然不解：「可是，這些大內高手既然要對付的是明將軍，為什麼反倒先和林叔叔動手了？」

「所以老衲才讚一聲暗器王英雄了得！」蒙泊國師慨然道：「明將軍受老衲一掌，已受內傷。暗器王不願乘危出手，所以代他解決這些人，自己也不免有所消耗，好讓決戰變得公平些。」

小弦恨聲道：「這算什麼公平？明將軍只不過和大師交手一招，林叔叔卻要與這些大內高手生死決戰，說不定受的傷會比明將軍更重……」說到這裡，自覺頗有些瞧不起蒙泊國師的意思，悻然收聲。

蒙泊國師道：「許施主不必多疑。老衲那一掌，已足令明將軍死在暗器王之手！」

「啊！大師那一掌如此厲害？」小弦吃了一驚，回想十八盤石階上兩人交手的情形，似乎只是蒙泊國師吃了大虧，並未瞧出明將軍受到什麼了不得的傷害，對蒙泊國師的話不免半信半疑。

蒙泊國師並不多解釋，眼望黑黝黝的山中不時閃現的亮光，計算著林青出手的次數：「七、八、九……唔，絕頂之戰最大的可能只會是兩敗俱傷，那時縱然明將軍與暗器王並肩聯手，也絕難抵擋這些大內高手的襲擊，此計本是狠毒。但可惜他們為免暴露行蹤，不得不分散隱藏在山嶺各處，每個人的武功雖可算是一流，單打獨鬥卻差了暗器王一籌，縱然有頑抗之力，最終亦難逃被逐一擊斃的命運……」

小弦驚道：「林叔叔殺了他們？這又何必？」

蒙泊國師漠然道：「皇帝無故殺妄大臣，自難讓天下人心服，事後絕不會留任何活口。而一旦事敗，天子為求聲名，不計代價也會殺人滅口，這些大內高手此刻不死，明將軍與暗器王日後都會有甩不掉的麻煩，或許還會連累他人。所以暗器王下手雖辣，卻是明智之舉，表面上只救了三個人，其實卻救了更多的無辜……」

小弦忍不住插言道：「三個人？除了林叔叔和明將軍，還有一個是誰？」

蒙泊國師輕聲一歎：「許施主身無武技，老衲如今已不宜與人動手，那些大內高手事後絕不會放過我們。所以，暗器王不但救了他自己，也救了老衲與許施主的性命。」

小弦聽得一知半解，茫然點頭。突然體會到蒙泊國師的話外之音：明將軍似乎已註定要死在林青之手！蒙泊國師為何有如此把握？他與明將軍對的那一掌，到底有什麼神奇的秘密？

慘叫一共響了十三聲，等林青踏上觀日峰時，已近四更。

林青一身衣衫雖已濕透，左肩、右腿上亦掛了彩，面容上卻是神采奕奕，不見絲毫疲態。這三個時辰內他不但搜遍大半個泰山，還分別與十三位武功一流的大內高手交戰，經過這一番激鬥，潛能盡數被激發，體力雖消耗大半，對武學的理解卻又深了一層。

明將軍盤坐山頂上，望著走來的林青微微一笑：「看此情景，現在輪到明某給林兄留一些調息的時間了。」

林青哈哈大笑：「這十三人加起來，只怕也及不上蒙泊國師的『虛空大法』。」話雖如此說，但明將軍已運功良久，此消彼長之下，林青亦知現在的自己難以抵擋明將軍的流轉神功。

明將軍眉頭略鎖：「不過我總覺得蒙泊國師當時未盡全力，卻寧可咯血負傷遠遁，不知他打的什麼主意？」

林青道：「這些先不去管它，我只怕這山中尚有漏網之魚，雖無法對我們構成威脅，但若是回報京師，只恐後患無窮。」

明將軍大笑：「林兄果然不懂為官之道。縱有漏網之魚，事後也只會逃得越遠越好，一旦入京，等待他的只會是殺頭大禍。」

林青一想也是道理，畢竟明將軍軍權在握，只要他不公然挑破皇上派人伏殺之事，皇上亦只會睜一隻眼閉一隻眼，而且勢必將那些大內高手盡數滅口。面對即將到來的與明將軍的決戰，林青不再多言，盤膝坐在明將軍身前五步外，閉目調整體內紊亂的內息。

明將軍望著林青英俊的面容，低聲道：「林兄如此托大，不怕明某趁機出手嗎？反正此刻並無外人在旁，事後就說你敗於我手，又有誰知真假？」

林青眼也不睜，悠然答道：「明兄何必開我玩笑。莫說你並非這樣的人，就算你有此想法，恐怕也無法抵擋與小弟盡力一戰的誘惑吧。」

明將軍輕輕歎道：「林兄可算我平生第一位知音。不過，我此時卻有一種很不好的預感……」他微一停頓，緩緩道：「我怕自己會真的敗了！」

林青淡淡道：「求敗不正是明兄的目的嗎？」

明將軍沉思良久，方才開口：「林兄錯了，我並不是想求敗，而是希望面對失敗時可以激發我求勝的欲望，從而在武道之荊途再踏前一步！」

林青微笑：「有此頓悟，明兄已跨出了新的一步。」明將軍聞言一怔，亦撫掌而笑。

林青續道：「小弟於昨日清晨到達泰山，在玉皇頂等待明兄的這一日的時間裡，明兄可知小弟想得最多的一個問題是什麼？」

明將軍搖頭：「請林兄直言。」

林青驀然張開雙眼，直視明將軍：「六年前在幽冥谷一戰歷歷在目，我在想：高手之間的武功對決，第一招往往是決定成敗的關鍵。以強凌弱大多先發制人，以雷霆之勢一舉摧毀對手；以弱擊強則多是後發制人，故露破綻誘敵強攻，伺機尋隙反擊；但當兩個同級別的高手相遇時，如何能從對方完美的防禦中找出破綻才是第一個難題。第一招，應該如何出手？」

明將軍長聲一歎：「這亦是我的困惑，不知林兄可想出什麼結論？」

林青道：「小弟的結論是：只有等到出手的那一刻，才會知道何時是出手的時機。」

這一句看似矛盾的話，卻令明將軍眼睛一亮，沉吟良久後吐出一句更為古怪的話：「所以，我們不必去想應該何時出手，而是應該等待某種神秘的機緣喚醒彼此出手的欲望！」

林青含笑不語，深吸一口氣，重新閉上雙眼。只有在絕頂之戰即將到來的一刻，兩個似敵似友的「對手」才能體會這蘊藏著武道奧秘的語言。

這之後，林青與明將軍都沒有再說一句話，各自屏息靜氣，一面調整內息，一面等待著那「神秘的機緣」。

五更將至，天空驀然黑暗下來，這是黎明前最陰沉的虛無，亦是光明君臨大地前最濃重的色彩。

小弦再也按不住滿腹疑惑：「大師，你是不是給明將軍下了毒？」

蒙泊國師不答反問：「何為虛空？」

若是平時，小弦定然想也不想就給出一個答案。但這一刻，卻是一個字也講不出來。

蒙泊國師自言自語般道：「記憶或是虛空，然而每每回想過去難忘的情景，我們可以重新感覺到那時的山之雄奇、水之晶瑩、花之色香、風之氣味；夢境或是虛空，卻不時與日夜所見吻合無間，固可一夢黃粱，恍惚匆匆一生，亦可避隱田園，托夢以渡濁世；死亡或是虛空，然而既有青史留名之士以供後輩瞻仰，亦可求取來生重墮人間，再度體驗百丈紅塵；莊生夢蝶，惑然不知是蝶入己夢還是己入蝶夢，或許二者本無區別，只是偶爾同入一夢，自以為演一場生死，卻不過是夢中臆想；到最後，才明白原來所有的一切都源於我們的感覺，虛空的盡頭又可轉化為實，輪迴千年永無休止……」他的語聲平靜無波，但每一個字句都勾起小弦無數遐想，竟覺得自己在這世間的數十年喜怒哀樂，也只不過是另一個毫不相關的人做了一場關於江湖、關於恩怨情仇的大夢，一覺醒來，了然無痕。

蒙泊國師手指前方：「老衲可以告訴許施主，明將軍與暗器王此刻就在對面的觀日峰上，但你看到了什麼？」

小弦運足目力，只看到重重黑暗，哪能見到半個人影。

蒙泊國師緩緩續道：「所以，眼中所見、耳中所聞、鼻中所嗅、心中所感未必就是真實。這，就是『虛空大法』的妙諦！」

小弦總算稍稍明白過來：「大師剛才對明將軍施了『虛空大法』？」

蒙泊國師點點頭：「老衲強用『陵虛』之術，拚得受傷，就是要讓明將軍產生一種時間與空間的錯覺，當他以為自己武功已完全恢復時，其實根本無法完全控制自己的真氣運行，而這一點點錯覺，就已註定了天下第一高手的第一次失敗！」

小弦忍不住道：「林叔叔才不要勝之不武，就算沒有大師的『虛空大法』，他也不會輸給明將軍。」

蒙泊國師長歎一聲：「暗器王武功或能勝過明將軍，卻無法取其性命。為了天下蒼生，老衲必須如此！」

小弦道：「你既然一定要明將軍死，為何不親手取他性命，何必借林叔叔之手？難道就只是因為不願開殺戒？可明將軍確實算是間接死於你之手，這樣又有什麼區別，豈不是自欺欺人？」

「老衲並不介意開殺戒。」蒙泊國師沉聲道：「只不過一來自度未必能勝過明將軍，甚至沒有與之同歸於盡的把握；二來若是明將軍死於老衲之手，吐蕃國的災難就會因之而起……」

小弦既使痛恨明將軍，此刻心中亦生出不平：「我不喜歡這些陰謀詭計，大師也算是得道高僧，難道就沒有其他的方法，非要染指罪孽嗎？」

蒙泊國師眉頭一沉，低聲吟詠，正是那一句小弦聽過兩遍的藏語。

「這到底是什麼意思？」小弦話才出口，驀然眼前一亮，一輪紅日已在東天升起。

小弦抬頭看去，剎時驚得目瞪口呆。天幕由漆黑而逐漸轉白、漸紅，直至耀眼的金黃，然後噴射出萬道霞光！

與此同時，對面觀日峰頂的兩條人影驟然騰入空中，映照在那一輪冉冉飛升的紅日中，仿若仙人。

一道人影似已飛出紅日之外，卻在半空中生生止住去勢，靜立在一棵大樹之上，在他手裡，一把弧月形的長弓已拉至滿弦，龍吟之聲響徹山谷。

東升旭日躍出地平線的瞬間，林青與明將軍皆在同一時刻感應到了那「神秘的機緣」，不約而同騰躍而起，在空中對擊一掌後向後飄開。

林青與明將軍相距十餘步遠，各自站在崖邊橫生的一株大樹上，遙遙對視。

偷天弓已執在林青手中，英俊的面容上憑添一份令人心悸的殺氣，偷天弓緩緩地、一寸一寸地拉開，直至滿弦。

偷天弓弓胎為千年桐木、弓弦為火鱗蠶絲，弓柄則是名為「舌燦蓮花」的大蠓之舌，皆是上古神物，此刻面對強敵明將軍，似乎激起靈性，發出綿延不絕的龍吟之聲，弓柄更是變得血紅，隱隱顫動，彷佛那死去的千年大蠓重又復活。然而，最令人驚訝莫名的是：弓上並無箭支！

在林青開臂拉弓這段期間裡，明將軍至少已瞧出了他身形上的四處破綻，卻被偷天神弓的變化所懾，未能出招。而等到弓至滿弦，面對林青的沖天氣勢與那一往無前、全無畏懼的凜冽眼神，明將軍再也找不出半點破綻，反而自己全身上下已被偷天弓的威力罩住，只能全力防禦，不敢稍動半分。

明將軍訝然發問：「箭在何處？」

林青傲然一笑：「天地萬物，皆可做箭！」說話間他頭頂一根粗短的樹枝突然斷裂落下，林青左手驀然一鬆，弓弦急顫，一股真氣已隨弓弦彈出……

那根樹枝猶如被一隻看不見的大力擊中，疾如閃電般射向明將軍的右胸。

兩人六年前在幽冥谷中第一次交手，林青集全身之力發出巧拙大師留於笑望山莊暗道中的「換日箭」，卻被明將軍先以楊霜兒頭上銀簪格擋，再以七重流轉神功凝氣成球，於胸前硬接一箭，雖然明將軍咯血負傷，換日箭亦被其無上神功震得粉碎。

而此次再度交手，林青發箭竟是如此隨意！

「好！」明將軍吐氣開聲，足尖用力，腳下樹枝一沉，身體疾落半尺，本來射向胸口的一箭已觸及唇邊，正迎上明將軍那一口先天真氣。

樹枝如同被一柄透明的寶劍從中剖開，齊整整地分為兩半。然而這一箭上不但蘊含偷天弓強勁的弦力，更含有林青沛莫能禦的真力，一分為二的樹枝並不變向，仍是朝明將軍口中射去。一旦擊實，恐怕不僅是唇破齒斷，而是裂齶穿顱之禍。

說時遲、那時快，明將軍猛然甩頭，那烏黑透亮的長髮漫捲而起，如一道牆壁般遮在口邊。

「絲絲」聲不絕入耳，兩截樹枝被長髮捲飛，數十縷黑髮亦從空中飄下，接觸到兩人相交的氣勁，頓時化為齏粉。

林青一箭無功，明將軍已借足下樹枝反彈之力騰躍而起，左拳護胸，右掌疾伸，掌緣隱泛金光，拍向林青執弓右臂。

弓弦聲再響，這一次並無箭支射來，但那空無箭矢的弓弦卻帶起一股強悍的氣流，豎直如刀，剖開晨霧，朝明將軍劈面襲去。

明將軍大笑：「好一個天地萬物、皆可做箭！」他身體懸空，無法閃避，擊向林青手臂的右掌只得變招急斫而下。一聲裂響，明將軍右袖已被劃開一條大縫，而這凝氣成型的無形之箭射在他掌中，竟也隱隱發出一記金石相交之聲。

兩招交手，明將軍雖是稍落下風，但他已撲入林青身前五步，右掌疾晃如下，重又集結真力，復又拍向林青小腹。在這樣短的距離下，弓箭已無效用，林青又如何抵擋「將軍之手」？

「嗖」！好個林青，電光火石間竟仍有暇再度拉緊弓弦，但這一次並沒有射出箭，他竟然在剎那間反手執弓，左手握緊弓弦不放，右手一鬆，反將弓胎彈出，正撞在明將軍疾至的右掌上，空出的右手凝指成爪，斜撩明將軍面門，袖中突又彈出二道黑光，分別射向明將軍雙目。

無論在任何情況下，暗器之王都有足夠的應變攻敵之必救！

明將軍不料林青應變奇速，抬頭後仰避過刺目暗器，右掌已不及變化，弓梢尖正刺在他掌心勞宮穴上，卻連一道白印都沒有留下，渾如鐵鑄。明將軍大喝一聲，蓄勢一掌終於擊實，內力如洶湧澎湃的狂潮急撞在偷天弓上。

林青執在弓弦上的左手三指一熱，流轉神功沿弓而來，尋隙直沖脈門，迫不得已下只好將右掌收回，疾按在偷天弓柄上，方免脫手。腳下一聲脆響，立足的樹枝抵不過兩人力道的衝擊，終於折斷。林青腳下一空，身體不由自主朝下落去，而明將軍的右腳已無聲無息地反踢而上，鐵膝帶著勁風，撞向林青的小腹，兩人貼身肉搏，相距太近，這一膝竟是無可閃避……

千鈞一髮之際，林青雙手疾沉，偷天弓弦猛然搭在明將軍的膝上，雙方兩股相反的大力相碰，弓弦再度緊繃，就在明將軍右膝觸及林青小腹的剎那間，弓弦已拉至極致，驀然反彈。

偷天弓弓力超強，箭支可攻千步之遠。弓弦滿勢一彈幾乎非人力所能抗拒，這一下就彷彿偷天弓將兩人一上一下射了出去，林青高高彈起數丈，而明將軍則疾速下沉。

明將軍落地時微一踉蹌，右膝畢竟是血肉之軀，已被弓弦割傷；而林青身在空中，已覺氣息不暢，腹痛欲墜，明將軍那一膝雖未擊實，但那雄渾的內力已迫入他丹田。

不過一眨眼的工夫，兩人已交手數招，各受輕傷，卻全無避讓怯戰之意。幽冥谷交鋒不過是此次絕頂之戰的前奏，這六年裡兩人無時無刻不在揣摸對方的出招變化，可謂知己知彼。所以乍一交手，皆是盡出全力毫不留情。

林青勝在變招奇速，偷天弓力勁不可擋；明將軍則勝在功力深厚，舉手投足都可造成巨大的殺傷力。兩人以攻對攻，勝負瞬間可決！

明將軍端立原地，望著林青從高空頭下腳上俯衝而至，右掌由腹至肩劃一道美麗的弧線，從下至上迎擊，口中尚大笑道：「痛快痛快，與林兄一戰足慰平生！」

林青亦是一聲長笑：「林某與君同感。」急落的身體忽在空中不可思議地一滯，翻個跟斗，並不硬捋明將軍右掌全力一擊之鋒芒，腳尖輕點樹身，借力再度沖天而起，人在空中，偷天弓弦再度拉緊，一道氣箭又將搶射而出。

然而這一次明將軍卻不容林青再放無形氣箭，流轉神功由「劈」字訣急變為「黏」字訣，右掌按在樹上，如影緊隨林青騰空而起，速度竟比林青更快數分。就在林青開弓放箭的剎那，明將軍手臂驀然暴長數寸，一把就握在偷天弓弦之上。

林青處變不驚，右手一擰，弓梢反點明將軍手腕「三焦穴」，明將軍緊握弓弦不放，手腕橫掠，避開林青這一招；林青撮唇吐氣，口中發出氣箭襲向明將軍雙眼，明將軍擺頭沉肩，一直護於胸口的左手突然擊出；與此同時，林青亦左手放開弓弦，駢指點向明將軍胸前……

這一刻，林青的偷天神弓固然無法盡展其長，明將軍最具威脅的右掌亦不敢鬆懈，兩人足踢周圍樹木，身體在空中飛行不停，左手已連環交接數十式，迭遇險招。明將軍內力雄渾，幾番強奪偷天弓，但林青運起「雁過不留痕」的輕功，高大的身體彷彿化為一根輕飄飄的羽毛，隨著明將軍去勢起伏，竟讓明將軍奈何不得，幾度欲強以真力攻入林青體內，但林青應變奇快，巧招頻出，又不時發出細小暗器，令明將軍無暇旁顧。

激鬥數招後，明將軍久攻無果，忽覺丹田漸枯，略感焦燥，竟是體內功力欲要耗盡的跡象，這可是他修成七重流轉神功後從未有過之事，心知若再不能一股作氣奪下偷天弓，等林青拉開距離發箭，已是有敗無勝之局。

恰好兩人勢盡將要落地，明將軍猛然一聲大喝：「放手！」先出腳踢在一棵大樹上，保持身體平飛之勢，右掌強將偷天弓弦繞於腕間，回掌亮肘，頂向林青胸口膻中大穴；同時將剩餘的功力皆集於左掌，瞅準林青的掌勢，全力硬擊。

而此刻林青也正欲變招奪回偷天弓，出腳踢樹時足尖一勾，身體突然止於半空，亦是大喝一聲：「放手。」兩人力道相左，右手各自往回一帶，左掌已不可避免地相接……

「砰」地一聲大響，這全力一掌終把兩人分開。明將軍如離弦之箭一般彈出，堪堪落在崖邊，差半尺就會跌入萬丈懸崖。林青卻以腳尖為圓心、單足為軸，繞著那棵大樹平平轉起了圈子，偷天弓依然留在他手裡，而在明將軍的右手裡，卻拽著半截斷弦。

火鱗蠶絲所製的偷天弓弓弦經不起兩大高手的全力拉扯，竟然折斷！

林青遇挫不亂，趁對方立足未穩，急旋的身體猶如石子般拋出，掌中偷天弓直指明將軍腰脅下三寸，竟是以弓做棍，使出一招滄洲華家棍法中的「蒼龍出水」。

滄洲華家棍法乃是武林中入門的平常功夫之一，這一招「蒼龍出水」亦遠非什麼精妙的招式，但林青卻在最合適的時機選擇了最合適的一記招式，時間角度拿捏得精準無匹，令明將軍有一種欲避無門的感覺。他此刻背處懸崖，如果硬接林青這一擊，只怕會被擊落崖底，但只要他稍有退讓，林青便可搶得先機。

明將軍悶哼一聲，腳下一沉，陷地半尺，身體不避不讓，右掌疾揮，手中的斷弦先擊在偷天弓柄上，將林青這一式完美無缺的「蒼龍出水」擊偏少許，而這片刻的偏差，已足夠「將軍之手」再度抓住偷天弓柄，只要能抗住林青攜勢而來的衝力，他有足夠把握把偷天弓奪下來！

然而，令明將軍意外的是：他這全力一擊尚未及發力，竟然已輕輕巧巧地奪下了偷天弓！

就在明將軍右掌觸及偷天弓柄的一剎，林青已主動放開了偷天弓。雙手化掌為拳，中指突起，鑿向明將軍的胸膛！

這一招就是每個人習武之人都可以使出來的——「黑虎掏心」。

如果說得到偷天神弓是林青武功的一個分水嶺，那麼當現在他重又棄弓不用、反而以最平常的拳法掌握主動，才是一名武者在武道上真正的突破與超越！

明將軍畢竟是天下第一高手，生死一線的關頭，不退反進，右足踏前一步，鬆開偷天弓，雙掌先以陽掌平排揖下，然後力鼓雙肘撞向林青前胸。

如果小弦能看到明將軍這一招，一定會驚喜得大叫起來。這一招正是林青曾在平山小鎮上教給他的少林羅漢十八手中「揖肘鉤胸」。

這是明將軍迫不得已下拚得兩敗俱傷的一招，他自知內力將盡，這一肘運足全身功力，就算是數尺厚的石板，亦會應肘而碎。

然而，林青與明將軍出招的剎那，都發現了一個無可更改的事實，當林青的「黑虎掏心」直搗入明將軍的心窩時，明將軍的「揖肘鉤胸」也將會擊碎林青的脅骨……

林青笑了，明將軍也笑了。只怕事前誰也不會想到，江湖上最富盛名的兩大絕頂高手的決戰，到最後竟會用江湖上最平常的招式，一分勝負，甚至是一決生死！

此刻兩人雖已變招不及，卻可及時散功。雖然撤去護體神功再硬承對方一招不免有所損傷，剎那間急收內力亦會受到反挫之力，但總要好過玉石皆焚。兩人對視一眼，心意相通，面含微笑，一齊逆運經脈散功收力。

突然，明將軍臉色變了，他發現自己竟已不及收功！當他強行把殘餘的內力盡數施出後，竟然再也無法控制真氣的運行，若是在剛才激鬥中發生這種情況，明將軍必會因為閃避不開林青的重擊而喪命，但此時此刻，受到重擊的將會是林青！

「砰砰」，兩記響聲同時發出。林青的右拳輕輕擊在明將軍胸口，明將軍的一對鐵肘卻是帶著排山倒海之力撞在散去護體神功的林青胸口！

林青猛然一震，眼中閃過一絲難以置信的神色，他不相信明將軍會做出如此卑鄙的行徑。巨痛隨著猝不及防的驚訝傳來，才微微張開口，急湧入胸腔的鮮血已從口、鼻、眼、耳中噴泄而出。

「林兄，林兄……」明將軍一把抱住軟倒的林青，自己亦腳下一軟，幾乎跌入萬丈懸崖！

林青忽然笑了，儘管從五官湧出的大量鮮血染紅了他的面孔，他依然笑得那麼從容、那麼瀟灑。因為，他從未想過，自己心目中最強大的對手、最激勵自己的敵人，竟然也會哭泣！

當林青看見明將軍眼中的閃耀淚光時，無論明將軍此舉是否故意、懷著什麼目的都已不重要，他已原諒了他。

痛苦已變得麻木，林青感覺到生命正快速離自己而去，微微一笑：「明兄不必內疚，林青這一生，可以死，不可以敗！」

然後，林青拚盡最後一絲力量推開了明將軍。這一刻，他很想掏出懷中那一方珍藏多年的手帕蒙在臉上，最後再聞一次那熟悉而令他心跳的芳香……然而，劇烈的暈眩擊中了他，他只能努力再朝前跨出一外，任由自己從萬丈懸崖落下，墜入那無邊的黑暗。

明將軍呆立崖邊，良久後，才喃喃吐出五個字：「林兄，你勝了！」

是的，暗器王勝了，在那生死一線的關頭，他勝在還有餘力可以控制自己。儘管，付出的代價是生命！

「不！」小弦聽不到觀日峰上林青與明將軍的對話，也根本看不清兩人過招的情景，直到林青突然墜入懸崖時方才明白過來，大驚之下一把抱住蒙泊國師：「你不是說林叔叔一定會勝嗎？怎麼會這樣？怎麼會這樣？」

「怎麼會這樣？」蒙泊國師亦在心底不停問自己。他直到此刻才知道，自己苦心準備的「虛空大法」果然奏效，卻得到了完全不同的結果。

從頭至尾，蒙泊國師沒有放過兩大高手決戰的任何細節。至少他的第一個預感並沒有錯，暗器王雖然失去了性命，但這一場武功決戰卻是勝了明將軍；那麼，他的第二個預感是否也一樣正確？失敗之後的明將軍是否就會兵發吐蕃，引發那夢中所見的殺戮？

小弦發了瘋一般搖晃著呆怔的蒙泊國師：「你賠我的林叔叔，我要殺了明將軍！」

「好，殺了明將軍！」蒙泊國師眼中魔意大勝，忽然放聲狂笑起來，再無平日寧和沉靜之態：「老衲定要改變天下的氣運，明宗越，你逃不過此劫！」

蒙泊國師笑聲忽收，突然出指點倒哭喊不停的小弦，雙手齊出，左掌貼在小弦背心「至陽穴」上，右掌則按在小弦右掌心，五指分別與小弦五指一一對應，沿少商、商陽、中沖、關沖、少澤六穴接通六脈，默守元神，將一腔功力盡數迫入小弦體內！

這正是虛空大法中「借體還氣」之術，若遇本身受到重創，功力大損時，可將全身功力注入旁人體內，運轉一周天後重新吸回，不但可癒傷，更可令功力完好如初。不過小弦做為被注功之人，事後必會元氣大傷，輕則大病一場，重則送命。

蒙泊國師決意親自出手殺了已是強弩之末的明將軍，所以寧可用此陰損之術儘快恢復武功。至於小弦的安危，他已顧不得許多！

小弦本被點住穴道，忽覺得全身發燙，一股股熱流不由分說強行從五指間湧入，真氣所至之處，被封穴道刹時通暢。只是全身燥熱不安，各處穴道酸麻痛癢、百味俱嘗，實在難受至極，此時縱然身無禁制，亦無力掙扎。口中大叫：「你要做什麼？」

蒙泊國師面孔扭曲，眼中閃過一絲憐惜：「許施主對老衲恩重如山，日後必將補報！」言罷不再看小弦一眼，只是加緊運功，哆嗦的嘴唇裡不斷吐出那一句藏語。

小弦看到蒙泊國師大異往常的模樣，又驚又怕，神智迷糊中只覺得這是一場惡夢，林青墜崖之事自然也並不算數，明日醒來時就可重見到他，心裡雖隱隱覺得實情並非如此，卻寧可讓自己沉陷於這一場幻境裡……

半柱香過後，蒙泊國師已強行運功打通小弦的奇經八脈，此刻他全身七十餘年的功力都已輸入小弦體內，只要把這股內息引至小弦丹田重新吸回體內，便可大功告成。

蒙泊國師鬆開小弦右手，右掌移至他丹田氣海處，卻未感應到絲毫內氣，再試幾次，依然如故。大驚之下一把揪住小弦：「你被人廢去了武功？」倉惶之餘，連一聲「許施主」也不及叫了。

小弦再度被激起傷心事，加之體內難受至極，哇得一聲吐了出來，涕淚橫流，大叫道：「這都是那個混蛋透頂的點睛閣主幹的好事！他借治傷之名，故意廢了我的丹田，我恨死他了……哎喲，你給我做什麼了，為什麼我如此難受……」

蒙泊國師張口結舌，心情剎那降至冰點，他全身功力半點不剩地輸入小弦體內，此刻別說去殺明將軍，就連一個普通壯漢亦敵不過。縱然日後能慢慢調理，武功最多也只能存留二三成。

小弦兀自大叫不休：「這是夢嗎，為什麼會如此難受，好像有許多針在扎我，哎呀，我頭昏……」蒙泊國師七十年的功力在他體內來回衝突，卻找不到一個渲泄之處，這滋味就算一個成年人亦難以抵擋，何況是他這樣一個小孩子。拚命叫喊了一陣，終於慘哼一聲，昏暈過去。

駱清幽與水知寒趕到泰山時，已是正月十九的巳時初。

路上水知寒已把管平處得知當今皇上派大內高手伏擊明將軍之事告訴了駱清幽，兩人心急如焚，先到了泰山官兵駐營，率二百士兵一口氣趕到泰山腳下，方才安心。只要能及時見到明將軍與林青，除非那些大內高手有把握將水知寒、駱清幽與這二百士兵一併滅口，否則絕不敢輕舉妄動。

一行人浩浩蕩蕩，來到泰山，水知寒與駱清幽先行入山，忽見山腳下那「岱嶽千秋」的石碑中鑽出一黑衣人，對水知寒倒身下拜：「傳將軍號令，請水總管在此等候！」

水知寒心中暗驚：自己離開京師趕赴泰山可謂是超常規之舉，明將軍又如何得知？莫非對既然到來的危險早有防備，一念至此，又是佩服，又是心悸。口中卻喝道：「你是何人？聖上下旨封山一月，可知罪否？」博虎團親衛大多是明將軍當年領軍平亂時所收，水知寒並不認得此人。

黑衣人面色不變，亦不表明身分：「此物是將軍命屬下轉交水總管，待此事了，屬下自會請罪。」言畢，從懷拿出一封信交給水知寒。

水知寒心中奇怪，但見那信以軍營火漆封口，正要拆開，黑衣人道：「總管請勿拆信，將軍另有一句話命屬下轉告。」

水知寒冷然道：「講！」

黑衣人卻並未直接回答，而是望一眼駱清幽。水知寒不耐煩道：「這位是京師駱掌門，無需迴避。」

黑衣人略一遲疑，咬牙大聲道：「將軍說：如果他死了，才請水總管拆這封信；如果他不死，原物奉回！」

水知寒與駱清幽齊齊吃了一驚，如果此言屬實，這裡面就應該是明將軍提前立下的遺言。難道，他自問沒有把握敵過林青，為防萬一，才設下此後著嗎？

黑衣人忽然大叫一聲：「屬下任務完成，入山之舉絕不會連累別人。」掌中寒光一閃，竟已割斷喉嚨自盡，駱清幽與水知寒竟都不及阻止。

水知寒臉色陰晴不定，望著手中的信函，沉吟良久。像這樣忠於明將軍的死士，他竟然一無所知，與明將軍共事數年，將軍府的許多機密連他這個大總管也不知情。如果這封信果真是將軍的遺囑，是否裡面會把將軍府所有實力全部告之？

這一刻，水知寒心中湧上一股避開駱清幽立刻拆開信件的衝動，以他之能，至少有十種方法可令信件拆開後完好無損地恢復火漆封口……

水知寒瞬間打消了這個念頭，如果明將軍不死，如果因此引起了明將軍的猜疑，那絕對是一個可怕的後果。

或許，這封信本身就只是明將軍對將軍府大總管的一種試探！

想到這裡，水知寒打定主意，這幾日定要寸步不離駱清幽，只有如此，日後方能在明將軍面前證實自己沒有機會單獨拆信的「清白」……

水知寒微微一笑：「駱掌門，我們便在這山腳下相候將軍與林兄吧。」

駱清幽可不管將軍府的命令：「水總管請自便，小妹先行上山打探一下。」

水知寒急忙道：「駱掌門盡可放心，明將軍既然能算到水某來此，必是早有準備，不會令對方奸計得逞。嘿嘿，我知道駱掌門關心林兄，但萬一打擾了絕頂之戰約，只怕林兄也會怪你吧。」

駱清幽一想也是道理，只是心裡仍然擔心林青，猶豫道：「好吧，便在這裡等一天，若是明日還不見他們下山，小妹仍要去看個究竟。」

水知寒目光閃動，爽然道：「好，駱掌門快人快語，便是如此。若是明日將軍與林兄還不下山，我與你一齊上山。」

駱清幽望著水知寒手中的信函，忽然淡淡一笑：「今夜，小妹便與水總管在此露營吧。」

水知寒心中一凜，知道這個秀外慧中、聰穎靈動的女子早已猜破了他的心思。

小弦從昏迷中醒來，體內雖仍是有些翻江倒海，卻已大有好轉。他還不知若非自己天生體質異常，在《天命寶典》無為潛修之下大大擴展了經脈容量，只怕已被這突如其來的外部真氣害了性命。

昏迷前零星的記憶湧上腦海，映在紅日之中的絕頂決戰、蒙泊國師癡狂一般的眼神，自己全身酸麻難忍……可是，好像有什麼最關鍵的事情被遺忘了。小弦緩緩思索著，直想到腦袋發暈，突然，記憶停留在林青跌入懸崖的那一幕畫面上……

「林叔叔……」這最不願面對的回憶刹時湧上，小弦心口針刺一樣疼痛。轉頭卻見到扶搖在身邊低聲嗚叫，蒙泊國師盤膝坐在山洞口，面色寧靜如昔，並沒有絲毫發狂的模樣，又懷疑自己是否真是發了一場夢，望著蒙泊國師數次想開口，卻又強忍住，只怕會問來自己無法接受的真相。

「今夜過後，我們就可以安全離開泰山了。」蒙泊國師靜靜道。

小弦這才注意到又已是傍晚時分，喃喃道：「難道我睡了整整一天？」

蒙泊國師歎道：「不錯，你能醒過來，已是至深的福緣。」

小弦終於忍不住心中的疑慮：「大師，到底發生了什麼事？」

蒙泊國師微微一笑：「一個人死了，一個人活了。」

「什麼意思？」小弦奇怪地望著蒙泊國師，驚訝道：「大師，你竟然笑了？」

在這之前，他從沒有在蒙泊國師臉上看到任何喜怒哀樂的表情。

「謝謝你。」蒙泊國師的目光停在小弦身上，充滿了感激、憐惜、傷感、欣慰種種神情。

「為什麼謝我？」小弦只覺得眼前的蒙泊國師完全換了一個人，雖然他的神情絕無理由讓小弦害怕，但心裡卻有一種對不明事物的畏懼。

蒙泊國師淡淡道：「直到老衲全身功力盡散，方才悟到佛之真諦。若非老衲橫加插手，明將軍未必會敗，暗器王未必會死，原來命中註定的一切原非我等凡夫俗子所能揣測，老衲妄想改變氣運，卻不知改變本身亦都在真神的掌握之中，所做一切，都不過是庸人自擾而已……」

小弦聽到「暗器王未必會死」幾個字時，腦中一眩，蒙泊國師後面的話全都聽而不聞，雙膝一軟，跪倒在地：「林叔叔……」林青英俊的面容與親切的微笑在眼前閃動，眼淚如斷線珍珠般流了出來，心臟彷彿被一雙看不見的大手握住，疼得小弦幾乎窒息。

這一切，原來不是夢！

蒙泊國師長歎一聲，口宣佛號。

小弦驀然跪行幾步，來到蒙泊國師面前，一個響頭重重叩下去，額頭已現鮮血：「大師，你不是要殺了明將軍嗎，我請你替林叔叔報仇！」

蒙泊國師連忙上前扶起小弦，自己卻幾乎失足跌倒，苦笑道：「老衲七十年的精修都留在你體內，又何必請我報仇？」

小弦茫然，蒙泊國師便把自己如何渡功入體，卻因小弦丹田受損無法收回功力之事源源本本說出。

小弦靜默半晌，再度對蒙泊國師叩下頭去：「請大師收我為徒！」

蒙泊國師含笑搖頭：「老衲是出家人，既已堪破佛理之真奧，豈會助你殺人？」

小弦一字一句道：「你不教我殺人，便是看我被人所殺。」

蒙泊國師毫不動氣：「世間塵緣，一切本如是。且隨天意吧。明日老衲帶你返京，京師能人眾多，像蒹葭駱掌門、凌霄公子都可為你師。」言畢閉目入定，看來是心意已決。

小弦賭氣道：「你既然如此，我也不求你，自己回京就是。」

蒙泊國師歎道：「如今你要來就來要走就走，老衲根本攔不住你。」

小弦憤然走到山洞邊，山風襲來，打個寒戰，望著靜謐山谷，突然喃喃念出一句藏語，正是蒙泊國師數度吟詠的那一句。小弦記憶極好，聽蒙泊國師講了幾次便已記住，發音半點無誤。加上他對這一句話十分好奇，無事時就在心底默念，此刻突然就知道這一走，再也難找蒙泊國師這樣足可與明將軍一戰的師父，只怕今生再也無望替林青、父親許漠洋等人報仇，心傷難耐之下，這一句藏語便無意識地脫口而出。

蒙泊國師忽然一震，沉思良久：「你贏了！此事全因老衲而起，豈能臨事退縮。也罷，老衲不用收你為徒，但可傳你包括『虛空大法』在內的黃教最精奧的武學，只希望你日後能將此武功用於正途。」

小弦不料自己隨心一言竟會帶來如此轉機：「大師，這一句話到底是什麼意思？」

「這一句話翻譯成漢語，就是……」蒙泊國師緩緩答道：「我不入地獄，誰入地獄！」

正月十九夜，明將軍獨自一人走下了泰山，手裡拎著斷弦的偷天弓。

水知寒搶步上前：「屬下午後得到京師傳信，一切皆如將軍所料：泰親王於正月十六日夜派人假借太子名義送毒粥入宮，得到皇上駕崩之消息後兵發太子府，卻不料皇上早被管平秘密請至太子府，所毒殺的不過是個太監。泰親王當即造反，三萬禁軍內哄不休，丞相劉遠聯百官請聖上登城，宣讀泰親王弒君謀反，自此泰親王大勢已去。想不到劉丞相明裡親近泰親王，暗地卻與將軍合演了這一齣京師大戲，水某佩服得五體投地……」

明將軍只是淡淡地「哦」了一聲，似乎京師發生的一切早在他的意料之中，又似乎所有這些根本不放在他的心上，依然凌厲的目光盯著數十步遠、滿臉驚疑的駱清幽身上，垂下頭望看自己手中的偷天弓，一時竟感覺到自己又老了幾分。

水知寒繼續彙報：「只可惜西門忽又起變故，一幫武功高強的黑衣人斬殺二百餘名士卒，護著泰親王強行突圍而去。泰親王手下中，牢獄王黑山與刑部郭滄海戰死亂軍中，齊百川投降，洪修羅與左飛霆已被關入大牢，聽候聖旨發落，追捕王梁辰於正月十五日夜離京出走，下落不明，其餘受牽連的文武百官共計一百二十七人……」

明將軍忽然抬起手，水知寒立時噤聲不語，只是從懷裡拿出那一封火漆封口的信，遞給明將軍。明將軍漠然一笑，看也不看信封一眼：「此信由你自行處理。」長吸一口氣，好像下定了什麼決心，抬步走向駱清幽。

駱清幽臉色慘白，口唇輕輕蠕動著，卻一個字也沒有說出來。

明將軍恭恭敬敬地把偷天弓交至駱清幽手中。駱清幽輕輕一震，握緊弓柄，抬頭望向明將軍，那一雙會說話的眼睛有一股濃濃的哀傷，亦有一些欲語還休的期盼。

明將軍正視駱清幽的目光，沒有說話，只是輕輕地搖搖頭。

駱清幽的眼睛一下子迷濛了，一滴淚水越積越大，掛在她那美麗的睫毛上，卻遲遲不肯墜下。似乎只要這一顆淚未落地，那個英偉的男子就還活在這世間某個不知名的地方。

明將軍抬起手，輕輕拈起駱清幽掛在頰邊的面紗，溫柔地替她遮蓋住欲要流淚的雙眼。明將軍的聲音裡有種前所未有的低沉：「對不起，如果有選擇，我寧可回來的是他！」

這一句話引發了駱清幽的所有情緒，此刻的她就像一個茫然的孩子，不知如何應對這局面，只能把手中的偷天弓緊緊地抱在懷裡。她是如此的用力，彷彿只有拚盡全身力量後，才可以讓手指不再那麼發白，雙肩不再那麼顫抖，心臟不再那麼疼痛……

水知寒已燒去那封信，緩步走到明將軍身旁：「知寒請命去接林兄靈柩。」

「不要去打擾他了。」明將軍淡淡道：「他至少死得很心安，因為他得到了他想要的勝利！」

水知寒一震，難以控制地直盯住明將軍的雙眼，似乎想從他的表情中看出此言的真假。

「因為我敗了，所以他才死了！」明將軍直視水知寒探詢的目光，朗聲道，在場的數百士兵都聽得清清楚楚。

明將軍昂首離去，沒有人敢跟隨他，每個人都還在心裡低低念著明將軍的話。

——因為我敗了，所以他才死了！

或許永遠不會有人知道，這看似費解的一句話，說的卻是事實。

明將軍傳奇之《絕頂》全文完

明將軍傳奇之 **絕頂**〈下卷〉

作者：時未寒
發行人：陳曉林
出版所：風雲時代出版股份有限公司
地址：10576台北市民生東路五段178號7樓之3
電話：(02) 2756-0949
傳真：(02) 2765-3799
執行主編：劉宇青
美術設計：吳宗潔
行銷企劃：林安莉
業務總監：張瑋鳳

初版日期：2020年8月
版權授權：王帆
ISBN：978-986-352-859-3

風雲書網：http://www.eastbooks.com.tw
官方部落格：http://eastbooks.pixnet.net/blog
Facebook：http://www.facebook.com/h7560949
E-mail：h7560949@ms15.hinet.net
劃撥帳號：12043291
戶名：風雲時代出版股份有限公司

風雲發行所：33373桃園市龜山區公西村2鄰復興街304巷96號
電話：(03) 318-1378
傳真：(03) 318-1378
法律顧問：永然法律事務所 李永然律師
北辰著作權事務所 蕭雄淋律師

行政院新聞局局版台業字第3595號 營利事業統一編號22759935

定價：299元

國家圖書館出版品預行編目資料

明將軍傳奇之絕頂 / 時未寒著. -- 臺北市：風雲時代, 2020.07 冊； 公分

ISBN 978-986-352-859-3 (下卷 : 平裝)

857.7 109007702